威廉·福克纳

William Faulkner

（1897—1962）

目录

野棕榈

I

敲门声又响了起来，有点不容分说的意思，却不莽撞。医生下楼，手电筒发出的光在暗褐色的楼梯上晃了几下后，停留在一楼大厅里那个棕色的木头柜子上。这是一座靠近海边的小屋，虽然小，但是也有两层，小屋里只有油灯可以照明——确切地说只有一盏油灯，晚饭后被医生的妻子拿到楼上去了。医生拥有三处房产：这座海边小屋和隔壁那幢屋子都是他的财产，不仅这两处屋子，他在离这四英里远的村子里还有一间更好的屋子，屋里装了电灯，墙也批得平平整整。从楼梯上下来的他只披了一件夜间穿的薄衫，而不是睡衣，这种和他身份不相称的简朴衣着，和他从来只抽烟袋而不抽雪茄，甚至从来都不愿意学着去抽雪茄是一个道理。他也抽雪茄，但大多时候是在星期天出诊时接过来病人递给他的雪茄，至于他自己掏钱买的雪茄，他给自己定的规矩是一周最多抽三根——今年四十八岁的他从十六七岁起就记下了（并且深信不疑）父亲常常叮嘱他的一句话：雪茄和睡衣是有钱人才会用的东西。

时间刚过午夜。即便窗户关得严严实实，门也上了锁，风很难进来，但医生还是感觉到了海风那几乎可以触摸得到的气味。他熟悉这种气味，不仅是因为他在这个地方出生——不是这所房子，而是位于离这里不远的镇子里的另一处房子——而且在这个靠海的州度过了大半辈子。这大半辈子包括他在州立大学医学院待的四年，他在那里完成学业，然后又在他一点都不喜欢的新奥尔良市做了两年的实习医生（年轻时他就一副憨相，身材微胖，手长得像女人，厚而柔软，总之看上去不像医生，即便已经在城市里度过了六年整的学习生涯，面上仍旧是一副从小地方出来的模样，打量他的那些同窗时眼神里常常流露出诧异的没见过世面的表情。在他看来，他这些穿着棉布夹克，身材像麻秆儿，走起路来大摇大摆的同窗们和那些护士一样，虽然长相不出众，脸孔也各有千秋，但每个人的脸上几乎都带着一股不近人情同时又自以为是的神情，这股子神情是他们的招牌，像是身上常年挂着一个类似花环的东西）后，以不好不坏实际是中等有点儿偏下的成绩毕了业回到家乡，一年内便遵照父亲的遗愿和一个早早为他选好的姑娘结了婚。四年后父亲的房子也归了他，连带还有那间诊所，诊所在他手里虽没有做得风生水起，但也说不上萧条败落。又过了十年，他用积攒下来的钱买了这两套互相挨着的海边小屋，一套供他们两口子夏天度假用，另外一套则出租给观光游客或者来海边聚会、野餐、钓鱼的人。就是结婚，夫妇俩也没有度过蜜月，只是在结婚当晚去了趟新奥尔良，在新奥尔良的酒店里只住了两个晚上便匆匆返回。他和妻子同床共枕了二十三年，可至今没有诞下一男半女。

虽然屋子里没有风，但医生还是判断出了大概的时间，因为那罐紧贴墙皮在冷灶上靠墙放置的秋葵汤散发出了馊味，汤肯定已经凉了——那是医生妻子早晨特地熬好，准备送给刚租下他们房子的邻居的。那是一男一女两个人，四天前搬到他们旁边的那间屋子里住下来，这两口子很可能并不知道住在隔壁的医生夫妇既是邻居也是房东。那女人黑色头发，高颧骨，下巴宽而大（刚开始让他想到“乖戾”这个词，后来觉得不如说是让人害怕），皮肤很薄，脸色憔悴，眼珠是黄色的，看上去诡异而倔强。女人穿一件旧毛衣和浅色牛仔裤，脚上趿拉一双帆布鞋，面朝大海一动不动地坐在那张看上去很新但廉价的沙滩椅上，一坐就是一天，但从来不见她抱本书看或者做点其他什么。无须考虑那女人的皮肤和呆滞的眼神，医生（拥有博士学位，是正经八百的医生）已经意识到了这女人的健康出了问题——那是熬过疼痛和恐惧后的病人惯有的呆滞气色，不过那呆滞里似乎残存着一丝生气，仿佛残存的这点气息是留着倾听或者看着她身体里的某个器官如何逐渐衰弱下去，也许是一个渗血却无法修补的心脏？还有那个穿着无袖汗衫和脏兮兮卡其布裤子的年轻男人，脸上同样也是一副呆滞的表情，医生常常看见他光着脚，手里拎着用皮带扎起来的木头沿着海滩走回来，头上连帽子也不戴，要知道在这个地方，就算是年轻人也抗不住暴烈的阳光。男人经过屋前时，女人从来都是一动不动，连头也不转一下，很可能连眼珠都不带动一下。

应该不是心脏的问题，医生对自己说。那两个人住进来的第一天，他曾经躲在那道隔在两座院子间的夹竹桃篱笆墙后面暗暗地打量过那女人，当时他就看出她不是心脏的毛病。对医生来说，他这种先入为主的看法并非是要为一个隐蔽、不为外人所知的事情找到答案，而是坚信他自己与揭示真相的答案之间只隔了一层面纱，就像在他和那尚有一丝生气的女人之间隔着夹竹桃篱笆墙一样，即使揭示真相的答案就在面纱后面，也让人雾里看花，难以辨认真相，更不敢妄下结论。医生并不认为自己这样的行为是在偷听或者窥探，就算是那样，他心里想的也是：我还有时间搞明白那女人究竟在倾听她身体里的哪个器官；反正他们已经付了两个星期的租金（作为一名经验丰富阅病人无数的医生，他觉得根本不需要几个星期，而是几天就可以搞清楚这件事）。他甚至想，那女人显然需要救助，这么看来他们碰上他这个做医生的房东算是走运，不过他又想到那两个人很可能并不知道自己是他们的房东，所以也无从谈起他们知道他是医生的事实。

帮着他出租房子的地产经纪人给他打电话时这样介绍这一

男一女。“女人穿着裤子。”地产经纪人说，“我的意思是，不是女人穿的那种松松垮垮的裤子，而是男士裤，所以，有些地方对她来说尺寸小了点，男人肯定喜欢看她这么穿，可女人们受不了，除非她们给自己也穿这么一件。我觉得玛莎小姐不会喜欢她这副打扮的。”

“只要他们能按时付房租就行。”

“这个你不用担心！”地产经纪人说，“我看人很准的，不然也不会在这行做这么久。我一上来就和他们讲明租金必须提前付，那男人说没问题，问我房租多少，口气很大。身上穿条脏裤子，大衣底下只穿了一件衬衣的人在我面前装得那个样，好像他是范德比尔特[①]似的。他从裤兜口袋里掏出一沓钱递给我，里面就两张十块的票子，我抽出其中的一张十美元还给他，对他说如果他们直接租下这房子，不要添家具，房租就能便宜点。结果他直接就说：‘没问题，没问题，我租了，多少钱？’我本来还想提提价，但一想到你和我说过，不愿意再给房客买家具我就没有说什么，我看这人就是想找一处能让他们马上安顿下来的地儿，四面有墙、墙上有门就行。女人一直待在出租车里等着男人，她身上的那条裤子对她来说有的地方确实显得过于窄巴了。”电话里的声音打住了。听着电话里传来的嗡嗡声，医生心里突然有点得意，语气立时苛刻了一些：

---

① 范德比尔特（Cornelius Vanderbilt，1794—1877），美国航运业和铁路业的巨头。

“那他们到底要不要家具？那屋子里可啥都没有，只有一张床，床垫是——”

“不要不要，他们不要家具。我告诉他们房子里只有床和炉灶，他们自己还带了把帆布椅，对折后可以放在出租车里的那种。我看这事儿差不多能就定下来了，他们不会再提出什么要求了。”和刚才一样，医生暗自得意，他心里对自己笑了一下。

“那么，”医生说，“是什么？什么事情让你犹豫？”其实医生隐约猜到对方接下来要说什么。

“我是觉得玛莎小姐也许不会同意租给他们房子，倒不是因为那女人穿了一条那样的裤子，而是这两个人不是夫妻。哦，男人和我说他们是已婚人士，看女人的样子的确像结过婚的，他应该没有撒谎，也许他自己也是结过婚的，问题是，他们两个不是夫妻，那女人不是那男人的妻子。一个男人是不是结过婚，我一眼就能看出来。还有女人，哪怕以前从来没有见过，或者随便是在哪里碰到的，莫比尔大街还是新奥尔良大街，对我来说都一样，我一眼就能看出她是不是——”

那一对男女当天下午就搬了进去。那间屋子，名义上叫作度假屋，其实相当简陋，屋里的床无论弹簧还是床垫都已旧得不能再旧，炉灶上只有一口平底锅，因为常年用来煎鱼，锅底上糊了厚厚的一层。与房间里唯一一把咖啡壶相配的是几把不配套的铁汤匙和刀叉以及裂着口子的杯子、碟子，喝水的器皿不过是几个原本装果酱和果冻的瓶子。再有就是那把沙滩椅，女人在上面一坐就是一天，眺望着对面的大海——海面上波光粼粼，晃来晃去的棕榈树叶子彼此击打发出干涩刺耳的声音——等着男人从海边回来，手里拎着从海边拾回来的木柴，走进厨房。两天前，那辆定期光顾他们这里的牛奶车曾经来过一趟，医生的妻子出去买牛奶时看见那男人手里拎着一条面包和一个鼓鼓囊囊的纸袋从位于海滩边的那间小杂货店（店主是葡萄牙人，原先也是个打鱼的）的方向返回来。医生的妻子告诉医生说，后来她看见那男人坐在厨房后门的台阶上（手忙脚乱地）收拾鱼，把阳台搞得乱七八糟。她说这话的时候语气尖酸刻薄，表情怒不可遏，好像她抓住了什么人的把柄似的——这就是他的妻子，一个虽然不很胖（至少没有医生那么臃肿）但已经谈不上有任何曲线的女人，十年前她的身材就开始走形，连头发和面色乃至眼睛的颜色也发生了变化——虽然后者的变化不似身材变化那么明显——现在的她常年穿着一件家居服，灰突突的颜色像是专门为了和她灰突突的五官的颜色搭配而选的。“他把阳台弄得乱七八糟！”医生的妻子没好气地说，“厨房外面搞得那么乱，灶台上也干净不到哪儿去！”

“也许是那女人做饭呢。”医生委婉地说。

“在哪儿做？怎么做？成天坐在院子里能做什么饭？你见他什么时候把锅灶给她端出去过？”其实医生知道妻子不是因为那女人不做饭而愤愤不平，她没有把真实原因说出来。两个人都知道，她最终也不肯说出“他们不是两口子”那句话，原因是不管他们中的谁先把这句话说出来了，医生一定是要赶走那一男一女的。两个人都不肯说这句话也许是因为内心的顾虑：如果赶走这两个人的话，首先从良心上说他们要退还租金给对方，除此之外医生想的是，那两人只有二十美元，这还是三天以前，而那女人一看又是生了病的人。面对这种状况，医生的使命感战胜了他作为一名乡下新教教徒（接受过浸信会洗礼）的道德感；对于医生老婆来说，也许是其他什么东西（这种东西或许医生也有）战胜了她身上的新教教徒的道德观，这也是医生的看法，原因是今天一大早他就被老婆唤醒，太阳刚刚升起，她身上裹着那件如同裹尸布一样的显不出任何曲线的棉布睡衣，灰突突的头发用卷发纸扎住站在窗户边上，示意他看窗外那个刚从海边回来，手里还拎了一捆捡回来的木头（用皮带扎得紧紧的）的男人。后来医生出门了，等他中午回到家时，看见妻子已经熬好了一大锅秋葵粥，分量多得足够十二个人吃饱肚子，医生可以想见她熬粥时一定神情严肃，带着一股会过日子的撒玛利亚妇女行善事的劲头，就好像她必须要熬这锅粥，哪怕心里不愿意也要委屈自己认真严肃地熬好这锅粥，哪怕这粥最后落个剩下的结果，不屈不挠地在炉子上待它个十天八天，一遍又一遍地被加热，直到两个从小生在海边长在海边喜欢吃金枪鱼、鲑鱼以及沙丁鱼（它们被离这里有三千多英里远的油脂厂屠宰，然后经过防腐处理被制成罐头）罐头而不是秋葵粥的人彻底消灭它。

医生亲自送粥过去——穿一件半新不旧的衣服的他手里端着一个盛粥的大碗（碗口上盖了一块平平整整、连一道褶子都没有的亚麻手巾，亚麻手巾看上去崭新挺括，还没下过水），挺着矮墩墩的身子笨拙地挤过两院之间那道由夹竹桃树组成的篱笆墙，医生这个笨笨的带着慈善意义的行为似乎表明他正在不折不扣地执行上帝给他的一个任务，而他之所以执行这任务不是出于对上帝的忠诚和对被施舍人的怜悯，而是出于责任和义务——他小心地放下碗，好像碗里盛的不是粥而是硝酸甘油之类的药汁儿。女人没有从椅子上站起来，甚至没有挪窝儿，只有眼珠动了动，像猫的眼睛。表面上看医生似乎只是一个面带憨笑且不修边幅的矮胖男人，但在这副面具下面，那双只有医生才会有的敏锐的眼睛警醒异常，什么都逃不过这样的一双眼睛，它们打量着那女人，严肃地、大胆地打量那女人脸上的每一个细节，那是一张病入膏肓的脸，消瘦憔悴。这女人生病了，至于严重程度，也许是三度。但应该不是心脏的问题。事情清楚了，医生振作起来，却看见女人正用一双呆滞无神的眼睛盯着自己，他长这么大从没遇见过这样的眼神，里面像是酝酿了深仇大恨，但并没有针对性，性质反倒像是一个人因为心里高兴所以即兴朝一棵树和一根电线杆瞟过去的那种眼神。他（医生）不是给自己开脱，那眼神确实不是针对他来的。像是仇恨整个人类，医生想，噢，不是的，不是的，稍等一下，——

那层纱即将被撕破，推理的齿轮即将咬合——那眼神不是针对人类，而是针对男人的，全体男性。但是为什么呢？到底是为什么？妻子也许注意到了这女人的无名指上有戴过结婚戒指的印痕，但作为一名医生，他的观察自然更细致一些：这女人生过孩子，他想，也许是一个？反正是生过孩子，这一点我可以拿我的学位担保。如果事情像科弗尔（那个地产经纪人）说的那样，那男人不是这女人的丈夫——科弗尔说他有能看出来或者说嗅出来这些人的本事，还说没有这本事他也干不了帮人出租海边度假屋这活儿，其实也正是因为这些不想暴露姓名或者顶着假名来度假的男女，才有了像科弗尔这样干这个赚钱的人……假如她真的是因为憎恶天下男人到极点而抛夫弃子，那么应该是孤身一人，可是她现在显然生着病，带着病和一个男人跑出来过穷日子，这有点让人难以理解。即使她现在身体好好的，没有生病，和一个不是她丈夫的男人跑出来过这样家徒四壁的日子，图的是什么呢……医生似乎感觉并且听到了轮齿转动的声音，咔嗒咔嗒，越来越快；他感觉内心像有东西催促似的，想跟上节奏，像是在提前告诉他齿轮马上就要咬合，铃声马上就会响起，他马上就会看到和听到那个时候：知道了，知道了，如果她看那个肩膀上扛着柴火从海滩回来为她煮饭的男人也是这种仇恨的目光，像看我一样，一副不愿意再看第二眼的样子，那么那个男人一定对她做了什么，导致她对天下所有的男人都像有什么深仇大恨。

“这不是汤，是秋葵粥，”医生说，“我妻子熬的。她——我们——”女人没有任何从医生手里接过粥的表示，身子还是一动不动，看着医生皱巴巴的衣服弯下腰，小心地放下盛着秋葵粥的碗，还有托盘。

“谢谢，”女人说，“哈里，拿进屋子里吧。”说完便不再看医生，嘴里却又说了一句：“谢谢您妻子。”

手电筒的光在前面晃着。医生下楼，一楼客厅充满了一股子秋葵粥的味道，门那边敲门声还在响着。医生知道敲门的人肯定是那个叫哈里的男人，他的这个推断不是因为预感，而是因为这四天来他一直在想着那女人的样子——医生现在的形象颇像国民喜剧演员，睡眼惺忪的他从散发着一股子霉味儿的床上（上面还躺着他那从没生过一男半女的妻子）爬起来，头脑里闪着隔壁那个陌生女人的眼神，一种没有针对性但是仇恨满满让人困惑的眼神。医生心里又涌起一种紧迫感，他想去探索那面纱后的真相，想揭开面纱触摸到真相，哪怕摸到后依旧不十分明晰，看到后还是不十分确定的真相。穿着一双老式拖鞋的他在楼梯上停了一会儿，脑子闪过一个念头：知道了，知道了，她是恨所有的男人，恨他们对她所做的事情，或者说是她因为相信他们对她做了什么事情而恨他们。

敲门声再一次响了起来。敲门人应该是从门缝底下看到了手电筒的光，于是等了一会儿，看没人开门才不得不以陌生人的身份再一次怯怯地敲响了门板以寻求帮助。医生继续向门口敲门声传来的地方走去，但不是因为要去回应那再一次响起来的不请自来的敲门声，而是因为内心认为那敲门声正好应了这四天以来一直困扰着他，搅乱他的心神，让他无法不去想的一些问题；也许是本能让刚才陷入沉思的他重新向门口走去，也许是他的身体相信前去开门是为了揭开那层把他和近在咫尺的真相隔开的面纱，总之医生没有任何防备地打开了门：一个人的身影出现在手电筒的光里，是那个叫作哈里的男人，他还是像医生往常见到他时的装扮，脏兮兮的帆布裤子，无袖衫。黑漆漆的夜色里回响着强劲的风声，中间夹杂着躲在暗处的棕榈叶子相互击打的声音。医生穿着松松垮垮的睡衣站在门口，不动声色地听着对方礼节性地说着这个时间还来打扰的话以及拜访的目的——借用一下电话，脑子里却俨然一个胜利者般地想，很快就会知道了。“不用，”他说，“你不需要打电话求助，我本人就是医生。”

“哦，”来人说，“您可以马上出诊吗？”

“可以，不过我需要穿件衣服。病人是哪里的毛病？这样我看一下自己应该带点什么。”

男人的脸上闪过一丝犹豫不决的神色，医生注意到了，但并没有在意，在过去的行医生涯中他没少见过这样的表情：求助的人即使面对具备技能和专业知识而且收费不菲的医生或者律师这样的人群时也妄图掩盖真相时的表情。掩盖事实真相是人类的本能，与生俱来且根深蒂固。“她在流血，”男人说，“您去一趟的收费是——”

医生没有理会男人的问话，心里对自己说，啊，我怎么没想到呢……肺的问题，怎么原来没想到这个……“好的。”医生说，“你先等一下，要不你进来等吧，一分钟，一分钟我就能准备好。”

“我在这里等您。”男人说。医生不再坚持，转身重新回到楼上。当他踢踢踏踏地跑进卧室时，看到已经睡下的妻子这会儿又坐了起来，身子斜倚在床头上，默不作声地看着自己。医生急匆匆地穿着衣服，放在床边小桌上的灯把他的影子投射在墙上，房间里弥漫着一股奇怪的气息。灯光把穿着高领灰色睡衣的医生妻子的影子投射在墙上，一张没有光泽的脸顶着一头用烫发纸束紧的灰色头发，影子像是蛇发女妖。在医生眼里，穿在妻子身上的每件衣服都有一种庄重的铁灰色，代表着一种凛然不可侵犯、任何人无法战胜的道德感，而这种道德感在这个社会无处不在。[①]“嗯，”医生说，“说是流血。也许是肺出血。为啥我以前就——”

“我看多半他是用刀砍了他女人，要不就是给了她一枪。”医生妻子冷冷地说，语气里明显带着嘲讽的意味。“有一次我走近了看那女人的眼睛，光看眼神的话，我看她才是那个敢拿刀动枪的人。”

---

① 美国最初是一个由欧洲大陆的清教徒移民美洲大陆而建立的国家，而清教徒以道德严厉著称。

“不要乱讲！”医生斥责妻子道。他把肩膀往里缩了缩，把两条背带套在身上。“就知道胡说八道！”他像是在自言自语，“都是些傻子，带着女人来这么个地方，去哪儿不行，来到海边上，密西西比河河口的海边儿上——需要我给你吹灭油灯吗？”

“吹了吧，不会那么快的，等那俩人把出诊的钱付给你，我看且要等上一会儿呢。”医生吹熄了油灯，在手电筒的光里走下楼，帽子和黑色医药包放在大厅的桌子上。那个叫哈里的男人仍然站在门口，只是这次他没有倚着门框。

“给您这个。”他说。

“什么？”医生用手电筒照了一下男人伸过来的手，低头看过去，那是一张钞票。他也只有这十五美元了，医生想。“不用，过后再说钱的事，我们得快点。”医生一溜小跑冲在前面，手电筒的光在地上跳来跳去，叫哈里的男人大步跟在他后面，院子有遮挡，风势还稍微弱些，等他们刚从那道被当作两个院子之间的分界线的夹竹桃篱笆穿过去，立刻被迎面而来的强劲的海风和风掠过棕榈树叶发出的唰唰声以及很久没有修剪过的盐草发出的嘶嘶声围了个正着。从隔壁屋子里透出来一丝微弱的灯光。“吐血了？嗯？”他问。夜色很浓，风击打着被夜色吞没的野棕榈树，强劲而持续，虽然看不见海，但是听得到海的声音——那是海浪冲刷海岬和松林发出的声音，声音不高，但持久而强劲。“吐血了吗？”

“什么？”男人说，“吐血？”

“没吐血？”医生说，“这么说只是咳嗽时有点血？就是说咳嗽时带点血丝，嗯？”

“咳血？”对方的语气显然不像在反问，也肯定不是认为自己的话可笑，因为他们正在说到的事情绝非可笑之事。医生犹豫了一下，表面上他没有停下脚步，那两条常年久坐的腿依然保持着一溜小跑的动作，跟在手电筒光的后面向透着微弱灯光的隔壁屋子跑过去，但在医生的心里，作为一个受过洗礼的乡下人，他确实犹豫了，不是对什么东西感到震惊而引发的那种犹豫，而是因为失望引起的犹豫以及失望后的某种惊诧：我需要一直这样生活下去吗？天真得像是生活在鸡笼里的小鸡？那层纱正在消失，一点点地消融，最后烟消云散，可是他现在却不想看到面纱后面的真相了。他知道自己之所以不再想看到真相是因为不敢，他不想在以后的生活中不得安宁，可是他又控制不住自己，他听到自己在问那男人话，虽然都是些他不想问的问题，答案也是他不想听到的答案。

“你刚才说她在流血，是哪里流血？”

“女人还有什么地方会流血？”男人恼怒地嚷道，“我不是医生。如果我是医生，我还用花五美元找你？”

医生仿佛并没有听到他的话。“啊，”他说，“明白了。也对。”医生不再往前走了。他似乎并没意识到自己停住了脚步，风呼呼地吹着。这事不符合我的年龄，他想：如果我现在还是二十五岁，我可能会说，谢谢上帝，我不是他，如果我有那个福气的话，有孩子就是早晚的事，所以不需要嫉妒别人；如果我六十五岁的话，我可能会说，谢谢上帝，我不是他，因为我知道我太老了，已经养不了孩子了，所以羡慕别人没用，那是他的情爱结下的果子，证明他还没死。可是我现在四十八岁，所以我认为我不应该被拉来做这样的事情。“等下，”他说，“你等等。”男人站住了，两个人都站住了，你看着我，我看着你，强劲的夹杂着棕榈树叶撞击声的海风吹得两人都有点站立不稳。

“我可以付你钱，”男人说，“五块够吗？如果不够的话，能否给我介绍一个愿意出诊的医生，或者让我借一下你的电话？”

“等等，”医生说。这么说科弗尔是对的，他想：你们不是夫妻，可是为什么你不告诉我这些呢？医生并没有说出他心里所想，只是说：“你们没有？你们不是……你是做什么的？”

男人似乎快要给风吹得站不住了，因为个子高，他其实是自上而下地看着医生，他的脸上明显表现出克制不住的不耐烦的神色。那座小房子隐没在黑乎乎的夜色里，从里面透出的灯光与其说是从窗户或者门里发散出来的，不如说像是一小绺颜色暗淡且透着悲凉色彩的布条，只不过这是一小绺在风里岿然不动的布条。“什么？”来人说，“我是一名画家。你问的是这个吗？”

“画家？可是这里没有工地，经济这么差，没有工程，九年以前这里还不错。你的意思是你手里没有任何工作邀约或者合同就跑来了？”

“我会画画，”男人说，“我以为我来这儿能找到工作……好了吗？我能借一下电话吗？”

“你会画画。”医生尽量用平淡的语气掩盖他内心的讶异——他不知道的是三十分钟以后这种讶异会变为愤慨和失望，甚至以后的几天他会在这种愤慨和绝望的情绪中摇摆不定。“不说这些了，这会儿她可能还在流血，走吧。”两个人继续向那间屋子走去。医生第一个进屋；他之所以在那一瞬间抢先进到屋子里是因为他觉得只要那女人在屋里，两人之间最有权利进到屋子里的人应该是自己，不是因为他是客人，也不是因为他是房东，而是因为他是一名医生。风声被隔在了外头。叫哈里的男人在身后关上门，门把那压过来的黑乎乎没有重量但又强劲无比的风隔在外面。医生马上闻到屋里有一股冷秋葵粥的馊味。他甚至知道那锅粥在屋子里的什么位置，它被放在厨房的冷灶上，原样未动，里面的粥还是那么多，没有人吃过（他们俩连尝都没尝，他想，可是为什么他们要尝呢？他们凭什么要尝那粥呢），他对这间屋子的厨房很熟悉——灶台破旧，有数的几个可以做饭的家什和几把不配套的刀子、叉子、勺子，喝水的器皿不过是曾经贴着俗气标签在流水线上生产出来的草莓酱或者腌黄瓜的瓶子，作为屋主，他为建造它出过力——风从单薄的墙壁（墙与墙之间是叠加搭建的，而不是像他住的那间屋子，墙板之间是榫槽结合的，接口处的复合板在潮湿的海风的风化下已经开始扭曲变形，像是春光乍泄的破丝袜或者裤子）吹进来，像是幽灵在喃喃自语。这房子已经被出租了三年多的时间，这期间他（不是他妻子）一直对租客的行为佯装看不见，只要这帮有男有女的租客的总数是奇数即可；或者露宿的男女本是陌生人却声称他们是夫妻，他和妻子都是一副揣着明白装糊涂的态度。正因为如此，这种愤慨的情绪只能让明天乃至以后的他感到怅然若失：为什么你要告诉我？他想，那些人没有告诉我，没有来打扰我，没有跑上门来让我知道这些东西，虽然我不知道他们带走了什么。

从房间的门缝里泻出一星昏黄的灯光。其实不用借助灯光医生也知道女人在哪个房间，他知道那张破床，妻子曾说过即使对方是一个黑人仆人，她也不会叫她躺在那上面睡觉。医生正要进入房间，突然听见自己身后那个叫哈里的男人光脚踩在地板上的动静。他想，我其实并没有多少权利进到这间卧室里，想到这儿他突然想笑，瞧，我其实对这一套礼节性的东西并不了解多少，年轻那会儿在城里碰到这样的情况我内心其实特别害怕，医生停住了脚步，对方也停住了：医生感觉好像有一双眼睛正在一动不动地盯视着自己，仿佛两个人同时停下脚步是在礼让一个影子，让那个最有权利对这件事义愤填膺但此时却不在场的丈夫的影子先进到卧室里。这时从屋子里传来女人的声音——像是酒瓶碰在玻璃杯上的声音，两个人这才不再犹豫。

“等我一分钟。”叫哈里的男人说道，随即快走几步先走进那个房间。医生没有跟进去，他看着那张沙滩椅，上面挂着女人那条褪色的牛仔裤——该大的地方却偏偏很小的牛仔裤。屋子里传来男人光脚踩在地板上的声音，好像走得很快，一边走一边说着什么，听得出他很紧张，但他的声音一直不高，不仅不高，还很温柔。医生突然明白了为什么女人的脸上没有痛苦和害怕的神情，那个男人显然在承担这些，就像医生看见他时，他手上总是拎着那捆用来烧火的木柴并且用这木柴为女人生火做饭一样。“别，夏洛特，”男人说，“别下来，你不能这样，回到床上躺着。”

“为什么不行？”是女人的声音，“凭什么不行？”医生听见两个人在纠缠。“让我走，该死的坏蛋，”（医生相信自己听见那女人好像说的是“拉特”，那应该是人或者物的名字）“你答应了，拉特，我就这么一个请求，你答应了。因为，听着，拉特——”女人的声音突然变得神秘起来，“不是他的原因，你明白的，不是那个笨蛋，不是韦伯。我欺骗了他，就像我欺骗你一样。孩子是另外一个人的，我的屁股和那些人的肚子一样可以做证，反正谁知道婊子做的那些事呢——”医生现在听到的是两双光脚踩在地板上的声音，像是光脚的人在跳舞，舞步一会儿大一会儿小。然后不跳了，女人的声音恢复了先前那样，不再诡异。她为什么不绝望？医生想，为什么不害怕？“天哪，又开始痛了。哈里！哈里！你答应的。”

“我在这儿。没事的，回到床上躺下。”

“给我喝点那东西。”

“不行，我说过了，不能再喝。我也告诉过你为什么不能喝。疼得厉害吗？”

“我不知道，上帝。我不知道，给我杯酒，哈里。也许一会儿就流出来了。”

“不会的，现在不会了。太晚了。医生来了。他会帮你的。我给你穿上衣服，让医生进来。”

“我就那一件睡衣，会给血弄脏的。”

“没关系，衣服就是用来穿的，很快就会好的，穿上吧。”

“可是为什么要请医生呢？干吗要花那五美元？哦，你这个傻瓜——不要，不要走得太快，又疼了，慢点，我疼。疼得厉害，哦，不行了——”女人说话的声音像在笑；音量很小，听上去干巴巴的，又像是干呕或者咳嗽时发出的声音。“就是那儿，那儿疼。像是掷骰子，一会儿七点一会儿十一点。一直说话的话也许会好点儿——”他（医生）听见那两个人的脚在地板上蹭来蹭去的声音，还有弹簧床发出的吱吱嘎嘎的声音，女人一直在笑，声音很低，但里面有一种不认输的绝望，让医生想起今天中午给她送秋葵粥时她斜睨过来的眼神。医生站在阳台上，手里抓着他那个看上去又皱又旧的黑色出诊包，眼睛还是盯着那张沙滩椅，椅子上堆了一大堆衣服，那条褪色的牛仔裤也在其中。很快，那个叫哈里的男人从屋里冲出来，从那堆衣服里拿了一件睡衣后重新消失了。医生看着椅子，是的，他想，就像那堆木柴。这时那个叫哈里的男人再一次出现在门口。

“你可以进来了。”他对医生说。

老人河

I

这事要从两个犯人讲起（时间是一九二七年五月，密西西比河发大水[①]那次）。其中一个犯人二十五岁左右，高，瘦，没有肚腩，一张脸带着晒伤的痕迹，头发和印第安人的头发一般黑，青白色的眼里仇恨分明——他倒不是恨让他的犯罪计划成为泡影的警察，也不恨把他送到这儿来的律师和法官，他是恨那些叫什么戴芒德迪克或者杰西杰米斯的作家们，是那些人让他落到今天这个地步！这些作家的书表面看似乎有鼻子有眼，说得和真的似的，实际不过是些无根无据用来骗钱的玩意儿，谁如果真照着书上面的话去行事的话那是一点都行不通，不仅行不通，这些书简直可以称得上是骗，是违法行为（说起来这些作家的行为更像是犯罪，因为书上并没有附上一页要么被公正、要么宣过誓的类似声明的东西，结果这些书上的知识就被

---

① 1927 年，密西西比河发生特大洪水，洪水造成密西西比河下游的许多州被淹。

像他这样的绝想不到索要一纸证书求证真伪的老实人用一角或者一角五分钱买来当作宝典一样），所以有时候高瘦犯人犁着地（在密西西比州，不存在高墙林立的监狱，犯人们通常晚上被关在棉花种植园[①]里，白天则在手拿来福枪或手枪的警卫人员和那些深得监狱信任的模范犯人[②]的监督下做苦工），会不由自主地吆喝住骡子，带着愤怒而又回天无力的情绪想着自己因为违背法律而身陷囹圄的烦心事，直到最后他心里那些含混的念头终于有了一个明确的概念（他曾经稀里糊涂地向宣判他的法庭提出重审他的案子，但是被驳回了）：利用邮件行骗——他认为自己被第三类邮件[③]那一套东西忽悠了，虽然他在钱财（钱财可以让一个人变成傻子）上没有损失什么，但他失去了自由和名誉，以及他内心的骄傲。

他因在火车上抢劫未遂被判了十五年（刚被关进来时他刚过十九岁生日）。实施抢劫前的两年间他一直在读上述那些作家的书。他反复地读，读完后一字不落地按照书上的内容安排自己的行动步骤并记住它们，除此之外他还在书与书之间比较掂量，去掉那些对他没有用的东西，同时筛选出有用的实料。他有条不紊一步步地实施着自己的计划，在实施抢劫前的最后

① 这里指密西西比州监狱（Mississippi State Penitentiary），也叫作帕齐曼农场（Parchman Farm），坐落在密西西比州三角洲区域内。

② 模范犯人（Trusty），指在劳教服刑期间表现良好而获得特殊优待的犯人。

③ 美国邮政制度把定期刊物以外的印刷品（包括书籍）都划入第三类邮件。

一分钟还等着新的故事书出版，以便提醒自己抢劫计划哪些地方还可以稍作修改，就像是一个精益求精的裁缝随时等着新的服装款式出现在画册上，然后不厌其烦一遍又一遍修改手里的活儿，哪怕一丁点的改动都要做到细致入微精益求精。可是到了实施计划当天，他刚走进那节存放保险箱和黄金的车厢就被逮了个正着，他甚至都没来得及在乘客车厢里抢上一两块手表，或者一两枚戒指、胸针和装钱的腰包啥的。他也没伤人，后来警方从他身上搜到的那把上了膛的枪被证实不具备任何杀伤力。向地区检察官供认时他承认手里的那把枪、灯笼（已经被蜡烛熏得黢黑）以及用来蒙面的黑色手绢是他给松树山上的那些住户推销《侦探报》时一次性搞到手的。现在，他常常（可以说大把时间）怀着一腔无处发泄的怒火想东想西，原因是庭审时有些话他压根儿没来得及说——实际情况是他不知道该怎么告诉那些审判他的人——他想说他打劫不是为钱为财，更不是为了抢一些不值钱的玩意儿；他打劫是为了在这个风云变幻的时代里和自己玩个游戏，在这个游戏里证明自己是最好的，他要的至多不过是类似于奥林匹克运动员戴在胸前的奖章的东西——即便会因此得到个镯子似的玩意儿他也不在乎。这就是他的初衷。所以，每次当他手拿犁铧在那些被翻腾起来的黑土地上一通乱刨时，挥舞锄头给那些玉米苗和棉花苗松土时，吃过晚饭后忍着酸痛把自己放倒在铺位上时，嘴里就禁不住蹦出一连串恶毒的咒骂，他骂的不是那几个把自己送进来的活生生的警察法官之流，而是那几个只有署名的作家，虽然到现在他都不知道那些名字其实只是毫无意义的笔名，是那些靠涂写虚幻之事谋生的人编造出来的假名而已，和那些名字相对应的活人在这世上并不存在。

第二个犯人看上去头发快掉光了，矮、胖，皮肤很白，是一种隐藏在朽坏的圆木头或者木板下的东西被人翻过来后暴露在日头底下的白色。他的心里也和第一个犯人一样燃烧着无处发泄的怒火（只不过没有搞到像第一个犯人那样连眼睛里也充满了敌意）。外人并不知晓他内心的愤懑，包括那些把他送进监狱里的人。原因很简单：他从来不让人看出来他内心是怎么想的。他并不痛恨什么书本杂志，他是恨那些逼他必须在密西西比州劳改农场和亚特兰大联邦监狱之间做出取舍的人——这事儿乍听上去让人有点摸不着头脑，因为在哪儿服役毕竟是他自己的选择——恨归恨，这个病恹恹的秃顶男人还是选择了来农场服刑。选择风吹日晒的户外服役是他紧锁心门，把自己和外界隔绝开来的性格的证明之一，这就像从一潭浑浊不清的死水中突然冒出来的一个东西，可眨眼之间就在你眼前沉了下去。这里的犯人没人知道他犯了什么事，只知道他要服一百九十九年的刑期！如此让人感到不可思议，像是天方夜谭一样的拘禁期限只能证明送他来这里的那些人——那些司法界的中流砥柱和仁人义士们不仅对追求司法公正置若罔闻，而且对人类尊严的践踏也是轻车熟路。他们不再是法律面前人人平等的实践者，而是把法庭变成了怒火和报复的个人表演秀并以法庭为舞台上演这个社会的野蛮残暴。在那几个法官、检察官和陪审团成员的心里，哪里还会想什么公正，即使是法律也可有可无。也许只有那些联邦和州检察官知道他犯的到底是什么罪。他和一个女人开着一辆偷来的汽车流窜于各州之间，罪名是抢劫加油站及枪杀加油站工人。当时他们的车里还坐着一个男人，不过他溜了，只有他和女人还有那辆车落在了警察的手里，即便所有见过矮胖犯人的人（包括那两个律师）一眼便能看出这人属于酒后也不敢扣动扳机的那类人，即便这两个蓬头垢面的人气吼吼地抗拒过，他们最终还是被押到了州检察院，接受两位表面上一脸威严实则幸灾乐祸的检察官的质询，当气愤不已的女人被押到他身后的另一间候审室时，两位检察官让他做出选择：第一是把他交给联邦法院，遵循曼恩法案[①]接受审判，至于那辆偷来的汽车，他可以和那个女人一起受审，从而得到一个较轻的量刑；第二是从后门直接被带走，让州法院来审判他，罪名是过失杀人罪，他一个人承担所有罪行。他选择了后者。法官（自上而下看他的眼神仿佛在说他只是州检

① 曼恩法案（The Mann Act，也叫作白人奴隶走私法案），1910 年 6 月美国国会通过的一项联邦法案。它最初规定“禁止在州际或者对外贸易中以卖淫或淫乱等非法或不道德目的贩卖妇女或少女，并确定这类行为为犯罪行为”，因为该法案的解释空间很大，实际上带有明显的种族主义色彩，即不允许黑人男子与白人女子交往。最著名的因曼恩法案而被定罪的有已故首位黑人重量级拳王杰克 · 约翰逊。

察官用脚指头踢翻一块木板后暴露出来的东西）对站在审判席上的他做出了在州农场服役一百九十九年的判决。所以（在监狱里比较空闲）他也成了一个内心怒火中烧而又回天无力的思考者，只不过他不像第一个犯人那样喜怒形于色，拄着扫帚杆儿休息时也很少发出一连串的咒骂，所以倒也没人知道他的心事。

将近四月末的时候，矮胖犯人得到了一个给其他犯人们读报纸的活儿。每天干完活儿后，这些拖着脚镣的犯人都要被荷枪实弹的狱警从地里押送回牢房。晚饭后他们在工棚里围成一圈，由矮胖犯人读报纸给他们听。报纸是副监狱长每天早晨必读的《孟菲斯报》，下午给到矮胖犯人手里。矮胖犯人态度认真声音高亢，但其他犯人似乎并不买账，他们对监狱外的世界发生的事情并不关心，有些人压根儿不识字，就连对俄亥俄河谷[①]和密苏里河谷[②]在哪里这样的问题也是一问三不知。有些人从来没有见过密西西比河，即使他们在河堤的阴影下耕作了十天半个月、十年、二十年（未来是从几个月到终生），就连吃睡也在它的阴影下，但他们只是听说河堤外有条河，最近他们才常常听到蒸汽轮船的嘶吼声。就在上个星期，有人甚至看见在大约六十英尺[③]高的空中出现过一幅轮船烟囱和驾驶舱缓缓

① 俄亥俄河，密西西比河水量最大的支流，位于美国中东部。

② 密苏里河，密西西比河最长的支流，全长 4300 多千米。

③ 1 英尺约等于 0.30 米。

移动的画面。

话是这么说，但犯人们多少还是听进去了点。很快，就连那些和矮胖犯人一样最多只对饮马槽里的水量有概念的犯人们也渐渐明白了凯罗[①]和孟菲斯[②]的河水水位高三十英尺意味着什么，有时还能（这是事实）就沙涌这样的事情发表一下自己的看法。他们被那些抢救堤坝的人群（临时组成的）的报道打动，在那些报告里，白人和黑人并肩作战，轮流维护堤坝的安全，顽强抵抗着持续上升的洪水。这些人和他们这些听人读报纸的犯人一样，劳动是无偿的，没有谁付钱给他们，晚上只能睡在帐篷的泥地上，吃得很差——就这样，故事和画面从矮胖犯人的嘴里源源不断地流出来：身上都是泥点子挎着手枪的白人，肩扛沙袋的黑人像一队蚂蚁爬上又陡又滑的防洪大堤，明知徒劳仍然把肩上的沙袋扔进洪水中，再返回去背更多的沙袋上来。也许对他们来说，不光只是动用想象力这么简单，也许他们对这日渐逼近的灾难想得更多，就好比阿亨诺巴尔巴斯[③]豢养的那些奴隶——里面既有狮子、熊、大象，也有给主人理发的人、伺候主人洗澡的人、做蛋糕的人——当他们站在主人阿亨诺巴尔巴斯的庭院里看着罗马城的熊熊大火燃烧时，有种

---

① 俄亥俄河在凯罗附近注入密西西比河。

② 孟菲斯，位于美国伊利诺伊州西南部，是密西西比河畔的一座大城市，离犯人当前所在的监狱不远。

③ 阿亨诺巴尔巴斯，这里指古罗马皇帝尼禄。公元 64 年，他在皇宫的花园里望着罗马城在一场大火中毁灭。

震惊又渴望趁大火逃离的心情。也许他们是抱着这样的心情来听矮胖犯人读报纸的。转眼时间到了五月，犯人手里的报纸开始出现两英寸[①]高的标题——每个字母看着都那么独立的粗黑标题醒目得似乎就是不识字的人看了也能明白些什么：午夜洪峰抵达孟菲斯，白河河谷四千人无家可归，州长宣布下列各县戒严并出动国民警卫队维持秩序，胡佛部长[②]带着红十字的捐赠离开华盛顿。读到这些消息的三个晚上后（一直下雨——不是这里四月或者五月里常见的雷阵雨，而是十一月和十二月才能见到的淅淅沥沥的小雨，一天到晚灰蒙蒙的，通常这样的天气发生在一场从北方来的寒流之前。犯人白天不再被押到棉花地里工作，每天听的都是前一天的新闻，事先传来的小道消息往往和正式播报的新闻相矛盾）：洪峰已过孟菲斯，两万两千灾民已安全抵达维克斯堡[③]，陆军工程兵称大坝可以守住。

“我看大坝今天晚上就得塌。”一个犯人说。

“也许大水漫到这儿时雨还不停。”另外一个犯人说。其他犯人嘴上不说，心思却也活动起来，因为他们知道，天一晴他们就得被押到田里干活，哪怕大坝塌了，大水冲到了这里，他

① 1英寸约等于2.54厘米。

② 当时美国的商业部长，于1929年当选美国总统。1927年密西西比州发生洪水时，他被时任美国总统的柯立芝任命为全国负责洪水事宜的特别委员会主席。在救灾运动中，他拉拢黑人的精神领袖为自己造势，在真正的救灾和家园重建中，却没有兑现让黑人受益的承诺。

③ 维克斯堡，密西西比河下游的一座城市。

们也得这么做，这是必须的。虽然他们不知怎么解释这个出于本能的看法，但犯人们觉得这想法合情合理，没什么说不过去的，因为他们所耕种的这一大块棉花田和从这块土地上生产出来的所有东西既不属于他们这些耕种者，也不属于那些用枪指着他们强迫他们做苦工的人，对于他们这些人——犯人或者警卫来说，哪怕交给他们的种子是石头，哪怕他们每天在地里打理的植物不是真的棉花幼苗，而是纸做的棉苗和玉米苗，他们也得照做不误。就这样，无所事事，每天看着报纸那些大字标题的同时，他们心里的希望也冒出了苗头，而且在疯长，他们辗转反侧，听着雨水打在铁皮房顶上的声音沉沉睡去。直到有一天晚上，午夜时分，牢房里的电灯突然亮了，犯人们在狱长的说话声和汽车马达发动的突突声中惊醒过来。

“马上出发！”明晃晃的的灯光中，脚蹬橡胶靴子、身穿油布雨衣、全副武装挂着枪的副监狱长喊叫着，“大坝在芒德码头那里决口了，起床，马上出发！”

野棕榈

II

男人叫哈里，遇见夏洛特·里特梅尔时是新奥尔良医院的一名实习医生。他是三个孩子中的老幺，是父亲和第二个妻子生的。他父亲老来得子，他出生时两个姐姐中年纪小的那个也已经十六岁了。他两岁时父亲过世了，他成了孤儿，是同父异母的大姐收留了他。老威尔伯是一名医生，在他学医的那个年代，医学院的学生从药学到诊断再到手术什么都得学，什么都得会，学费可以交钱也可以通过为学校工作来付。所以老威尔伯先生是一边干着宿舍管理员和餐厅服务员的活儿，一边坐在公共课堂里修完了学费仅两百美元的四年学业的。他死后人们打开他的遗嘱，最后一段这样写道：

考虑到通货膨胀下不可能以我当时的学费完成内科和外科的学业，我愿意另外拨出两千美金作为我儿子哈里·威尔伯完成医学学业并取得学位和行医资格用，相信这些钱足够我儿完成上述事项。

落款日期为一九一〇年，时间是哈里出生两天后。两年后老威尔伯去世——他为一个被毒蛇咬到手的乡下男孩儿吮吸伤口，感染了坏血症。哈里被同父异母的大姐收留。收留他时大姐已经生育，姐夫是俄克拉何马州一个小镇上的杂货店店员（直到死都是）。等到哈里上医学院的时候，父亲留给他的那两千美元仅够他给自己选一所收费不高但排名还算不错的医学院的四年学费，而且，真要说起来这些钱的价值并不比父亲上学时的两百美元多到哪里去。特别是现在的大学宿舍已经装上了暖气，食堂也改成了不需要侍者的自助餐厅，大学生要想在学校挣钱，唯一的办法是去打橄榄球（要么会带球，要么会阻止对方带球）。还好他的姐姐慷慨解囊，时不时给他寄一两美元过来，信封里有时还带着一两张仔细折好的邮票。他用这些钱买烟抽，后来他戒了一年的烟，用省下来的钱交了医学院学生联谊会的会费。他没钱向女生献殷勤（医学院是男女同校），也没时间。在一边读书一边计算自己账户里日益减少的数字的生活里，在这种如同苦行僧的生活方式下，他其实过的是一个在华尔街摩天大楼里谋生的职员所过的那种残酷无比、打仗般的生活。

他完成了学业。抵达毕业终点线时那两千美元尚有盈余。

他有两个选择，要么回俄克拉何马州的小镇上，把那张类似于羊皮纸的毕业文凭呈给大姐过目，要么直接去新奥尔良的医院做实习医生，总之他口袋里的钱只够他二选一。他选择了后者，或者说他只能选后者。他给姐姐一家写了封感谢信，在信里附了一张有他签字的票据，算是用来偿还他们以往寄给他的那些钱和利息，还有邮票钱（随信寄去的还有那张文凭，上面用凹凸不平的烫金拉丁文写着系主任龙飞凤舞的签名，他猜姐姐和姐夫只能从上面辨认出他的名字）。寄完信后，他买了一张硬座车票，背着背包坐了十四个小时的火车抵达新奥尔良市，抵达时他身上只有一美元三十六美分。

在遇见夏洛特之前，他已经在这家医院工作了近两年的时间。他住在实习医生宿舍，和其他几个医生共住一间屋子，毫无隐私可言，他要求自己一星期只抽一包香烟，省下来的钱寄给姐姐——以前是他同父异母的姐姐一美元两美元寄给他钱，现在倒过来了，轮到他一美元两美元寄给姐姐，算是还债；他上学用的书包现在用来装白大褂，他看见它就想起自己这二十六年来的经历，还有那两千美元，他把包放在摆放着钢架行军床的宿舍的角落里，包里还有一张来新奥尔良时的火车票和一美元三十六美分。二十七岁生日那天，他清晨醒来，倚在床上看着自己的身体，因为角度关系，看起来身子到脚这一块似乎缩短了，他仿佛看到自己这二十七年的时光，无可挽回地溜走了，像是被缩短了似的，像是一个被动地仰躺在河流上的人，和河水一起，一去不返。他似乎看到了那些岁月：一片空白的青春，已经离他而去——放浪形骸，多愁善感，天真无邪，欲火烧身，这些与青春有关的东西统统与他无缘。他躺在床上，想着自己的青春，心里既不骄傲，也不回避，而是很平静地回顾着过去的岁月，像是一个被阉割了的人，中年后看着自己那已经不像样的皱缩成一小团的阴囊（那里面只有记忆，没有血肉）麻木地回顾起没有挨那一刀之前的艰难岁月：我放弃了挣钱和爱情，但并不意味着我鄙视这两样东西，我只是不让自己去想这些事情，再过几年，也许一年，也许两年，也许五年，我才能知道我现在的选择是不是对的；但是现在，我不需要去想这些事情。

那天晚上下班后时间已经晚了，他穿过回响着餐具碰撞的声音和人声的食堂回到宿舍，宿舍里只有弗林特站在镜子前，身穿西服和衬衫，正在往脖子上系一条黑色领带。看见他进来，弗林特转过身，用手指了指他的床铺，床铺枕头上放着一封电报，很明显已经被拆开过。“我在我床铺上发现的，”弗林特说，“当时正在穿衣服，匆匆忙忙的，没顾上细看电报上的名字就拆开了。对不起啊。”

“没关系，”威尔伯说，“电报这东西没什么隐私可言，那么多人都看过。”他从信封里抽出那张折叠的黄色电报纸，上面印着漂亮的花纹图案——类似于花环和卷轴的东西；电报是姐姐发来的，其实只是一张只要你花二十五美分就能买到的由电话公司制作的可以送往美国各地的生日贺卡。他抬起头，弗林特在看他。

“这么说今天是你生日，”弗林特说，“要庆祝一下吗？”

“不了，”威尔伯回答，“不用了。”

“什么不用了！听着，我现在要到法国区[1]参加一个聚会，你跟我一起去吗？”

“不了。”他不假思索地拒绝道，可是心里却在想，为什么不呢？

“我也没被邀请。”威尔伯说。

“没关系。也不是那种很正式有人邀请才可以参加的聚会，不过是个工作室聚会，来一大帮人，挨挨挤挤地坐在地板上，喝酒聊天。走吧，谁愿意生日这天一个人在宿舍待着。”听到弗林特这样说，他心里想，为什么不呢？怎么就不去呢？他似乎感到自己那颗正在蠢蠢欲动的心，与此同时脑海中却浮现出一个摩西似的人，一脸严肃双颊消瘦，板着面孔沉静地对他说：不，不去。一个人待着就挺好。你心里很平静，你不需要那些东西。

“再说我也没合适的衣服。”

“不需要穿得那么正式。去了那里你可能发现主人自己还穿着睡衣待客呢。我记得你好像有一套深颜色的西服，不

① 新奥尔良城的一个富人区。

是吗？”

“可是——”

“这样——”弗林特说，“德蒙蒂尼有件礼服，你俩身材差不多，我拿给你穿上。”弗林特说着就去了公用衣橱帮他找衣服。

“可是我——”

没等他说完，弗林特已经回来了，他把手里的衣服扔在行军床上，随即开始解身上的背带、裤子，一边脱一边说：“这样吧，我穿德蒙蒂尼的衣服，你穿我的，反正我们三个身材差不多。”

一小时后，威尔伯穿着弗林特的衣服，在此之前他从未穿过这样的衣服。他和弗林特一起出现在一条位于维耶克斯卡尔[①]城区的单向街道上，这条狭窄的街道介于杰克逊广场和皇家大街之间，四周光线昏暗，街道两旁的人家有阳台探出来——两个人来到一堵褪色的砖墙前面，棕榈树的宽大叶子从墙头上乱七八糟地探出来，街道的空气原本就有一股糖、香蕉、大麻的混合气味，此时又多了一层浓重的茉莉花香，空气里的气味浓厚得像是呆滞不动的雾气或者颜料。他们走到有点歪斜的木头大门前，弗林特拉了一下门铃的绳子，一串既柔和又刺耳的声音在空气中响过后，一阵弹奏钢琴的声音叮咚叮咚地传

① 维耶克斯卡尔，新奥尔良城的法国人居住区。

来，听上去是格什温[1]的曲子。“嗨，”弗林特说，“没什么可紧张的，你听，连这琴声都有股佳酿杜松子的味道，也许格什温给这家主人画过肖像也不一定，不过我敢保证，作曲家格什温的画画水平比这位画家主人弹钢琴的水平一定好很多。”

弗林特又拉了一下门铃，还是没有人来开门。“门没锁。”威尔伯说。门确实没锁，他们推开门走了进去：院子里的地砖的颜色和外墙颜色一样，都很暗淡，显出一副经过风吹日晒破败的迹象。院子里有一座池塘，水面沉寂，没有一丝涟漪，池塘旁边立着一尊红土烧制的塑像。院子里的植物包括一大丛马缨丹，一棵棕榈树以及一丛形状不小的枝叶繁茂的茉莉灌木，灯光从开着的落地窗里透出来，正好落在茉莉那星星似的白色花朵上。屋子的三面外墙上吊着三座阳台，在沉沉夜幕的衬托下仿佛三座悬在半空的旧城堡，上面的青砖褪色，城堡歪歪扭扭，晦暗破败，以某种姿态抵御着夜空折射的城市的光。空气里回荡着跳跃的钢琴声，音符滑动很快，但旋律并不和谐，嘈杂刺耳，里面那种故作姿态的矫饰让人联想到一群少年在老鼠横行斑驳破旧的墓碑上涂鸦的符号。

两个人穿过院子，拉开一扇落地门窗后跨进屋子，各种声音扑面而来——钢琴声、人声——这是一间狭长的屋子，地板高低不平，四面墙上挂满了没有装框的画作，第一眼看去很

① 格什温（George Gershwin，1898—1937），美国著名作曲家和钢琴演奏家。

容易以为它们是马戏团的巨幅海报，虽然看不出里面画的是什么，却因为突然近距离地出现在眼前，似乎能把人唬得原本睁大了的眼珠子又猛地缩回到眼眶里。除了一架钢琴，房间里几乎没有什么家具，一个头戴巴斯克小帽、身穿浴袍的男人正在弹钢琴。屋子里有十几个人，有的坐在地板上，有的站着，每人手里都端着酒杯。见他们进来，一个穿着无袖长袍的女人走过来，尖着嗓子招呼道："上帝，哪儿在办葬礼是不是？"她举着酒杯吻了吻弗林特。

"大家好，这是威尔伯医生。"弗林特说，"你们可得小心点，他可是口袋里揣着叠银行支票，袖子里却掖着一把手术刀的主。"对于弗林特的介绍，男主人甚至都没转过头来，只有一个女人行动迅速地给他端来一杯酒。虽然没有人介绍，但他猜这差不多就是女主人了。那女人在他旁边站住，与其说是聊天，不如说是朝着他说了几句话而已，因为他一直在看墙上的那几幅画，对女人的话充耳不闻。以前他在杂志上看到过很多类似的作品，或者说摹本和复制品，看的时候也没有多少好奇，原因是他根本不信这些东西，就好比一个乡巴佬看到一幅描摹恐龙的画时肯定会摆出一副无动于衷的表情，外人从他脸上看不到一丝一毫的热情。但是现在，他这个乡巴佬站在画前，聚精会神地看着这些画。其实他并不是被画里的内容，或者作画的方法和颜色吸引，他不在乎那些东西，他脑子里想的是，一个有着大把的闲暇时间画这样的画的人，到了晚上一边弹着钢琴，一边端出美酒招待到访的客人的人，为什么表现出一点都不在乎客人（至少没有在乎他），甚至连名字都懒得问一下的态度，他对这样的人的生活方式感到好奇，而且里面没有任何嫉妒或者羡慕向往的成分。他站在那里，专心致志地看画，即便听到有人在身后冲着人喊“拉特和舍莉”还是没有回头，直到听到身后传来一声“这位先生，您怎么看这些画？”才扭过头去，说话的人不高，猛一看甚至有点胖，再多看几眼，才发现她不是胖，而是因为她体型较宽，长了一副类似于阿拉伯母马的女性骨骼，再加上没有修饰，所以才显得胖——他猜她不到二十五岁。这女人穿了一件印花棉裙，脸蛋不算漂亮，也没化妆，只有嘴唇涂了口红，她的嘴巴长得不算小，一边脸颊上有一道浅浅的一英寸左右的疤痕，看得出那是烧伤导致的疤痕，是小时候受的伤。“您还没想好是吗？”

“是的，”他说，“我不知道。”

“是不知道说什么，还是不知道自己要不要说？”

“也许是不知道说什么吧。你怎么看这些画呢？”

“花花草草而已，我也画画。”女人的回答干脆利索，“我也可以画出这样的东西，甚至比他画得还好。您贵姓？您是从哪里找到这样一身衣服的，是为拜访贫民窟准备的？好让我们一瞧就知道您是准备拜访贫民窟来的？”

她说话的时候一直在盯着他看，他发现她的眼珠颜色不是大多数人都有的褐色，而是黄色，像是猫的眼睛，静静地看着你，和男人注视人的方式很像，就是说，眼神里除了大胆还有专注，不光是看，里面还有一层审视的意思。“这身衣服是我借来的，这是我人生中第一次穿这样的衣服。”他回答道，他本来是不打算来的，他也不知道自己为什么这样说，在那双黄色眼珠的直视下，他有点心慌，像是溺水的人，丧失了意志力和控制力，“今天是我生日。二十七岁生日。”

“噢。”她回了一声，然后转过身，一把握住他的手腕，拖着他往前走去。他感觉到这一握很单纯，没什么杂念，同时也很坚定，有点不容分说。“跟我来。”她说。于是他笨拙地跟在她后面，时时刻刻提醒自己不要踩到她的脚，走了几步后她松开他的手，一个人朝屋子对面一张摆满了酒瓶和玻璃杯的桌子走去，桌子旁边站着三个男人和两个女人。走到一半她停住了脚步，重新抓住他的手腕来到一个看上去和他年纪差不多的人面前，那人穿一件深色双排扣外套，顶着一头金黄色的头发，他头发不多，脸庞既说不上英俊，也算不得睿智和精明，但让人看不透，总体上说这是一张比较和气的脸庞。“这是拉特，”女人说，“现在是阿拉巴马大学的留级生，这就是我们为什么叫他‘拉特’[①]，你叫他‘拉特’就行，这个绰号和他还蛮吻合的。”

午夜以后，弗林特和那个进门时过来亲他的女孩儿消失

① 拉特（rat），俚语，用来指大学一年级新生，成了夏洛特丈夫的绰号。

了；威尔伯和夏洛特站在茉莉丛前说着话。“我有两个孩子，都是女孩儿。”夏洛特说，“有意思的是我娘家亲戚全都是男的，就我一个女孩儿。我最喜欢的人是我大哥，可你总不能和自己的大哥结婚，拉特和我大哥是哥们儿，两人在学校时常常在一起玩，所以我就嫁给了他，生了两个女儿。我七岁的时候和我的一个兄弟打架，结果不小心摔到火炉上，脸上留了疤，就是这道，肩膀上、腋窝下面和臀部也留了疤。以前总有人问我疤是怎么回事，后来我就养成了习惯，不等别人问先告诉对方，现在还是这样，即便聊天的话题和这件事一点关系都没有我也会和人家讲。”

“你和每个人都讲这些吗？当作话头？”

“你是说哥哥的事还是伤疤的事？”

“都有。伤疤吧。”

“也不是和每个人都讲，这事儿挺有意思，我已经好多年没和别人提起这个伤疤的来历了。差不多有五年没和人说了。”

“可是你刚刚和我讲过。”

“是的，所以说很奇怪，应该说特别奇怪。还有，我刚才撒谎了，我其实不会画画，但我会用泥巴做东西，黄铜也成，我还用石头做过东西，刻过一件石头雕像，是用凿子和锤子刻出来的。你摸！”她抓着他的手让他用指尖摸了摸她另外一只手掌根部——她的手很宽很硬，但是指尖柔软，指甲剪得整整齐齐，好像刚刚被它的主人仔细咬过，掌根以及指头和手掌连接处关节的皮肤虽然摸上去没有老茧，但很粗糙，像是脚后跟那儿的皮肤。“我就做那个，我做的东西可以反复触摸，放在手里能感觉到它的重量。你可以立体地看它，不管是在空气里还是水里都会占据一块地方，如果它掉在地上，很可能会砸到你的脚，但是它却毫发未损。我的创作不是用刮刀和刷子在一块画布上刮来刮去，也不是像玩拼图游戏似的把手从栅栏间伸出去用一根秃毛画笔在一面布上戳来戳去。这就是我为什么说我的作品比这些画要好。”她说的时候一直没有动，也没有回头，“我做出的东西不是短暂刺激一下味蕾，被吞下肚后一点都不会停留，穿肠而过，不带来任何一点营养只能统统被冲进肮脏的下水道的东西。明天晚上和我们一起吃晚饭怎么样？”

“我去不了，明天晚上我值班。”

“那后天呢，你哪天方便？”

“你没有安排自己的事吗？”

“有几个人后天晚上去我家聚会，和这些人聚会你不会感到难堪的。”夏洛特看着他说，“这样吧，如果你不想认识这些人，我就过几天再安排他们。那么你后天可以吗？七点钟？需要我开车去医院接你吗？”

“不需要，请别。”

“我可以的，你知道。”

“我知道，我知道，不过——”

“我们进屋吧，我得回家了。来我家做客时别穿你身上的这件衣服了，穿你自己的衣服，我想看你穿自己的衣服是什么样。”

两天后他去她家吃晚饭，在奥德邦公园附近的一个无可挑剔的街区里找到那间简洁但给人感觉颇为舒适的公寓。她家里雇了一个黑人女仆。她有两个长相平平的女儿，分别是两岁和四岁，这两个孩子除了头发颜色和妈妈一样外，其他地方长得像她们的父亲（她丈夫这次穿了一件和上次差不多的深色双排扣礼服，一看就不便宜，威尔伯看出他调鸡尾酒并不在行，他对威尔伯说自己叫“拉特”）。夏洛特穿了一件比较正式的礼服，不过这件衣服并没有拘束住她，她显得很随意，他想起自己第一次见她时，她穿了一件纯棉花裙，现在的举止和当时没什么两样，好像任何衣服穿在她身上都是工作服而已。晚饭味道不错，至少比鸡尾酒的味道好，两个孩子和他们一起吃晚饭，饭后夏洛特领着孩子们走了，安顿好孩子后她一个人又返了回来，倚在沙发上抽着烟，男主人里特梅尔一直陪威尔伯聊天，就一些关于医生这个职业的问题问个没完，让威尔伯想到大学生联谊会的主席，一旦逮着一个医学院协会的会员便问来问去没个完。十点钟到了，威尔伯提出告辞。“别，”夏洛特说，“那么着急干吗？”于是他又待了一会儿，十点半的时候里特梅尔说他明天要工作，所以先去睡了，屋子里只留下他们两个。夏洛特灭了手里的烟，从沙发上站起来，走到站在冷冰冰的壁炉跟前的威尔伯面前，看着他说：“怎么办——他们是这样叫你吗？哈里？我们应该怎么办，哈里？”

“我不知道该怎么办，在你之前我没有爱过任何人。”

“我爱过，但是我也不知道。需要我给你叫辆计程车吗？”

“不用了，我步行回去。”他转身向门口走去，她也跟了上来，说：“至于那么省吗？我给你付车钱好了。你不能走着回医院，从这儿到医院有三英里[①]路呢。”

“那不远。”

“不是他的钱，如果你是因为这个不愿让我付车钱的话。我自己有些钱。以前攒下的，以防用得着。我也不知道为什么要攒这些钱。”她站在门口递过来他的帽子，手一直放在门把手上。

“三英里不算远，我想走着回去——”

“随你，”她打开门，两个人对看了一眼。随即，漆成白色的门隔开了他们，分别时两个人没有握手。

在接下来的六个星期里他们至少见了五次，都是在城里见的，他不愿再去她家，那屋子里有她丈夫的影子。他们在一起时也就是吃饭，这些饭局开启了他以后的命运（或者说霉运，因为如果他没有和她开始，他也许会发现世界这么大，时间有的是，太阳底下人头攒动，真是不一定非要把爱情拘泥在某个特定地点、某个时间以及某个人身上），他再也没有参加过那

① 1英里约为1.6千米。

样的派对。他们把吃饭的地点定在老城区的一间餐馆，他把每周要寄给姐姐的两美元都花在了和她吃饭上。第三次约会时，她突然毫无征兆地说了一句：“我告诉拉特了。”

“告诉他什么？”

“我和他说了我们在一起吃饭的事，说了和你约会的事。”后面的几次约会她再也没提她丈夫。第五次见面不是吃饭，而是约在了酒店，而且是在去酒店的前一天决定的。这时候他突然觉得自己对酒店幽会这种事其实一无所知，他所有的了解全部建立在猜测和想象上。因为他的懵懂和一无所知，所以他相信酒店幽会这种事应该有秘诀，但这种秘诀不是某种需要严格遵循步骤才能成功的程序，而是白魔法：在打开某个隐藏的抽屉或者柜子前需要说出某个咒语或者很细微的手部动作的配合。他认为夏洛特正跟他相反，因为她对她想做的事情从来都是很有把握，不会抓瞎，这不是因为她具备让人挑不出毛病的协调能力，而是在他和她交往的这些短暂日子里，他意识到所有的女人在做和爱情有关的一些具体事务时都具备一种相当准确的直觉。他想过自己要不要去问问她该如何准备，但是最终放弃了这个想法，他对自己说如果他是从她那里得到的答案，由她来告诉自己应该带什么不带什么的话（他相信只要他问，她肯定会给予一定的指导，而且这指导肯定会很合适），那么未来某个时候他会猜测她曾经和别人也这样幽会过，他不想知道这样的事情，即便她以前确实和其他人幽会过他也不想知道。最后，他选择去问弗林特。

“天哪，”弗林特说，“终于从单身生活走出来了，不是吗？我还以为你从来都不会勾搭女孩儿呢。”弗林特的那张脸显出一副急于回忆什么的表情。“是那天晚上在克罗家聚会上认识的那个女人吗？算了，不问了，这是你的私事。这种事儿很简单，去旅馆之前你先给自己找一个包，包里装几块砖头，装之前用毛巾把砖头包上，这样它们就不会发出响声。如果是我的话，我不会挑圣查尔斯或者罗斯福这样的酒店和对方见面，而是找一家小一点的，但也不能太小。车站附近有一家，那个酒店就挺好。一定要把每块砖都包上，然后再把它们缠在一起，还有，要带上一件大衣，还要带上雨衣。”

“好的。我需不需要告诉她也带上一件外套？”

弗林特笑道：“不用。她肯定用不着别人教她这些，听着，”弗林特的语速快了些，“沉住气。我不了解她，所以不会谈论她会怎么做。我是指天下所有女人。即便她出现时戴着面纱，手里拿着外衣和包，从包的一角露出一张普尔曼火车票的票根，也不意味着她以前曾这样做过。这就是女人，即便她只有十四岁，对于幽会这种事情也不用什么唐璜[①]或者所罗门[②]替她出主意。”

“不说了，”他说，“也许她根本就不会来。”他发现自己好

---

① 唐璜（Don Juan），西班牙传说中的一个风流浪荡子。

② 所罗门（Solomon），《圣经》中的人物，古代以色列国王，以智慧著称。

像一直不相信她会赴约，甚至她坐的车已经停在了马路边上，他似乎还是有点难以置信，他手里拿着包站在路边，她穿着外套，身上没带包，也没戴面纱。他走过去替她打开车门，她动作敏捷地从车里出来，脸上的神色十分严肃，镇定，眼珠看上去比平时似乎黄了很多，说话时语气生硬：

“好了吗？我们去哪儿？”

他说：“离这里不远，我们可以走路——”没等他说完她已经转过身去重新坐回到车里。“我们可以走着过去。”他继续说。

“你就那么穷吗？”她说，“坐进来，快点。”于是他坐进去，车继续向前，很快就到了那个旅馆。一个黑人行李员接过他们的行李。这是星期六的晚上，昏暗的大堂里有人在推销旅游路线，有人在议论赛马，夏洛特站在大堂中间，对于威尔伯来说，他从来没有像今天这样关注她的存在，而且从那以后再也没有那么深刻的印象。他在登记簿上签了两个假名，又递给酒店工作人员两美元，那是他应该第六次寄给姐姐的钱。夏洛特一直大大方方地站在大厅里等着他，一点藏藏掖掖的样子也没有，但在他看来，她冷静克制的神态里带有一种悲情的色彩，他认为（在对女人了解这一点他学得很快）这种悲情不是只有夏洛特才有，而是所有女人在这种时候都会展露出来的，这种态度赋予她们尊严感，甚至可以说端庄感，一直到最后躺在男人身下她们都在保持这种端着的姿态，甚至让人感觉有点滑稽。他跟在夏洛特身后穿过走廊，行李员为他们打开房间的门，她第一个走进去。打发走行李员后他反手关上房门，看着夏洛特的身影向房间里唯一一扇并不明亮的窗户移过去，她没有急着脱掉大衣，也没有摘掉帽子，而是径直走到窗户旁边后转过身来，像是孩子在玩抓俘虏游戏，还是那双黄色的眼睛，只是那张他曾经觉得美丽的脸庞突然变得生硬了好多。“噢，天哪，还有你！”她把手攥成拳头开始敲打他的胸脯，“怎么会选这么个地方！怎么会来这么个地方！”

“好了，”他说，“安静，安静。”他抓住她的手腕，箍紧她，她还是不停手，两个拳头抵在他的胸前，身体扭来扭去，想要极力从他手里挣脱出来。是的，他想，不能这样，再也不要这样。“你要安静。”他说。

“怎么会来这么个地方，哈里，我不要来这样的地方。我不是一直说，我们不要来这种背街小巷。想乱搞我可以找个壮汉，随时随地，不用关心他脑子里想什么。但是我们两个不是这样的，哈里。你对我来说不是那种人，不是的。”

“放松，”他说，“没事的。”他引领着她来到那张床前，一直没有松开她的手腕。

“我告诉你了，我很喜欢自己制作东西。找一块质地好的黄铜或者石头，不管这石头或者黄铜有多硬，需要多长时间完成它，你最终都要把它们雕琢成一块好看的东西，一块你愿意拿出来给人看的东西，你可以触摸它，或者握在手里，看着它的背面，掂量它沉甸甸的重量，当它掉到地上，它不会碎，碎的是脚。如果我有一颗心的话，那破碎的是心而不是脚。可是，为什么在你面前我觉得自己就是一个荡妇。”说着她把手朝他伸了过来，他马上意识到她要干什么，轻轻扭了扭身子避开了。

“我没事，”他说，“你不用担心我。要抽烟吗？”

“要。”于是他拿出烟，给了她一根，给她点烟的时候他从上面看着她从鼻根到下巴之间的那道斜线，他给她点着烟后扔掉火柴。她说：“说正经的，我们可以这样，但是我不能离婚。”

“离婚？”

“拉特是天主教徒[①]。他不同意离婚。”

“你是说他知道——”

“是的，知道了，是我告诉他的。不过我没告诉他酒店的事。我只是问他，假如我已经去过酒店和人幽会他会怎么办，他说他不会离婚。”

“你可以单方面向法庭提出离婚吗？”

“以什么理由提出离婚？再说他会反诉的。还有，即使申请离婚也得在这座城市申请，可是这里的法官也都是些天主教徒。所以我只能和你私奔，可是我又不能这么做。”

“是的，”他说，“你还有两个孩子要考虑。”

她抽着烟，盯着他一会儿，说：“不是她们。我是说，两

① 天主教不允许信徒离婚。

个孩子的事我已经想过了，我知道答案，所以不需要考虑她们，更何况我改变不了答案。可是我也没法让我自己改变想法，因为从第二次见到你起，我就明白了书里说的道理：爱和痛是对等的，有多少爱就得承受多少的痛，如果你没有痛苦地得到了爱，那不是爱，是自欺欺人。我早已想通了，所以不会因为孩子而纠结，我考虑的是钱，每个圣诞节我哥哥都会给我寄二十五美元，已经寄了五年，我把这些钱都攒着。我以前和你说过一次，我说我不知道为什么要给自己攒点钱，也许就是为了这一天，可是这又多么像个笑话，最可笑的笑话：我攒了五年钱，只攒了一百二十五美元，几乎不够两个人去芝加哥的路费。你也是，一分钱都没有。”她往前探了探身子，把手里的烟头捻灭在床头旁边桌子上的烟灰缸里，然后站起来，说："就这样吧，没什么可说的了。”

“别走！”他说，“别走！如果就这样结束，我怎么办？”

“可是就这样不清不楚地拖下去吗？像是树枝上一个永远都成熟不了的苹果？”她一边站起身，一边从椅子上拿起她的雨衣搭在胳膊上，似乎在等他。

“你先走，”他说，“我在这里等半个小时后再走。”

“等你提着包穿过大堂，那些店员和黑鬼在后面会笑话你，因为他们看见我一个人先离开了，马上会猜时间这么短，肯定连衣服都没脱，更甭说脱了衣服还得穿上。”她向门口走去，他拿起包紧跟在她身后，走到门口后夏洛特把手放在门上的钥匙上，没有马上开门，而是说："再和我说一遍你没有钱的话，说吧，好让我听清楚些！即便不能理解你给出的这个理由，我也想听得更清楚点！如果是别的——别的无法战胜的原因我可以接受。但是没钱，这无法说服我，不是因为别的，就是因为没钱。说吧，再说一遍！"

"我没有钱。"

"行，有道理，这个说法成立。必须成立。"夏洛特身体开始颤抖，不是轻微的抖，而是很厉害，像是发疟疾似的，好像连裹在皮肉里的骨头都在无声僵硬地颤抖着。"这个道理——"

"夏洛特，"他把包放下，向她走去。"夏洛特——"

"别碰我！"她压低声音愤怒地抗议道，"别碰我！"一瞬间他以为她会冲过来。她的确往前走了几步，但不是冲着他，而是斜斜地走了几步，然后站住，扭头看着那张床，脸上现出绝望和茫然的表情。这之后他听见锁匙的咔嗒声和开门的声音，她走出了屋子。

他给她打了辆出租车后就离开了。他原打算和她一起坐进车里，让车开到闹市区自己再离开（她来的时候把她的车停在那里）。可是他从外面看她时，发现她哭了，这是他第一次看见她哭，后来还有一次。她坐在车里，放肆地哭着，哭得脸都拧巴了，哭得脸上满是泪水，看上去甚至有点狰狞。"你真是个穷光蛋，你还有什么？你这个大傻瓜。又说钱，你把该寄给你姐姐的两美元给了酒店可什么也没干，现在又掏出本该付给你干洗衬衣的洗衣店的钱送我回去，你想和我睡觉，没门儿，永远都别想——”说完她往前探着身子对司机粗鲁地嚷道：“快开！快开，去城里。”

出租车开走了，速度很快，他没有盯着出租车离去，独自站了一会儿，嘴里毫无由来地蹦出一句：至少不用再提着砖头了。声音虽然高，但语气平静。他向马路边的一个垃圾箱走去，路过的行人中，有的人一边走一边用好奇的眼神看着他，有的人匆匆瞥了他一眼就过去了，有的人干脆就没看他。他打开包，把裹缠着毛巾的砖头拿出来，把毛巾一一摘下来，随着他把砖头扔进垃圾箱里，报纸、水果皮以及被不知名的人们扔下的那些废物从垃圾箱冒出头来，就像飞翔的鸟儿排下的粪便，砖头掉进垃圾箱里几乎没有发出声响，除了几张旧报纸无声地抖动了一下。接着，从垃圾箱里飞出一个皮子做的钱包来，很魔幻，像百货商店里交银和找补零钱的气动金属管里的动静，只不过少了一开始预警似的嗡嗡声和转动声。他打开钱包，里面有五张华盛顿游乐园赌赛马的票据存根，一张国有石油托拉斯的消费证以及麋鹿俱乐部[①]得克萨斯朗维尤地区分会会员证，此外还有一千二百七十八美元。

他回到医院以后才知道钱包里具体有多少钱。捡到钱包后他先去了邮局，没走几步他脑子里便冒出一个念头来：我应该

① 麋鹿俱乐部（B.P.O.E，Benevolent and Protective Order of Elks），20世纪的美国是一个俱乐部国度，曾经有6位美国总统是麋鹿俱乐部的会员。

从里面拿出一美元作为酬金（邮局离他当时捡到钱包的地方有六个街区之远，不仅如此，还和去往医院的方向相反），也许我应该从里面拿点钱打个出租车，失主应该也不会介意，不过打车虽然省得走路了，可是我不想那么快，在六点钟之前我得让自己的时间排得满满的，等到六点钟一上班穿上那身白大褂就安全了，就像黑鬼们上床睡觉要把被子从头盖到脚一样。等到他到了邮局门口，才意识到今天是星期六，邮局早已经锁了门。他站在邮局门前，想，只要自己把钱包放进屁股兜里，再把扣子系好，今天就会变成一个难忘的日子，不需要借助日历或者日历上的儿歌也能记起来的日子，这么一想，似乎钱包不再沉甸甸的，他拿着它，掉头朝医院的方向走去，现在他得走十二个街区。他想：就这么走着回去，这一路差不多要四十五分钟的时间，也好，反正回去也是闲着。

宿舍里没人，他把钱包放在一边后开始找东西，最后他找到一个原来用来装卡片的纸盒，这个已经被压瘪了的小盒子是他姐姐去年给他寄圣诞节礼物（一块手工刺绣的手绢）用的包装盒。他找来剪刀和胶水，凭着一双外科医生的手的灵巧劲儿做了一个用来寄钱包的小盒子，整整齐齐地把钱包里的身份证上的地址抄到盒子上，然后把盒子小心地放在抽屉里的一堆衣服下面。也许我可以找本书看[1]，他想，但马上又骂了自己一

[1] 这里指威尔伯想从书本上找到自己该怎么安置这笔捡来的钱。

句，又傻了，怎么完全反过来了，书是照着生活中的人写出来的——书里那些没有生殖器的男男女女怎么能够告诉我们这些叫什么多斯、罗斯、威尔伯或者史密斯的人应该怎么做。

他是六点钟的班。七点钟的时候趁着别人顶替的工夫去餐厅吃饭。正吃着，一个实习护士找到他，告诉他有人打电话找他。肯定是长途电话，他想，应该是姐姐打来的，五个星期前他给她寄过一张两美元的钱，那是他最近一次写信给她，现在姐姐打过来电话，应该不是来责备他的（她是对的，他想，这个“她”不是指姐姐。这难道不是一出闹剧吗，甚至比闹剧本身还要让人觉得滑稽，让人捧腹大笑。我不仅不能使我爱的人幸福，还对不起那些爱我的人），想到这一点他放松下来。当他听到电话那边传来一声“威尔伯”他以为是姐夫，直到那个姓里特梅尔的男人又说了一句“夏洛特想和你说话”他才醒悟过来，对方是夏洛特的丈夫。

“哈里吗？”话筒那面的夏洛特语速虽快但口吻平静，“我今天和拉特说了，没忍住。”

“夏洛特，”他说，“听着，夏洛特——”

“再见，哈里。祝你好运。他妈的好——”

“夏洛特，你听得见我说话吗？”

“听得见！说什么？你要说什么？”

“听着，这一切很有趣。这个下午其实我一直在等你电话，只是我自己也没有意识到而已，直到现在我才知道自己是在等你的电话。”

“什么？你在说什么？”

“我有一千二百七十八美元，夏洛特。”

第二天早晨四点钟，在空空荡荡的图书馆里，他用剃刀把那个钱包和里面的身份证割成碎片，再把碎片碎渣烧成灰烬，然后倒进马桶冲掉。第二天中午，他兜里揣着两张去芝加哥的车票和买完车票后剩下的钱上了火车，对面座位上放着他的唯一家当——行李包。当火车缓缓驶进卡罗尔顿大街车站，他朝车窗外瞧去，夏洛特和里特梅尔站在站台上，外人一眼便能看出两人是夫妻，里特梅尔穿着一件老式的看上去有点别扭的深色西装，那张大学高年级学生的脸上虽然没有任何表情，但传递出一种无懈可击的义正词严的态度，好像他处于的并不是要把自己的妻子交给她的情人的尴尬局面，而是在扮演教堂里父亲的角色，执行把女儿交给另一个人的那一套程序。夏洛特站在她的男人旁边，裙子外面罩了一件大衣，大衣敞开着，她在挨个打量缓缓移动的火车车窗，脸上没有任何紧张不安和怀疑的表情。她的眼神让威尔伯再一次想到：女人天生具备一种寻觅那个和她一起共筑爱巢的男人的本事，即便她涉世不深，她也会有这种本领——她们追求爱情的宿命时像是扇动羽翼的鸟儿，自有一种沉着冷静的神态在里面——正是那种迫切追寻个人幸福的信念让本来处于受人敬仰的天堂之上的她们毫不犹豫地振翅飞向一片陌生的、没有任何倚靠且看不到尽头的地方

（这不是她们身上的罪，他想，我不相信人生来有罪，这种说法已经过时了，人生下来就汇入了一条无名的时间大潮中；一有闪失或者略一止步，就会被踩踏至死）。她们没有恐惧，毫无戒备地向那处风景飞去，不是因为具备勇气和胆量，而是因为她们相信自己那轻飘飘的、脆弱的、从来没有经历过风险的羽翼——羽翼是脆弱的、轻飘飘的爱情的象征，这双翅膀在即将起飞的那一刻却又囿于世俗的观念停止了尝试。火车从那两人的面前经过时，威尔伯看见里特梅尔从地上拎起包，车窗外传来蒸汽机车的嘶嘶声，他思忖：他肯定会和她一起进入车厢，他一定会这么做，但是他肯定和我想的一样，我们都不想看见对方在车厢里，但是他又必须这么做，就像他身上的那件深色西装，我不相信那是他想要穿的，就像我们第一次遇见，那天晚上那场聚会，他站在那里不停地喝酒，却不会坐在地板上，让自己或者别人的妻子倚在他的膝头。

威尔伯抬起头，那两个人已经来到他的座位跟前，他赶忙站起来，三个人堵住了车厢的过道，其他乘客不得不从他们身旁挤过去，也有的人等着他们闪开过道，里特梅尔手里拎着行李包——这个男人应该是不愿意自己一个人提着包进入车厢的那种人，特别是眼前如果有戴着小红帽的工人或者普尔曼公司的搬运工的话，就像他在餐馆里吃饭肯定不会自己站起身去倒水一样。看着对方那张冷峻的挑不出毛病的面孔，还有身上穿得干干净净的领带和衬衫，威尔伯惊诧地想，为什么他还能如此镇静，他正在承受痛苦不是吗，他想，他很痛苦不是吗？可是他又突然想到也许对方此刻心里并不感到痛苦，可能都没有任何感觉，最多只是一点点的难过、失落或者不真实的感觉，可能他很享受这种受虐的感觉也不一定。“你先坐下！”里特梅尔说，“闪开通道。”他的声音很严厉，他看见他几乎是把夏洛特推倒在座位上，跟着又把手里的包放在夏洛特旁边的座位上。“记住了，如果我每个月十号前没有收到她的音讯，我就会和侦探联系。别和我撒谎，明白吗？别撒谎。”说完他转过身去，看都没看威尔伯一眼，只是把头朝车厢尽头一摆，说：“我有话和你说。”他显然在克制，“跟我来。”他们刚走到车厢中部，火车动了一下，他心里很希望对方紧跑两步，赶在火车开动之前下车，他肯定很难受；可是这一切，甚至一张小小的列车时刻表都有可能把这场悲剧变成一场惹人发笑的闹剧，可是他必须扮演那个苦命人的角色，扮演那个痛不欲生的角色。可是里特梅尔没有跑，他没有下车，而是走到吸烟室门口，掀开帘子走了进去，威尔伯也跟着走了进去，里特梅尔似乎看出来他心里的惊讶，“我买了一张到哈芒德[①]的票。”他语气生硬，“不用你操心。”他似乎还有话说，威尔伯几乎可以感到他在竭力控制着声音，“操心你自己吧，明白吗？操心好你自己，看在上帝的面子上——”他的声音压得很低——说话口气像是骑

① 哈芒德（Hammond），位于路易斯安那州境内的一个城镇，在新奥尔良市西北约 30 英里的地方，在后文提到的庞恰特雷恩湖的正北面。

马的人猛地一下勒住缰绳，然后又松开继续向前——一边说一边从上衣口袋里掏出一个钱包。“如果你敢——”他说，“如果你敢——”

他不能威胁我，威尔伯想，他甚至都不能说他要怎么修理我这样的话。“如果我对她不好的话，对她动粗的话，你就要修理我，这就是你想说的吗？”

“如果你对她不好，我一定会知道的，”里特梅尔说，“如果我每个月十号之前收不到她的信的话，我就告诉我的侦探，他会采取行动的。如果你撒谎，我也会知道的，你明白吗？嗯？”他浑身颤抖，那张无辜的脸涨得通红，头发因为梳得太整齐看上去反而像是顶着一头假发，“她身上带着一百二十五美元，是她自己的钱，她不愿意从家里拿钱。真该死！她就是不愿意拿钱，她说除非有特别需要才会要家里的钱。你拿着这个。”里特梅尔从钱包里拿出一张支票，递给威尔伯。那是一张三百美元的银行本票，收款人是美国普尔曼铁路公司的，本票角落里备注道：只可以用来购买一张去路易斯安那州新奥尔良市的火车票。

“我有钱。”威尔伯说。

“见鬼！”对方说，“这是她的车票钱。如果你把这上面的钱换成现金后没有用来买车票，你就犯了诈骗罪，会被逮捕，明白吗？如果你没有买车票，我会知道的。”

“你的意思是你要她回去？你未来要接她回去？”他没有看

对方的脸，随即又补充道："对不起，我收回刚才的话。没人愿意回答这个问题。"

"天哪，"里特梅尔说，"哦，天哪，我真该揍你一顿！"他的语调突然变得激动起来，"为什么我不能接她回去？告诉我为什么，就因为你是一个医生，比别人在对腺体的了解上有更多的权威性吗？"

威尔伯突然注意到自己的声音里有一种既惊讶又平静的情绪。有那么一瞬间他突然觉得自己和里特梅尔是一起的，是一个战壕里的战友，两个人一样倒霉，一样迷惘。"我不知道，也许这会让你好受些。"但是这一刻转瞬即逝。里特梅尔转过身去，从大衣兜里摸出一包香烟，抬手从挂在墙上的一个盒子里摸火柴。威尔伯看着他——那是一双修剪得干干净净的手。他心里犹豫着要不要问对方将他留下来，一直陪他到哈芒德车站。但是里特梅尔似乎又一次猜到了他心里的想法。

"滚，"里特梅尔说，"滚吧，让我一个人待着。"威尔伯离开了，他离开时看到里特梅尔一个人独自面朝车窗看着外面。他回到自己的那节车厢，夏洛特坐在座位上，指间夹着 根没有点燃的香烟，默默地看着窗外，从始至终一眼都没有看他，也不和他说话，甚至连眼皮也没有抬一下。列车正在沿着一处大湖的边缘行驶，即将穿过毛里帕斯湖[①]和庞恰特雷恩湖[②]之间

① 毛里帕斯湖，美国路易斯安那州境内的一处湖泊。
② 庞恰特雷恩湖，美国路易斯安那州东南部的一处湖泊。

的那座高架桥时，火车拉响了汽笛，速度明显慢下来，汽笛中夹杂着从高架桥发出的空洞的回声。车窗两边是一望无际的泽国，业已腐朽的码头上停泊着几艘破破烂烂的小船。“我喜欢水，”夏洛特说，“人死时应该躺在水里，而不是躺在被热空气包围的陆地上，如果你是死在陆地上，几个小时血液都不能冷却凝固，死后几个星期之内头发还在长。只有水，只有冰凉的水才能让你的身体很快冷却，让你真正死去，它能冲刷掉你脑子里的东西、眼睛里的东西和血液里的东西，帮你清除所见所想，清除所有你以前想要的和不想要的。他还在吸烟室里，是吗？我过去和他说几句话。”

“你一个人过去？”

“下一站就是哈芒德站了。”

*为什么这么问呢？他是你丈夫。*他想这么说，但是忍住了。“他在男盥洗室，”他说，“要不我和你一起——”没等他说完夏洛特已经从座位上站起来，他只有看着她从自己眼前走过，*心想，她要是停住脚步，回过头看我一眼，那就意味着她心里在想：“以后我至少可以对自己说，我亲口和他说过再见。”*她还真停住了脚步，看着他，他也看着她，两个人对望了一眼后她往车厢那头儿走去。他收回目光朝车窗外看去，两边已经看不见刚才的那片泽国，来自高架桥的声音也已经消失，火车又一次拉响了汽笛，速度也明显快了许多，很快他们到了哈芒德郊区，列车两边出现好多破破烂烂的小房子，列车

进了哈芒德车站后停住了。他收回目光，列车重新开动的时候夏洛特回来了，她动作很快，几乎是刺溜一下坐回到座位上。“你回来了。”他说。

“你难道没想过我可能和他一起下了车，不回来了？我有想过。”

“可是你回来了。”

“那是因为我了结了。如果他只买到斯莱德尔[1]——”她扭头看着他，身体并没有偎过来，“即便时间上来不及，我也要了断这件事。”

“了断？”

“‘如果你的眼睛让你不舒服，那就挖出来，伙计，去掉病恙才是健康’[2]，就是这个意思，要想健康，就得扔掉一些东西，所以我必须和过去的生活做个了断，列车后面的特等卧铺间还有空位。你去找列车员买去杰克逊市[3]的车票。”

“特等卧铺车厢？那可是要花——”

“傻瓜！”她冲他嚷道。这下她不爱我了，他想，她不爱任何人。“傻瓜！”她压低声音恨恨地说，用拳头捶了一下他的膝盖，站起身。

---

① 斯莱德尔（Slidell），路易斯安那州的一个城镇，位于庞恰特雷恩湖边，距离新奥尔良市大约30英里。

② 参见《新约·马太福音》5:29：若是你的右眼叫你跌倒，就剜出来丢掉，宁可失去百体中的一体，不叫全身丢在地狱里。

③ 杰克逊市（Jackson），位于密西西比州中部，距离新奥尔良市大约162英里。

“等一下，”他一把抓住她的手腕，“我去买。”他走到列车末尾，在位于两个车厢中间的列车办公室里找到列车员，很快办妥了车票的事情，回来后他对她说：“事情办好了。”夏洛特立刻站起来，拿好包和大衣准备走。“一会儿行李员会过来帮着拿行李——”他说。夏洛特不理他，一个人向前走去。“我来拿吧。”他抢过她的包，又拿上自己的包，跟在她后面沿着车厢过道往特等车厢走去。后来他总是能想起那一段路，那么长，两边的座位上坐满了人，每个人看上去都没什么事儿干，他们几乎是在众目睽睽下走到特等车厢，他感觉好像每个人都知道他和夏洛特的事情，好像他们俩身上散发出一种不洁的气味。这种感觉一直伴随着他走进特等车厢。

“锁上门。”她说。他放下手里的包，转身去锁门。他从来没有坐过特等车厢，研究了半天才把门锁上。转过身后他看到她已经脱得只剩一层薄薄的一九三七年样式的女式内衣，衣服落在她脚边，围成一个圈，她用手捂着脸。过了一会儿把手放下来，他知道她这么做不是因为害羞或者耻辱，因为她的脸上没有泪水，他也不希望她有这样的感受。她从那堆衣服里迈出腿来，走到他跟前，推开他突然变得笨拙的手指，开始动手解他的领带。

老人河

Ⅱ

天亮了，空气湿润。两个犯人和其他二十个犯人一起被押到一辆牲口大棚似的敞篷卡车上。卡车的驾驶室里坐着两名全副武装的狱警，开车的是农场里的一个模范犯人。敞着篷的车厢里，犯人们被迫站得笔直，一个挨一个的身体像是给塞进盒里的火柴棍、弹壳里的火药芯子和一根根紧紧绑在一起的铅笔。一根铁链穿过每个犯人脚踝处的铁镣，再卡在车厢两头的钢板上。几把铁锹和镐头插空扔在犯人们的脚下，因为双脚被脚踝处的铁链卡得死死的，除了两条腿随着车身的颠簸机械地晃来晃去外，犯人们几乎动弹不得。

他们很快就看到了两个多星期以来听矮胖犯人嘴里念叨了无数遍的洪水。卡车沿着向南延伸出去的大路驶去，这座公路被建在堤坝[①]上，比周围的地段高出八英尺还多，因为修筑堤

① 因为密西西比河常常泛滥，所以在密西西比河流域可以看见很多人工堤坝，以抵御河水泛滥时的冲击。

坝时用的是就近采土的办法，所以过去这条公路两边布满了一个又一个大坑。搁在过去，秋季下完雨后，大坑里的雨水会积留一冬，不用说昨天的雨水也在里面。现在，土坑消失了，取而代之的是一大片浑浊的水面，坑里的水溢出来漫过附近的农田，滞留在田间被犁出的地沟里，形成一道道长长的死气沉沉的水道，仿佛躺倒在地的一个巨大的栅栏，灰蒙蒙的天色中，“栅栏”的木条反射出微弱的碎光。犯人之间本来就不太说话，看到眼前的一切，所有人的脸色都沉了下来，彼此之间愈发沉默，没有人肯再开口说话。有人开始朝着路西的方向眺望，脸色凝重踌躇。没多久（卡车开得很快）田垄上露出的那点浮土也消失了，只剩下一片泛着青灰色光芒纹丝不动的水面，依旧杵在原地的只有电线杆和树篱，它们好像是被水泥浇筑过一样，顽强地标示出这片水域的区间。

水面密不透风，凛凛然，似乎并不为它贸然闯入完全不属于自己领地的行为感到愧疚，反倒是透着宠辱不惊泰然自若的意思，好像在说自己并不介意你在它上面走两步。视线所到之处是一片岿然不动的水域，直到第一座桥突兀地横在眼前，卡车上的人才意识到既然是水，那它就应该是活的，是流动着的。桥底下原本有条小河和沟渠，可现在沟渠和小河全部没有了。犯人们凭着从沟渠两旁混杂着柏木的灌木丛辨认出这条小河曾经的走向，听到了眼前这条河水流动的声音——河水虽然已经和那片凝滞不动的水域混到了一处，但是它依旧缓缓地顽强地向东面它的上游方向流去。一个犯人低声咕哝了一句“这水在倒着流”便不再吱声。从水面下传来沉闷的隆隆声，好像是一列呼啸而过的列车，挟带出阴森恐怖的气氛。这片水域似乎被分成了三层，每层之间泾渭分明，最上层漂浮着一些细小的树枝，水流平静，似乎以此掩藏它下层湍急的洪水，洪水下面则是原先那条小河，它在缓慢地沿着既有的河道逆着洪水流淌，占据自己那点小人国大小的地盘，让人联想到行进在铁轨旁的一队蚂蚁。对蚂蚁而言，快速驶过的火车挟带而来的狂暴凶险的气势就如扫过土星表面的一阵飓风，不会影响它的行进。

大路两边瞬间涨满了水。洪水仿佛是在戏弄人，等这一行人意识到水的流动，它便彻底摈弃了自己用来迷惑人的障眼法，水位越升越高。先前几英里外的来路上挺立的那些大树现在只有草坪上修剪后的低矮灌木那么高。卡车经过一间黑人民房时，犯人们看到大水没过了屋子的所有窗户。一个皮肤黝黑的女人紧紧搂着两个孩子蹲在屋顶上，一个男人和一个半大小伙站在齐腰深的水里和一头声嘶力竭的猪较着劲，想把猪举起放到谷仓的屋顶上，斜斜的谷仓屋顶上已经站着一排家禽，里面甚至还站着一只火鸡。谷仓旁的干草垛上，一头牛战战兢兢哞哞叫着，拴牛的缰绳系在草垛中间的柱子上；一个黑人孩子坐在一匹没上鞍子的骡子上，手里抓着的缰绳系着另外一匹骡子。黑人孩子不停地吆喝着牲口往干草垛的方向走，想涉水过去，他夹着骡子肚皮的两条腿绷得紧紧的，以防被另外一头骡子挣扎的力量给拽过去。房顶上的女人看见卡车后，尖声细气地朝这边喊起来，女人的声音一阵一阵地传来，却不招人讨厌。随着卡车往前开去，女人的喊声越来越小，再后来声音消失了，不知道是因为女人停止了喊叫，还是因为距离让他们听不到女人那悦耳的声音了。

前方的路消失了。卡车遇到了斜坡，斜坡隐藏在水下，既没有带出股湍流来，也没有隔出一个明显的界线，好比一片薄薄的刀刃被一双灵巧的手不露声色地斜插进一块肉里，又像一片被淬进水中的钢刃，这道斜坡，好像已经在这里存在了若干年，而且从没变过。卡车停下来，模范犯人从驾驶座上下来，走到卡车尾部，从车厢地板抽下来两把铁锹，锹头碰到串接着犯人脚镣的铁链，发出铁器碰撞的声音。

“你要干什么？”一个犯人质问似的说，“你拿铁锹做什么？”模范犯人没有理他，重新回到驾驶舱门口等另外一个狱警下车。下车的狱警身上没有挎枪，接过模范犯人递给他的铁锹后，这两个穿着及臀长靴的家伙小心翼翼地用手里的铁锹试探着水深向前走去，刚才那个顶着一头铁灰色乱发，脸上带着点神经质表情的中年犯人重新叫嚷起来：“他们要干什么？”没有人回答，犯人们沉默地看着重新点火的卡车跟在探路的那两个人的身后往前驶去，原本平静的水面漾出一圈圈沉重的褐色水波。灰色头发的犯人开始吼叫：“该死的，解开锁链！”一边吼一边用身体冲撞着自己周围的几个犯人，继而又用拳头擂鼓似的捶着驾驶舱盖，嘴里骂着："王八蛋，打开锁，把铐子打开，狗娘养的！"周围一片沉默，只有他声嘶力竭地喊着。卡车在"他们想把我们淹死！解开锁！"的嘶吼声中跟紧那两个用铁锹在水里摸索探路的狱警向前一点点地蠕动着，车厢里的二十二个犯人像罐头里的沙丁鱼一样被挤得动弹不得，他们的脚踝被紧紧锁在卡车两端的那根铁链上。卡车以同样的方式涉过另一座危桥。两排悬在水里像是铁栏杆的东西怯怯地从水面探出一截，延伸一段路程后又歪歪斜斜地没进水里，人们感觉自己像是在一场让人心惊肉跳的噩梦中跋涉着，周围的一切似乎都暗含深意但又猜不出摸不透。终于，卡车从水里爬了上来。刚才探路的两个人重新坐回到驾驶舱里。

将近正午的时候，他们到了一座小镇，这应该是目的地了。卡车行驶在铺着石子的街道上，车头前的水花发出丝绸撕裂的声音，车速比先前快了很多，有点"扬帆破浪"的意味，车头撞开的水波不停地朝两旁已经被洪水淹没的人行道和草坪溅过去，溅起的水花蹿上大路两边人家塞满了家具的门廊和阳台，站在阳台上的人只能在家具之间的缝隙为自己找一处栖身之地。当卡车驶过一排商铺时，一个穿着及臀长靴的男人站在齐膝深的水里，正在从一个小店里往外拖拽一只平底小筏子，筏子上放着一个铁制的保险箱。

车终于开到了铁路上。铁路从镇子中间穿过，和街道交叉成直角，在这里把镇子一分为二。它建在比周围的平地要高出八到十英尺左右的垒起来的堤坝上。街道和铁路紧紧地垂直挨着，相衔接的地方立着一个棉花打包房和一个用木头桩子搭起来的装货站台，站台的高度正好紧挨着一列货车车厢的门。站台上立着一座卡其布质地的军用帐篷，一个穿着国民警卫队军服的哨兵荷枪实弹站在帐篷外边。

卡车转了个弯，不再在水里行驶，而是爬上了一个斜坡道，斜坡道过去用来让运棉花的马车爬上爬下，现在则让装满了家什物品的私家车开上站台卸货。卡车停下后，犯人们被从那根钩在卡车两端的长长铁链上解下来，但随即又被成双地重新戴上脚镣，在狱警的押解下跳下卡车爬上站台。站台上乱七八糟地堆放着床、柜子、煤气炉、电炉、收音机、桌子、椅子、画框等家什物品，一个穿着及臀长靴、衣服上溅满了泥点子、脸上胡子拉碴的白人男子正在监视几个黑人把站台上的家什物品一件件地搬进棉花打包房里，打包房门口站着一名荷枪的军人。犯人们没有在站台停留，而是被两个背着短枪的军人押着穿过一间黑黝黝的山洞似的大屋，里面堆满了各种各样的家具以及打包好的棉花垛，屋子里除了从家具的镜子反射出一点点可怜的幽光外，阴森森的几乎看不到一点亮光。

这座山洞似的屋子的后边就是他们刚才在车上看见的扎着军用帐篷的卸货站台，帐篷外站着放哨的士兵。狱警让犯人们停下，这应该就是目的地了，不过没有人过来告诉他们要干什么。两个狱警和放哨的警卫站在帐篷前说着话，犯人们排成一溜儿坐在站台边上，脚铐上的链子耷拉在尚未没过铁路路基的黄褐色水面上，像是一群在栅栏上歇脚的秃鹰。水面依旧纹丝不动，铁路路基出人意料地没有受到洪水破坏。犯人们一律不说话，默默地把目光投向铁路那边的镇子。洪水淹没了整个镇子，水面上漂满了各种各样的东西，能够伫立在原地的仿佛只有房屋、灌木和树，只有它们在灰突突的天空底下，在这片恣意汪洋的水面上，尽力保持镇子原有的秩序和样貌。

过了一会儿，其他四辆从农场来的卡车也跟着开进了镇子。四辆卡车紧密相随，后面行驶的卡车的散热器几乎要贴着前面车的尾灯，轮胎碾过街道时同样发出丝绸撕裂的声音，四辆车在打包房边上转了个九十度的大弯后就不见了。不一会儿，脚步声和脚镣的咔啦声传来，从那四辆卡车中的第一辆下来的犯人陆陆续续出现在打包房附近，接着，从第二辆、第三辆卡车下来大约一百多个身穿条纹服装的犯人，同时出现的还有十五到二十个手拿来福枪和猎枪的狱警。在站台边缘坐着的第一批抵达的犯人随即被要求站起来，像是脐带一样把他们连接在一起的脚镣重新发出丁零当啷的响声，犯人们一对一地站好，这时候天开始下雨，却不像五月里应该下的雨，而是十一月里常见的哩哩啦啦没完没了灰蒙蒙的小雨。犯人们待在站台上，不管他们心里有多渴望找个地方避会儿雨，但没有一个人向打包房这边靠拢，甚至都没有人向这边看一眼，也许他们压根儿就不指望狱警们能让他们进去避会儿雨——即使房子里还有些空地，那也是为那堆家什物品预留的；即使家什物品都放进去了，剩下的空间也不是为他们准备的。其实也不是这些狱警成心让犯人淋雨，而是他们压根儿就没想到让犯人避避雨。所有的犯人一声不吭，他们默默地翻起上衣领子，以躲避雨水的侵袭，这让他们看起来像一只只脖子上套着链子、身子一动不动地矗立在野地里、耐心等着主人发号施令的警犬，又像吃过东西后反刍的羊群和牛群，围成一圈屁股朝外以躲避从天而下的雨水。

又过了一阵，四周的士兵明显多了起来，在这十二三个士兵中间站着一位腰间挂着手枪的军官模样的人。士兵们个个披着雨衣，干燥的身体在雨衣的庇护下散发出暖和的气息。一阵食物的香味传来，犯人们虽然没有移动，但还是禁不住扭过头去看：一个简易的野炊灶台出现在打包房门口。犯人当中还是没有人挪窝，每个人都在等，一直等到再一次被押解着站好队，一寸一寸向前挪去。即便是一直在淋雨，他们还是一副逆来顺受的模样，接过那碗炖肉和咖啡还有两片面包时连头都不带抬一下。这一次他们没有坐到湿漉漉的站台边上，而是像庄稼人那样蹲着，就着雨水吃着刚拿到手的食物。所有的犯人都尽力往前探着上半身，以此来阻挡不停滴落的雨水落进他们端着的碗和杯子里。尽管做了这样的努力，滴滴答答的雨水还是不慌不忙地掉进每个人的碗里杯里，仿佛小小的池塘水面溅起的雨滴。落在面包上的雨水转眼之间就被吸收得无影无踪，面包很快成了湿答答的两片。

在站台上淋了三个小时雨后，犯人们等来了来拉他们的火车，一缕青烟随着依惯性驶入站台的火车（看不见烟囱）悄然而入，没有向上走，而是向火车两旁缓慢飘去，轻缓地落在积满了雨水的地面上，直到渐渐散去。火车停住后，出现在犯人眼前的是一节开放式的老式木制机车车厢，和它钩挂在一起的车头看上去比车厢小得多。犯人像羊群一样被赶进车厢，又像羊群一样你推我挤地朝着车厢远端的那个小铁炉子簇拥过去。炉子是灭的，看不见一点火星，但是还是有人竭力往它跟前凑着——生冷的炉面上满是旅客敲打烟斗的痕迹，那是数以千计的在星期日往返于孟菲斯和穆尔赫德[①]之间的旅客的气息——这气息里有花生、香蕉、婴儿的脏衣服的影子——就在犯人们陆陆续续地朝炉子涌过去的时候，车厢里传来了士兵的命令声。“不要往前走了！停下！”一个士兵喊道，“坐下！坐下！”很快，三个胸前挂枪的士兵走了过来，把扎成一堆的犯人重新往这头的车厢赶回来，命令他们找座位坐下。

车厢里没有足够的座位，没找到座位的犯人站在车厢过道中间，火车开动了，在嘶嘶作响的蒸汽声中车头拉响了汽笛，四声汽笛过后车身猛地一震，向前驶去。火车逐渐加速，

① 穆尔赫德（Moorhead），孟菲斯以南 130 英里处的一座城市，孟菲斯和穆尔赫德均位于田纳西州的西南部。

站台和站台上的打包机向后移去，越来越快，刚才还处于静止状态的火车此时已经是满速行驶，因为发生太快，让人感到不真实，就像火车进站时给人的感觉一样。只不过和刚才不同的是，此时的车头挂在车厢前面。

当火车遇到了一段被洪水淹没的铁轨时，车厢里的犯人们并不知情。他们只是感觉火车停住了，接着是汽笛声，声音像动物的哀号，掠过车窗外那一派荒凉的世界。犯人们或坐或站，眼神冷漠地看着被雨水画花了的车窗。火车再一次重新前进，是慢慢地前进，车身周围漾满了褐色的大圈水纹，水花在车轮子的辐条处四处飞溅，火车机头中部的锅炉附近被团团水汽罩住——这样的场景让犯人们想起当初站在卡车的敞篷车厢里那种提心吊胆的感觉。很快，火车鸣出四声响笛，短而粗粝的声音里带着狂喜和胜利的意味，似乎在和刚才那段旅程道别，不是再见，而是永不相见，仿佛火车自身也明白它面临的窘境，一停下来就很可能再也回不去的危险，所以不敢歇停片刻。两个小时后，透过被雨水冲刷的车窗，犯人们隐约看见远处一座被火焰吞噬的屋子，屋子周围没有任何建筑物，暮色里，宛如火葬柴堆的火焰浮在荒凉萧瑟的水面上，给人留下一种荒唐骇人的印象。

天黑以后火车驶到了目的地。犯人们一脸茫然，不知道自己被拉到了哪里，但是没有人发问，从出发到现在没有一个犯人问过为什么或者干什么。车厢里没有点灯，火车向外喷出的热气和车厢里挨挨挤挤的人群产生的热量把车窗玻璃蒸得雾气腾腾，窗外一片模糊，只能看见几盏手电筒的光隐隐约约闪来闪去。空气里传来发号施令的喊声，跟着那喊声一路押解他们的狱警命令犯人们下车，犯人们排着队向车厢门口走去，脚踝处的镣铐发出咔啦咔啦的响声，他们刚一下车便被卷进一团气势汹汹嘶嘶作响的水汽中，穿过这团水汽后他们看清火车旁边的水面上停着一辆巨大的汽艇，汽艇后面拖着一串小汽艇和平底船，站台上站着很多士兵，身上挎着的来福枪的枪杆和子弹袋上的铜扣在手电筒的照射下闪着寒光。在手电筒的光照下，犯人们小心翼翼迈进及膝深的水中，爬上那些小船，脚踝处的镣铐在手电筒的照射下反射出隐隐的光。那辆火车上的工作人员开始倒出炉膛里的燃料，很快，火车的机身和车头被卷进水蒸气的迷雾中。

一个小时后他们才看到前方有灯光——星星点点的灯光排成一行，低垂着朝地平线延伸过去。又过了一个小时他们到了灯光所在的地方，犯人们湿淋淋地围成一团蹲在橡皮艇里（他们已经感觉不到滴落的雨水），看着灯光离自己越来越近，直到一座搭着很多帐篷的堤坝出现在眼前，帐篷和帐篷之间的空地上点了很多堆篝火，人们围坐在篝火旁烤着火，一张张脸庞在火光中若隐若现。堤坝这侧停泊着很多汽艇，当他们的汽艇靠近堤坝时，顿然感觉到这道堤坝黑沉沉地劈头压过来。堤坝下面，雪白发亮的手电筒的光束混乱地交织在一起，那是从停泊着的各个汽艇射出来的，满载着犯人们的汽艇不动声色地移过去，混杂在那一堆汽艇中间。

再后来犯人们爬上那座堤坝。几堆篝火在卡其布军用帐篷之间燃烧着，围着火堆烤火的人里既有黑人也有白人，既有男人，也有妇女儿童。堤坝上堆了很多松松垮垮的棉花包——堤坝上的人或蹲或站，平静地看着犯人们爬上堤坝，火光映衬着他们的双眼，也衬出犯人们身上的条纹状的囚服和镣铐。一群骡子和几头牛在稍远的地方扎堆儿站着，所有的牲口都没有拴缰绳。就在这时高个犯人听到了一种声音，那是有别于其他动静的声音，但他马上意识到自己并不是第一次听到这种声音，实际上他耳朵里一直有这种声音，只不过是他自己忽略了它的存在，就像一只蚂蚁或者一只跳蚤在山崩地裂之际照常爬行而不闻崩裂之声一样。所以他感觉好像以前从来没有听到过，觉得难以适应。自从今天下午起，他们就一直在水面上漂着，现在终于站到了这座堤坝上。在过去七年的时间里，他一直在离这座堤坝不远的棉田里劳作，在它的阴影下犁地、锄地、播种，但是让他惊讶的是他从来没有注意到堤坝那侧的河水发出的沉闷声音。他下意识地站住了，这个动作立刻引发了一连串的“撞车”——身后的犯人像一串刹不住的货车撞倒在前面犯人的身上，空气里响起铁链相互碰撞的丁零当啷的声音。“往前走！”一个士兵喊道。

“那是什么？”犯人嘴里嘟囔出一句。旁边一个蹲在火堆边上烤火的黑人男子回答道：

“老人河。这是老人河。”

“老人河？”

“往前走，跟上！”士兵喊着。队伍继续向前走。堤坝上站着几只骡子（和刚才那些牲口不是一处），翻着眼睛一脸郁闷地看着他们经过，篝火的红光把骡子的长脸照得一会儿明亮一会儿暗淡。在一块安放着几处帐篷的空地上，他们停下来，帐篷一看就是部队行军时携带的那种小而轻便的帐篷，每顶帐篷只能睡下两个人。押解他们的士兵让他们三个人一个帐篷地钻了进去。

犯人们像狗一样手脚并用爬进狗窝似的帐篷里，然后再翻身把身体放平，人类的体温让帐篷里很快有了一丝热气。四周渐渐安静下来，所有的人都在听大坝那侧传来的河水流动的声音，那声音雄浑有力，像是男低音的歌声。“老人河？”高个犯人说了一句。

“嗯，”另一个人接上他的话，“这可不是吹的。”

黎明时分，开始有士兵挨个踢着犯人们露在帐篷外的脚掌，把他们踹醒。犯人们钻出帐篷，这才看清脚下停泊船群的地方一片泥泞，正对着他们的是一座帐篷搭建的野外军用厨房，飘过来的咖啡的香味一个劲地往人的鼻孔里钻。虽然从昨天中午到现在犯人们只吃了一顿就着雨水的饭，但每个人似乎并不着急领取食物，至少高个犯人是这样的。他站在堤坝上，专心地眺望着自己眼前这条大河，这是他第一次真真切切地看见它，虽然在过去的七年里，他在这道河堤的阴影下劳作，但是却从来没有真正见过它。现在，他站在堤坝这边，面对着眼前这片连绵不绝的泛着微波的铁灰色水面，心里充满了讶异和好奇——浩瀚渺茫的水面从他所在的堤坝向无限远的地方延伸出去，水面上沉重而缓慢地翻滚着巧克力色的浪头，浪头的尽头出现了一道如头发丝般的细线，辨认片刻后他意识到那道细线是另外一边的堤坝。他想，从那边看这里，这里的堤坝也是一样。人站在那边看我们这边和我们这边看那里应该是一模一样的。这时有人从后面推了他一把，耳边随即响起士兵的喊叫声："往前走，往前走，有你们看够的时候！"

食物是炖肉、咖啡和面包，和昨天一样。犯人们用手端着碗和杯子，和昨天一样找地方蹲下来吃着手里的东西，今天没有下雨，不用担心雨水淋在食物上。昨天晚上一座木头谷仓被洪水囫囵地冲下来，完好无损地堵在堤坝脚下，此时，谷仓上已经聚集了一伙黑人，他们在拆浮在水面上的谷仓屋顶，然后把拆下来的木头和墙板扛到岸上。黑人干活很利索，没多久谷仓已经被他们拆得七零八碎，只剩下水面上漂浮的几片，仿佛一只死去的苍蝇眨眼之间就被爬在它上面的黑压压的蚂蚁分解得一干二净。高个犯人不慌不忙地吃着手里的食物，看着这一切。

吃完了饭，天空像是收到了信号似的，又开始下起雨来，犯人们有的蹲，有的站，身上的粗布衣服还是湿的，只是比空气稍微暖和一点而已。不一会儿，他们又被吆喝着分成两组，每人都被命令着拿上放在附近的锄头和铁锹上了堤坝。又过了一会儿，这片水下十五英尺处曾经是一片棉田的水面上开过来一艘拖着一串小船的汽艇，每条小船里都载满了人，大部分是黑人，中间也有几个抱着包袱的白人，水位都到了船舷。引擎声消失后，一阵微弱的吉他声开始在水面上回响。小船被堤坝上的人一个个拽到岸边，开始"卸货"。犯人们看着那些男人女人还有孩子扛着沉重的麻袋或者是打成捆儿的包裹爬上满是泥泞的大坡。吉他的声音一直没停，终于，犯人们看到了弹吉他的人——一个瘦瘦的黑人男子，年纪不大，脖子上用根棉绳挂着他的吉他。他登上堤坝的时候，手里还在拨弄着琴弦。他肩膀上没有扛东西，看样子什么都没带就出来了，没带食物，没带换洗衣服，甚至连外套也没带一件。

由于太专心致志地打量着眼前的这条河，高个犯人没有听到士兵叫自己的声音，直到士兵走到他近旁，大声喊出他的名字才惊醒过来。"哎，醒醒！"士兵喊道，"你会划船吗？"

"在哪儿划船？"高个犯人说。

"在水里划，"士兵说，"还能在哪儿划？"

高个犯人朝自己身后的那片黑沉沉的水面摆了下头说："这时候谁敢去那上面？"

"不是那边，"士兵弯下腰，解开两人身上的镣铐和把他们拴在一起的那根铁链。“是这边，在这条路下面不远的地方。”他直起身体，向一条船走去，两个犯人跟在他身后。“你们沿着那排电线杆划下去，会看到一座加油站，它的房顶还没被淹没，所以能看出来那是加油站。加油站旁边有条小河，也能看出来，因为那片水里杵了很多树。你们从那条河划进去，有一个女人在中途的一棵柏树上等着人救。你们把她救下来，然后掉头向西，会碰到一个棉花房，一个家伙在上面——”警卫说完转过身，看着那两个犯人。两个人安静地站着，看了一眼小船，然后又看看水面，脸上的神情严肃起来。“准备好了吗？还愣着干什么？”

“我不会划船。”矮胖犯人说。

“那正好，学习学习怎么划船，”士兵说，“上船。”

“上船吧，”高个犯人一边推着矮胖犯人往前走一边说，“那水淹不死人，你想在里面洗个囫囵澡都洗不成。”

两个人一个坐在船头一个坐在船尾离开了堤坝，其他犯人也被解开了锁链，成对地上了另外几只小船。“谁知道那些人当中有几个是见过这样大的洪水的。”坐在船尾的高个犯人说。矮胖犯人没有说话，他坐在船首，脊背冲着高个犯人，不时举起手里的船桨点两下水面，仿佛从那副松垮垮的肥厚脊背上都可以辨认出它的主人是如何小心翼翼和面带惊恐的。

午夜过后，一艘满载无家可归的人的救生船抵达维克斯堡的船港，这是一艘汽轮，吃水不深，它的任务就是在那条漂浮着柏树枝和橡树枝干的小河上来回搜救生还者或穿过被淹没的棉田（碰到水浅的地方就蹭过去）搜集被冲到房顶谷仓以及树枝上的那点可怜的货物。此时，它歪歪扭扭地停靠在这座洪水过后如同蘑菇一样冒出地面、被绝望和孤寂包围的城市。这里，煤油灯在稀稀拉拉的雨水中冒着白烟，匆匆拉起来的电灯的光映照出武警佩戴的刺刀，也映照出那些臂弯戴着红十字会袖章的医生、护士以及厨工的身影。看上去仿佛绝壁一般的堤坝被帐篷堵得水泄不通，可是还是有许多人和家庭找不到可以让他们躲风避雨的地方。不管是躲在帐篷里还是只能站在雨里，不管是形单影只还是一家一户在一起，所有人都是一副疲惫不堪的模样，他们坐在地上或者躺在地上，无动于衷地看着医生、护士以及士兵从他们身上迈过去或者绕过去。

副监狱长也在第一批上岸的人群中，他的身后跟着那位矮胖犯人和一位小个子白人男子，后者胡子拉碴的脸上带着一副愤世嫉俗的表情。副监狱长行色匆匆，一副知道自己要去哪里很熟悉路的模样，矮胖犯人和白人男子紧跟其后，三个人绕过那些个叠叠嶂嶂的家具以及蜷缩在地上睡觉的人群，来到一间临时搭起的办公室前，走了进去，里面灯光刺人眼睛，这是一间临时指挥所，监狱长和两个佩戴少校军徽的军官在里面办公，副监狱长舍去寒暄，一进去就直截了当地说道：“我们死了个人。”接着，他报出高个犯人的姓名。

“丢了？”监狱长问。

“丢了，淹死了。”副监狱长没有回头。“你来说。”他示意身后的矮胖犯人替自己补充。

“他说他会划船，”矮胖犯人说，“我从来没说过我自己会划船。我还和他说我——”说到这儿他冲着副监狱长摇了摇脑袋“——我不会划船。后来我们到了漫滩——”

“漫滩？什么漫滩？”

副监狱长替矮胖犯人解释：“汽艇上有人报告说漫滩那边有个女人被困在树上，还有这个家伙也被——”他用手指了下一同来的那个白人，监狱长和那两个军官顺着他手指的方向齐齐看向那人，“困在漫滩那边一间棉花房上。汽艇上没有空位，所以没有拉他。你接着说。”副监狱长重新把解释的机会推给矮胖犯人。

“我们到了漫滩，”矮胖犯人的语气没有一丝一毫的惊险意味，“还没反应过来他就被甩下了船。他说他会划船，我同意了，我帮他看四周环境，可我没看见那股激流，结果我们的船走得好好的，突然就掉了个头，直接往来的方向冲去，速度快得就像挂在了火车上，这时候船开始打转，我一抬眼，看见自己头上横着根树枝，就一把抓住，船一下子从我身子下面蹿了出去，比脱只袜子还快，等我缓过神来往下看时，船已经翻了，我看到那家伙还在河里，两只手抓着船舷，那只船桨也在他手里，他说他会划船——”矮胖犯人突然不说了，眼睛看着桌子上那杯剩了一半威士忌的酒杯。

“你凭什么说那人被大水淹死了？”监狱长问副监狱长，“也许他趁乱逃走了呢！”

“逃哪儿？”副监狱长说，“整个三角洲都淹了，方圆五十英里内全是十五英尺深的水，一直淹到山脚下了，再说那条船翻了。”

“肯定淹死了，”矮胖犯人说，“你不用担心那家伙，他已经得到了出狱许可；谁给他签字都不会哆哆嗦嗦不愿意。”

“没有人再看见过他？”监狱长说，“那困在树上的女人呢？”

“没找到，”副监狱长说，“我也没发现她。也许是别的船把她救了。这就是那个困在棉花房上的人。”监狱长和两个军官同时把脸转向那个白人，眼前是一张疲惫不堪胡子拉碴的脸，因为受过惊吓而余悸未消，还有愤怒。“他没去救你？”监狱长问，“你没看见那个犯人？”

“哪有什么人来救我！”这个逃过一劫的人刚一说话身子便开始发抖，“我他娘的一直坐在那间随时会被冲走的棉花房的房顶上，不止一条汽船和小船从我眼前经过，可就是不拉我，他们告诉我说没有地儿了，可船里面拉的都是些黑鬼，有一个王八蛋黑鬼竟然还在弹吉他，可他们就是不肯给我腾个地儿，他妈的他竟然还在弹吉他！”白人说完便号啕大哭起来，哭得口水都流了出来，身体抖个不停，脸上的肌肉抽搐着，“有地方给王八蛋黑鬼弹吉他，没有地方给我——”他声嘶力竭地嚷了起来。

“别激动，”监狱长说，“别激动。”

“给他点酒喝，”其中一个军官说。监狱长倒了杯酒让副监狱长递给白人，那白人哆哆嗦嗦地接过杯子，又哆哆嗦嗦地举着杯子往嘴跟前凑，他的手抖得厉害，怎么也不能把杯子凑到嘴跟前，一屋子的人都在看他，最后还是副监狱长劈手夺过他手里的杯子，端平了送到他嘴边，帮着他喝了下去，一小股酒涎顺着他的嘴角淌下来，一直流到胡子里。

“是我们救的他，此外还救了一个——”副监狱长提了下矮胖犯人的名字，“天黑前救起的，然后他们就跟着我来了，不过一直没看见另外一个家伙。”

“情况我了解了，”监狱长说，“已经有十年没有一个犯人从我这里逃跑过，可是今天这种情况——这样吧，你明天就回农场，做通知他家属的准备，然后再打一个释放他的报告递到上面去。”

“没问题，”副监狱长说，“头儿，那犯人本质不坏，按道理我们不应该派他去划船的，可是谁让问他时他说他会划船呢。要不我们在释放他的文件上加上一条，在一九二七年洪水中救人被淹死，然后交给上面，让州长签个字，这事儿就算了了。对他的家人来说，也算是个交代，他们可以把那张纸挂在墙上，邻居或者外人进来面子上也好看些，搞不好还能从政府那里得点钱，毕竟把他这样的人送到我们农场来是种棉花的，而不是发大水时划小船去救人的。”

“行，”监狱长说，“我会考虑的。最主要的是把他的名字从花名册上去掉，赶在那帮搞政治的人偷领他的伙食金之前确定他已死亡。”

“没问题，”副监狱长转过身和与他一起过来的那两个人走了。半路上天色暗了下来，天空中飘着小雨，副监狱长对矮胖犯人说：“这下你那个伙计赢了。他自由了。这么一来等于他服满了刑期，可你还得在农场里待着。”

“嗯，自由，”矮胖犯人说道，“他是自由了。”

野棕榈

III

第二天清晨，在芝加哥[1]一家旅馆房间里，威尔伯从睡梦中醒来。夏洛特不在房间里，帽子、大衣、手袋统统没了踪影，看来她穿戴整齐出了门。她给他留了张字条，字迹潦草得乍一看像是男人的笔迹，细看之下发现那字体其实带着明显的女性特征。字条上写着："中午回来。""夏"的签名下面还有一行："也许晚点。"接近中午的时候她回来了，他还在睡，头搁在枕头上。她来到床边坐下，把手指埋进他的头发里，抓着他的脑袋摇醒了他。他睁开眼，看见她正看着自己，居高临下，身上的大衣敞着，头上的帽子从额头推到脑后，黄色的眼睛看上去分外严肃，那股劲头让他突然有一种女人是很奇特的物种的想法，她们身上有一种不管是和机器打交道，还是收拾屋子都能

① 芝加哥，位于美国中北部，属于伊利诺伊州管辖，距离新奥尔良市大约 669 千米。

拿出来的麻利劲儿，这是一种远比省吃俭用过日子更重要的特质，可以说她们（女人这个物种）天生具备一种只凭感觉就能做到万无一失的能力，一种不用动脑子便能跟上男人（无论什么样本性的男人）的步调以及适应生存环境的能力，只要需要，无论扮演寓言中生活在佛蒙特州的乡村农妇还是在百老汇大街上行走的艳光四射过着奢侈生活的女明星都很在行，她们不喜欢华而不实的东西，哪怕是自己亲手买来也会随手一扔。对于她们来说，珠宝和银行账户里的存款不过是一盘棋中的小卒子，赢取棋局的意义在于获得圈子里的人的尊重而非安全感，所以即便是在玫瑰树下搭建爱巢她们也会遵循一套规矩，选择一种模式。他想：*他们俩并非因为享受这种冒天下之大不韪的爱情本身具备的浪漫感觉才走到一起，也不是因为他们是两个容易被激情所驱使的人，突发奇想要和世界作对，一条道走到黑，而是因为两个人都觉得这种大逆不道的爱情对自己来说是一种挑战。也许两个人内心里都有一种渴望，渴望把这看似荒唐的爱情拿过来，完善它，让它变成被他人景仰的某种东西。（目前俩人都全心全意地相信着，相信他们能做到这点，就仿佛两个人都相信他们会盖出一间可以供两人安身立命避风挡雨的房子一样）。就像洛陶雷诺[①]那样的人，每天把自己那一头卷发收拾得整整齐齐，然后以优雅无比的姿态出现在拥挤不*

---

① 洛陶雷诺（Lothario），专事勾引女人的花花公子，源自英国剧作家尼古拉斯·罗在1703年创作的剧本《巧言的忏悔者》。

堪的地铁车厢。“我找到了。”夏洛特说。

“找到什么？”

“一间公寓，带工作室的，这样我也可以工作。”

“你，工作？”她的手又伸过来，抓着他的脑袋摇着，还是带着蛮力。他感觉到疼，心里的念头又涌了出来：她身上有种不爱任何东西的特点。同时脑子里无声地闪过一道炫目的闪电——白光过后——他突然明白了，至于这明白是出自本能还是经过思索后才得出的，他不知道：凭什么苛责她呢，她一直都很孤独，不是孤单，而是孤独。她的生活中只有父亲以及四个像他这样的哥哥或弟弟，长大后又嫁了一个像她哥哥一样的男人。她从来没有拥有过一间只属于她自己的小屋，她的人生也是孤独的，也许她自己都不知道这一点，这就像一个从来没有吃过蛋糕的小孩子肯定不会知道蛋糕为何物一样。

“是的，我也要找工作，你以为那一千二百美元永远都花不完吗？你是捡到了钱，可那是罪过，而且，你不可能一辈子靠捡钱活着。”

“我知道拿别人的钱不对，那天晚上在电话里告诉你我有一千二百美元时我就想过了，不过我们现在是在度蜜月，以后再找房子也不迟——”

“我知道我们是在度蜜月。”她的手又伸过来，抓着他的头发摇着，又一次弄疼了他，不同的是这次好像知道他疼似的。“听着，我们要把每一天都当成蜜月一样过，一直这样生活，直到咱们中间的一个人死了。爱情和其他事情不一样，像我们这样用这样的方式去爱对方的人基本上不是上天堂就是下地狱——没有中间地带。也不可能让你舒舒服服地赎罪，直到你修炼成为一个好人，一个宽容的人或者一个知道羞耻受人尊敬的人。”

“所以你相信的不是我这个人，而是爱。”他看着她说，“不是我，是爱，对吗？你相信的是爱。”

“是的，是爱。很多人说爱情总有一天会在相爱的两个人之间死去，他们说得不对，爱不会死，它只是离开了，走远了，因为你不够好，配不上这份爱情。所以说，不是爱情死了，而是你的心死了，不会爱了。爱就像大海，如果你做得不好，如果你不尊重它，它就不再承载你，把你冲到某个地方让你自生自灭。所以，既然免不了一死，我宁愿在爱情里淹死也不愿意被爱情冲到荒芜一人的沙滩上，被太阳暴晒成一块臭肉默默地死去。这可以当作我的墓志铭。好了，起床吧，要快，我已经和他们说好了，今天就搬过去。”

他们很快收拾好行李，一个小时之内就离开酒店打了辆出租车往新屋奔去。下车后两个人走上一段台阶来到新租的屋子门前，她已经拿到了新屋子的钥匙，开门后她让他先进。他猜她是想看他的表情。“怎么样？”她说，“喜欢吗？”

这是一间长方形的房间，带一间厨房和一个卫生间，像是两个黑乎乎的小洞。北墙上开了一处天窗，那也许是某个已经不在人世的或者一文不名的摄影师的杰作，是某个搞雕塑或绘画的房客干的也不一定。他心里默默地说，她是因为那个天窗租的这间屋子，可是大部分女人租房子首先关注的是卫生间。对她来说，屋子的意义不是用来容身的，而是用来容纳两个人的爱情，一间屋子，能让她做饭和睡觉的用途只是其次。她的爱情不是从一个男人投向另外一个男人的怀抱，不是用一块雕塑成型的泥土去交换另一个——他打量着四周，心里想着，对于这一份爱情，我不是敞开怀抱迎接，而是唯唯诺诺地跟随，因为我心里还是不相信爱情是可以让人徜徉其中的海洋，即便我可以相信爱情是海洋，但也不相信两个人能自由自在地徜徉在爱情的海洋里。“屋子不错，”他说，“挺好的，有了住的地方，接下来就好办多了。”

在接下来的六天里，他奔波于各个医院之间，面对那些个住院医师或者医院的大佬们，回答问题或者提出问题。每次面试都结束得很快，他没做过什么惊天动地的事情，但也不缺能拿得出手的东西——毕业于一所名声不错的医学院，实习也是在一家颇具知名度的医院，已经在那里工作了将近两年的时间。可是每次面试，刚过三四分钟，就出了状况。他知道原因，但心里却这样安慰自己（第五次面试后他来到公园长椅上坐下，阳光很好，周围徘徊着流浪汉、园林工人、保姆和儿童的身影）：面试没有通过是因为我没有足够认真，也没有意识到自己必须用点心才能拿下这些面试，既然我接受了她对爱情的理念，那就要拿出全心全意的信心，相信她的理念，相信爱情不会让我们挨饿受寒，要像密西西比州和路易斯安那州的种田人，上个星期参加人生第一次野营布道会，马上就相信信奉上帝就是找到了衣食无忧的源泉。但他心里又很清楚，面试不成功和他认不认真没关系，是因为他只完成了二十个月的实习而不是二十四个月[①]。他在心里安慰自己：也许是我想多了，这些数字能说明什么呢，二十四个月还是二十个月又有什么区别。同时他又禁不住想，人其实宁可浑浑噩噩地过一辈子也不愿意离经叛道地生活。

他终于找到了工作，在一家慈善医院的实验室工作，薪水不高，工作是为病人做常规的梅毒检测，因为医院在黑人区，所以来看病的大都是些醉汉，上门治疗枪伤和刀伤的人，而且通常是被警察送过来的。"你都不需要显微镜和瓦塞尔曼[②]试纸。"某天晚上他这样和她说，"你只需要看对方是什么种族即可知道他有没有得梅毒。"夏洛特在支撑天窗的支架上放了两块木板，说这是她的工作台，她又从小店里买来一大块石膏，坐在工作台前捣鼓来捣鼓去，对她的这些举动他一直没放在心上，直到有一天她趴在工作台上，一双骨骼粗大却很柔软的手

---

① 在美国，医学院的学生毕业后必须在医院里完成两年的实习才能取得医师执业资格。

② 瓦塞尔曼（August von Wasserman，1860—1925），开创了梅毒血清学检测方法。

里抓着一根铅笔在一小片纸上写下几个潦草的数字给他看。

“你一个月挣这个数，”她说，“可我们一个月要花掉这个数。所以要从存的钱里取出这个数才够生活。”他看着那张纸，上面的数字冷冰冰的，似乎谁也不能把它怎么着，既像在嘲笑他，又像在炫耀它的坚不可摧。她继续算着账，包括他该给他姐姐寄的钱，还有那六周在新奥尔良时他们吃饭和住店时花的钱。最后她在剩下的数字旁边写了一个日期，是九月初的一个日子，说：“到这天我们就彻底没钱了。”

他回答她，答案是早就想好的，是他坐在公园长凳上时就想过的答案：“那又怎样？我要好好为爱生活一段时间，我以前从来没爱过。其实十年前我就应该这样做，我知道自己现在这样不是事儿，但是我很快就会找到路子的。”

“嗯，”她把那张纸揉成一团扔到旁边，“能不能做医生对你来说不重要，你现在的工作和当医生相比，不过是牛排和汉堡的区别罢了。对你来说，饥饿不是来自这里——”她用手拍拍肚子，“你以前只想着谋生，但饥饿是在这儿。”又摸着自己的胸口说：“别忘了这东西[1]。”

“不会忘的。”

“可是也许有一天你会忘记的。你饿过，所以你害怕过苦日子，害怕承担。如果你以前爱过人，那天晚上你就不会跟我

---

① 这里夏洛特指的是爱情。

上火车，对吗？”

“对，”他说，“你说得对。”

“所以，不仅仅是要教会你的大脑记住你所渴望的不是填饱肚子这一事实，还要让你的肠胃也相信，一个人，他所渴望的并不仅仅是填饱肚子，你觉得你的肠胃知道我们渴望的东西是什么吗？”

“知道。”他说。可是他很快发现反倒是她不相信她告诉他的事情。因为三天后他从医院回到家中时，发现家里那张工作台上堆满了东西——弯弯曲曲的电线头，盛着清漆和胶水的瓶瓶罐罐、牛皮纸、管状颜料，以及一个浸泡了一团薄纸的盘子，两天后，他发现那些原材料变成了姿态各异的作品——鹿、狼狗、马、男人、女人，每件作品都很独特、精美、想象力丰富，但看上去又有点不男不女神情荒怪。有天下午他回到家里，发现夏洛特不在家，她做的那些小东西也不见了，一个小时后她回来了，手里攥着一张十美元的新钞票，黄色的眼睛在夜色里闪着绿光，眼神里露出的神情与其说是胜利的喜悦，不如说是一种强烈的自我肯定。

“他把所有的东西都买走了，”她说了一个大百货商店的名字，“他还给了我个装饰他们店所有橱窗的活儿，一百多美元的订单呢——是芝加哥历史上最大的买卖，西部地区少有，他要那些东西——长着尼禄的脸的奥利里[①]太太，会尤克里里[②]的牛，长着尼任斯基[③]的腿脚但是没有脸只有两个眼睛覆盖在额头下的基特·卡森[④]，长着阿拉伯母牛的头和腰腹的母野牛。它们将会出现在密歇根大街上的所有商店里！给！”

他没有去接她递过来的那张支票。“这是你的，你挣的钱。”夏洛特看着他——在那双黄色眼睛的注视下，他觉得自己像一只没头没脑探寻出路的蛾子，一只被火把的光罩住的野兔，又像是被添加了化学催化剂的液体，谎言和情绪的渣滓在容器内被溶解得一干二净。“我不拿——”他仍旧坚持道。

“你不喜欢女人出去挣钱和你一起养家？你不喜欢和我一起生活？”

“你知道我喜欢。”

“那你还介意什么呢，介意我们为此的付出？还是我们是背负了怎样的罪名才走到一起？因为你捡到了那笔钱，我们才能从新奥尔良出来，因为我们的爱情，你做了回小偷，可是如

---

① 1871 年芝加哥发生罕见的大火事件，大火导致芝加哥三分之一的城市被烧毁，将近一半的人无家可归，据传说大火的起因是奥利里太太（Mrs. O'Leary）的奶牛踩翻了马灯。奥利里太太因此成为芝加哥历史上一个臭名昭著的人物。

② 一种很像吉他，但比吉他小的弦乐器。

③ 尼任斯基（Nijinsky，1889—1950），波兰血统的俄国芭蕾演员和编导。

④ 基特·卡森（Kit Carson，1809—1868），美国领土的开拓者，美国西部开拓时代的偶像级人物。

果我们两个明天不在一起了，余生还不是要背着这个罪名[①]？”

“我们不会不在一起的，明天不会，下个月也不会，明年也不会。”

“会的，当我们不配拥有爱情时我们就会失去对方。所以我们一定要让自己优秀，让自己强大，这样才能保住爱情，才配拥有爱情，我们要做的是以一种体面的方式去得到自己想要的爱情，然后留住它。”她走过来抱住他，紧紧地抱住，使劲儿蹭他挤他，不是爱抚地蹭挤，而是很粗鲁，和她抓着他的头发把他摇醒的粗鲁劲儿一样，“我喜欢出去工作，努力赚钱。我喜欢做爱，喜欢做手工活儿。人就应该喜欢做自己喜欢的事，去争取自己想要的东西，那才是属于自己的东西。”

为了挣那一百美元，夏洛特晚上也在工作，通常都是等他躺下休息或者睡着后开始工作。后来的五个星期里，她又挣了二十八美元，接着又接了一个单子，加起来总共挣了五十美元。可是再往后就没有订单了。即便没有订单，她还是忙，而且没日没夜地忙，出门时总是带着已经完工的人像和一些样品，一出去就是一整天。她现在甚至有了小团伙，他们的这间公寓到了夜晚就变成了一个俱乐部，俱乐部的第一个成员是迈卡德，他是新闻记者，以前也在新奥尔良报社工作过，当时夏洛特最小的弟弟也在那家报社实习（大学本科生的业余爱好），

① 这里指通奸的罪名。

两个人因为同事关系而认识。夏洛特是在大街上偶遇迈卡德的，当天晚上迈卡德就过来拜访他们，第二天晚上带他们两个出去吃了顿饭；第四天晚上他再次来到他们家，这一次带来了三男两女和四瓶威士忌。打那以后，威尔伯每次回家都不知道家里还会有谁，反正不是夏洛特自己一个人，不管谁来他家做客，夏洛特总是一副忙忙碌碌的样子。虽然现在已经不是销售季，而且这种状况似乎要一直持续到即将到来的夏天，但是夏洛特还是忙。她穿着一件脏兮兮的廉价工作服专注地摆弄着她手里的活儿，像一个在家工作的画家，那些铁丝、胶水、颜料和石膏在她勤劳灵巧的手里变成了一个又一个漂亮、怪诞、想象力丰富的作品。

然后她做了一个卖场，很小的一个卖场，一次性处理了所有的东西，然后就不做了，很迅速地不做了，就像她很迅速地开始一样。她说商店里的人告诉她夏天到了，游客和当地的人都离开城市出去避暑。"除非他们是说谎，"她说，"市场确实饱和了。"她这样跟他解释，也跟所有人说。那是一天晚上，她回来时天已经黑了，她带回来的纸箱里还留着那些她制作的东西，它们显然没有被卖出去，屋子里还有几个过来买东西的人——他们是夏洛特打电话叫过来的。"我知道有这么一天，我做这些东西更多是为了好玩。"她把那些雕像从箱子里拿出来放在那张工作台上，"这就像把这些东西创造出来，只是为了放在像是银行保险柜那样黑乎乎没有空气流通的地方，或者扔到有毒的沼气池里，而不是放到一个微风轻拂、鼻子里充满了植物清香的地方，像是奥克公园[①]和埃文斯顿[②]那样的地方。到此为止吧，我不再做这些东西了，不做艺术家了，我累了，肚子也饿得慌，我要找个地方舒舒服服地看会儿书，饿了就啃块干面包。你们过来看看工作台上的这些东西，看见想要的就拿回家去，就当是个纪念好了。”

“咱们还能吃得起干面包。”他这样对她说。*她才没有认输呢*，他想，*她没有放弃，永远都不会放弃*，他以前就觉得夏洛特身上有一种无论是他自己还是里特梅尔都没有的东西，而且，那东西和爱情没有什么关系。不出一个月，他这个看法就被印证了：有一天他回到家里，发现她又在工作台前忙碌，她说话时那股子兴奋劲儿是他从来没有见过的——不是那种得意忘形的兴奋，而是表面上看很严肃但是心里却有一股子不屈不挠劲儿的那种兴奋。活儿是迈卡德给她找的，他给她带来一名摄影师，摄影师说要从夏洛特这里订制一批提线木偶，他订这批木偶的用途是为了拍照，然后把拍好的照片卖给杂志当封面或者做平面广告；未来说不定还要把这些木偶摆到某些场地——一间租来的大厅或者一个马棚，邀请游人一起做字谜游戏。“我自己出钱买原材料，”她这样对他说，“反正你也不要

① 奥克公园，美国伊利诺伊州芝加哥市西边的一个小村镇。

② 埃文斯顿（Evanston），美国伊利诺伊州的一个小城，这里的居民深受卫理教会的影响，20 世纪初期被人们冠以“教会之城”的美誉。

我那一百二十五美元。”

她工作起来有股拼命的劲头，特别专注，时间也安排得紧。往往是他要睡觉了，她还在工作台前忙碌着，有时候他半夜两三点钟醒来，发现她还在工作，工作台上的灯光明晃晃地亮着。现在他回到家中（一开始他是从医院回来，丢工作后为了不引起她的猜测，他每天在公园的长椅上坐上一天，到了下班时候再从公园回来），看到家里多了几个和孩子差不多大小的木偶——其中一个一看就是堂吉诃德[1]，身材消瘦，不协调的五官有一种虚幻的色彩。还有福斯塔夫[2]，顶着一张处处是梅毒疤痕千疮百孔的脸，肥壮的身躯看着让人恶心（它虽然是一个单一的人物像，但是当他看它的时候，你似乎看到了两个人：一个是男人，身上的肉让他看起来像是一头熊；另一个是虚弱的患有消耗性疾病的苟延残喘的人。他甚至感觉自己看到的是一个脑满肥肠的人拖着一肚子下水面对一头熊时的模样，不是去面对，而是选择绕开、逃避，就仿佛他碰到的不是熊，而是一头像是只有在噩梦中才会出现的远古时代的猛兽），还有在廉价商店常常可以见到的额前牟拉着几绺头发，嘴里嚼着口

---

① 堂吉诃德（Don Quixote），西班牙作家塞万提斯的讽刺小说《堂吉诃德》中的主人公。

② 福斯塔夫（Falstaff），莎士比亚历史剧《亨利四世》中一个肥胖的、滑稽的小丑角色。

香糖，活脱脱一个伴唱演员——洛克珊娜[1]的人像，和有一副滑稽戏里的犹太人面孔，鼻孔大得可以钻进一条软体动物，一只手拿奶酪，一只手拿支票本的西拉诺[2]摆在一起——再往后，这些塑像以惊人的速度被夏洛特做出来，越来越多，直至摆满了他们的公寓，只要有空的地方，不管是墙上还是地板上，就有这些塑像，让人时时担心这些看上去千奇百怪的塑像会不会碎掉，让人看了觉得不舒服。夏洛特一直保持着旺盛的工作态度，好像一旦开始就停不下来，一直到完成这些活儿才罢休——她没日没夜地干着，仿佛黑夜和白天对她来说没什么区别，在她连轴转的工作安排里，除了干活便是吃饭和睡觉。

完成最后一件塑像后她开始出去，一去就是一天，常常半夜才回到家里；他下午回到家中，往往发现等着自己的只有一张字迹潦草的字条，字条不是写在一小片纸上就是写在从报纸边角撕下来的一小块碎纸上，有时候也写在电话簿页上：别等我，你自己出去吃东西。他于是一个人出去吃饭，回来后她还没有回来，他只好一个人上床睡觉，有时候已经睡着了却又被她惊醒，她裸着身子（她从来不穿睡衣，还说她一件睡衣都没有买过）钻到他的被窝里，动作鲁莽得仿佛是要和他摔上一

---

① 洛克珊娜（Roxane），法国戏剧作家埃德蒙德·罗斯坦德的戏剧《大鼻子情圣》中的一位人物，她美丽，受人爱慕。

② 西拉诺（Cyrano），法国戏剧作家埃德蒙德·罗斯坦德的戏剧《大鼻子情圣》中的一位作家，他深深爱着洛克珊娜，但因为自己丑陋的大鼻子而自卑，不敢向洛克珊娜表白。

跤似的。她一边用胳膊生硬地抱紧他，一边和他絮叨，她说得一本正经，语调也快，但从来不谈她自己的工作挣钱多少，也不谈摄影进展到哪一步了，而是谈他们现在的生活和处境，好像他们现在搞成这样和过去未来都没有关系，好像他们是生活在一个和过去以及未来完全分隔开的时间段里。她也提到他们需要钱以及她做的那些塑像，让人联想到这些事情仿佛字谜或者拼图游戏中的那些小格子，哪一个格子都很重要，谁也不比谁重要多少。她抱着他，他可以感觉到她在黑暗中渐渐放松下来，不再动来动去，好像一点都不关心他是睁着眼睛还是已经睡着了，而他则感觉这种二人生活像一只易碎的灯泡，或者说像一个泡泡，她像一个受过训练的海狮在表演头顶圆球的游戏，尽力保持平衡，不让它搞砸了。她的境遇比我的更糟，他想，她甚至不知道该去希望什么。

过了不久，制作木偶的活儿也结束了，和装饰橱窗的活儿一样，结束得突然而彻底。一天晚上，他回到家中发现她居然待在家里，手里捧着一本书在读，身上那件已经穿了几个星期（现在已经是八月）脏兮兮的工作服不见了，那张工作台被挪到了房间中央，看上去焕然一新，不仅原先那些铁丝和颜料统统不见了，上面还铺着一块印花布，桌子上摆了一沓杂志和书本，这些书刊原先不是被堆在地板上便是放在空椅子上。最让他惊奇的是桌子上还摆着一个花瓶，里面插着一束鲜花。“我买了些东西回来，”她说，“今天不出去了，在家吃饭。”

她买的是排骨和一些其他东西，她身上那件新围裙看着和桌子上的印花布一样花哨。他立刻想到男人和女人遇到失败时的反应，他看到她在谦卑之外还保留着尊严，这倒是他以前从未在她身上见到过的，他认为这种特质不仅仅女性才有，但是在女性身上似乎更为明显。吃完饭后她开始收拾碗碟。他想帮她，她不让。于是他给自己拿了本书就着台灯的光读了起来，耳朵里听着厨房里她收拾碗碟的声音。一会儿，她从厨房出来，直接去了卧室。他看着手里的书，一抬头突然发现她站在自己旁边，因为她光着脚，所以他没有听见她走过来的声音——脱得光光的，袒露着凹凸有致的身体，一双黄色的眼睛盯着他。不等他说话，她已经从他手里夺走书，扔到旁边的折叠桌上，嘴里说："快呀，脱衣服！穿那么多！我想要你！"

又过了两个星期，他还是没有告诉她自己失业的事情，他不是怕告诉她这个消息会打扰到她的工作，因为她现在也没活儿可干；也不是觉得在她知道自己失业之前他还有希望找到另外一份工作，因为他找过工作，但没找到；更不是他认为这种寄希望于明天的米考博[1]式的浑浑噩噩的生活法管用。而是他总觉得晚一点告诉她和早告诉没什么区别，还有一个（他不想骗自己）最主要的原因就是他对她有信心。这种信心不是说他认为那些人还会买她的东西，而是对她本人的生存能力有

① 米考博（Micawber），狄更斯的小说《大卫·科波菲尔》中的人物，是一个日子过得很穷，但总是能安慰自己的人。

信心。上帝不会让她挨饿的，他想，她是这么珍贵。上帝把她造得这么好，创造万物的上帝会保留她身上的珍贵部分。就这样，每天他准时出门，在公园一直磨蹭到下班时间才回到家中。在公园的长凳上他一坐就是好久，还不时从钱包里抽出那张记录这些日子花销的字条看几眼，好像这么做就会让字条上的钱数不一样，心里期盼着自己前一天是不是写错了钱数，可是每次看完都很失望，数字原封不动，他也没有记错——简单的数字，一百八十二美元减去五美元或者十美元，每减去一笔钱，后面都记着一个日期，到了九月一日那天，那些钱已经不够付下一个季度的房租。有时候他也会抽出那张支票看看，粉色的打了孔的支票上印着“三百元整”几个字。这似乎都成了他的一种仪式，像是吸食鸦片的瘾君子在过瘾之前一定要仪式般地擦拭烟枪，等到那鸦片变成青烟释放出来，现实也离他而去。他想了一百种方法花掉那三百美元，想象自己像玩拼图游戏那样把钱一点点地分配，心里却很明白，这只是他自我安慰的一种方式（他想，也许我对钱一直还是像一个青春期的孩子），把那笔钱换成现金对于他来说简直就是天方夜谭，根本不可能。

有一天下午他回到家中，发现夏洛特又在屋子正中间相当于她的工作台的桌子旁忙碌着，只是这一次那张桌子看上去稍有不同，桌布被翻了个儿，原来放在桌子中间的书和杂志也被推在一边，夏洛特身上围了件围裙，而不是像以往那样穿着工作服，她手里在捏着什么，整个人看上去有点儿慵懒，像是一个人在用手里的扑克打发时间。她手里的东西是一个不到三英寸高的小人——看得出那是一个古代的人，虽然五官和形状还没有完全捏好，但看得出来那是一个小丑，是带点憨相不会害人的小丑。“怪味儿，”她说，她是在说小丑的名字叫怪味儿。“也没什么含义，因为味道闻起来怪怪的，所以给它起了个名叫怪味儿，它不是门口的狼。狼可不得了，机敏、无情、强壮！它们待在狼群里，胆子最小的狼都是强者。但是我给自己手里的这个小人起名叫怪味儿，因为饥饿不是在这儿——”她用手背摁了摁她的肚子。“你感到饥饿是因为胃里没东西，爱情不一样，爱情像流行火焰或者罗马烛光，再不济也像小孩子玩的花炮，刚一点着马上就有一团火星蹿出来，一点都不怕引火烧身，对了，”她抬起头看着他，他马上意识到她要说什么。“我们还有多少钱？”

“一百四十八美元，不过没事儿，我可以——”他说。

“我们还没有付下个季度的房租吗？”*回避已经不可能了，他想，我的问题是，不管是说真话还是撒谎，在开口之前别人已经看出来了。*“看着我，你是说你两个月都没去医院上班？”

“是侦探和医院说了我们的事情。我猜是因为那些日子你忙得很，忘了给里特梅尔写信，所以就发生了这样的事情。不过我觉得他也不是故意的，我猜他只是没有收到你的消息，心里担心，所以让侦探去问，他之所以这么做是担心你的安全。

所以说，不是他使的坏，是他雇的侦探让我丢了饭碗。医院知道后让我走人。这事儿说起来也挺讽刺，之所以有这样一份工作存在是因为道德败坏、世风日下，可我被解雇的理由也是道德败坏。不过也不一定，也许是别的原因，比如说不需要这个职位了，我老早就觉得可能他们——”

“你不用解释，”夏洛特说，“家里没酒了。你去楼下买一瓶，我还得——不，先别走，先等一下我，我们一起走，吃完饭后我们去酒吧喝点什么，还有，我们得找到一条狗。”

“狗？”他站在屋子里，看着她去了厨房，从冰箱里拿出两块排骨，那是留着今天晚上吃的，她用纸把排骨包好。

“得带上这个，朋友，”她说，“你去戴上帽子。”

八月的夜晚异常炎热，五光十色的霓虹灯像是地狱里的光，把行人的脸庞照得像是僵尸，包括他们两个。夏洛特一直举着那张肉店用来包肉的滑腻腻的油纸，里面是那两块排骨。没走多远，他们遇到了迈卡德。“我们丢了工作，”夏洛特对迈卡德说，“我们想找条狗。”

夏洛特说话的语气让他当时就觉得有一条看不见的狗横在他和夏洛特之间。三个人去了常去的一间酒吧，他们几乎每周会来这里至少两次，和迈卡德带来的那些朋友在这里喝喝酒，有时即兴而来，有时提前约好。他们到达酒吧的时候，里面已经有四个人等着他们了。（“我们失业了，”迈卡德对那些人说，“我们在等一条狗。”）他们七个人找了一张能坐八个人的桌子坐下，椅子和椅子之间显得很空，一点也不拥挤，夏洛特打开那张油腻腻的纸，把排骨拿出来放在盘子里，旁边是一杯没掺水的威士忌，还有几杯掺了姜汁的啤酒。但是谁都没有动那两块排骨，后来他侧过头贴着夏洛特的耳朵说："我们要不要吃点东西？没事儿，我还有——"

"对，没事儿，没问题。"夏洛特没有理他，而是对其他人说，"我们还有四十八美元；这年头即使阿莫拉斯[①]家族的后人恐怕口袋里也掏不出四十八美元来，来，干杯，穿盔甲的年轻人，我们找狗去！"

"哦，"迈卡德说，"出发，全副武装的年轻人，让我们像海明威那样生活吧。"

霓虹灯闪烁，交通灯转换着颜色，从绿色到红色再到绿色，空气里传来汽车刹车的尖叫声，从街道经过的一辆辆加长汽车看上去像是一副副棺材。再后来，有两个人离开了，那两块排骨原封未动放在桌上，再后来几个人离开酒吧，挤进一辆出租车里，因为人多，有几个人不得不坐在其他人的膝盖上，夏洛特手里一直拿着那两块排骨（包排骨的纸已经不见了），迈卡德假装他抱着一条狗，狗的名字叫莫阿维尔，这个

---

① 阿莫拉斯（Phillip Danforth Armour，1832—1901），美国著名的企业家，他创立的 Armour 公司把 20 世纪的芝加哥打造成了一个肉类打包生产基地。

名字源自《圣经》中穷人的餐桌[①]的故事。“听着，”迈卡德说，“我说一下，多克、吉勒斯皮和我租了个小木屋。吉勒斯皮这几天一直住在那儿，不过他九月一日前必须回到城里，到那时那间屋子就空出来了。你们可以搬进去，你们不是还有一百美元——”

“那不合适，”夏洛特说，“住在木屋里不安全，再说你也不忍心把我们丢在那儿吧？——我们现在还有多少钱，哈里？”

威尔伯看着出租车上的仪表盘：“一百二十二美元。”

“听我说。”迈卡德说。

“我会听你说，”夏洛特说，“可是不是现在，因为我们没有多少时间听你说这些，你已经铺好了床，回家后可以舒舒服服地躺在上面，用被子蒙住头睡个热乎觉。”这时出租车开到了埃文斯顿，他们指挥着出租车司机把车停在一家杂货店门前，下车后进去买了一个手电筒，然后又指挥着出租车司机上了城郊一条比较宽的路，车速慢下来，夏洛特的身体挡在迈卡德前面，手里拿着手电筒照着车外，夜色里，手电的光映照出路边的草坪。“这儿有一个。”她说。

“我怎么看不见？”迈卡德说。

---

① 见《圣经·新约·路加福音》16:20—21：“又有一个讨饭的，名叫拉撒路，浑身生疮，被人放在财主门口，要得到财主桌子上掉下来的零碎充饥，并且要狗来舔他的疮。”这儿的隐喻也是反原意的调侃，原有经文中的转折词“moreover”被用来当狗的名字。

“看那些栅栏，每一段铁栅栏都雕饰着三色堇，这样人家的院子里一定会有铁铸的狗的雕像呢。这幢屋子还有复式屋顶呢！”

“我没看见哪里有屋子。”

“我也没看见屋子，但是你看那些栅栏。”

他们让出租车停下，几个人从车里出来。手电筒的光照在那一排有花纹装饰、异常结实的尖头铁栏杆上，在饰有花纹的大门旁边他们还发现了一个黑人男孩雕像的拴马桩。“被你说对了，”麦卡德说，“这里有一条狗。”他们都不用手电筒照亮，仅仅是凭着黯淡的星光就能看到那条狗——一尊圣伯纳犬铁铸像，狗的脸很有弗兰茨·约瑟夫一世[①]和缅因州银行家的影子。夏洛特把手里的那两块排骨放在雕像的基座上，正好位于狗的两只铁做的脚中间，然后他们返回出租车里。“听我说，”迈卡德说，“那木屋里什么都有——有三个房间，也有厨房，铺盖和做饭用的东西都有，附近有森林，随时可以砍来树木烧火；如果你想游泳也可以，九月一日过后，那里所有的度假屋都会空，没人会打扰你们，再加上屋子就在湖边，你们还可以钓鱼来吃，你们买上一百美元的食物，在那里住一阵。看今年这天气十月份冷不了，得十一月差不多，只要你们自己能扛得过去，还是可以住到圣诞节甚至过了圣诞节——”

---

① 弗兰茨·约瑟夫一世（Franz Josef，1830—1916），奥匈帝国皇帝，带领帝国参加第一次世界大战。

劳动节[①]前的周六晚上，迈卡德开车把他们送到湖边，车后备厢放着他们花了一百美元买来的食物——罐头、豆子、大米、咖啡、盐、糖和面粉。为了买这点东西威尔伯精打细算绞尽脑汁。“只有当你用钱买东西时才意识到货币的价值具有浮动性，”他说，“也许这就是经济学家所说的递减收益的正态分布。”

“哪里是浮动，”迈卡德说，“简直就是剧烈波动！国会里的人给它定义为货币自身具备的不稳定性。如果你还没准备花这一百美元前银根又紧缩了，那就有你好瞧的了！银根一缩这点钱你什么都买不到！就像是在自家的酒桶里点了三根火柴，什么豆子、大米、汽车，说没就没！”他们三个人喝了一瓶威士忌酒，迈卡德和威尔伯轮流开车，夏洛特一直在睡觉。拂晓时分他们到了那座度假屋——面前是一座占地一百多英亩的大湖，四周云杉环抱，这里有四间度假小屋，分别位于树林中的平地上（其中一间小屋的烟囱正在冒烟。“布拉德里住在那里，”迈卡德说，“这个点儿他应该出去了。”），水面上有一座很小的栈桥，一头看上去像鹿的动物在湖边站着，头高高仰起，霞光把它的身体染成了粉红色，它盯着他们看了一会儿，掉头跑掉了，白色的微微翘起的短尾巴在腾起的尘土中若隐若现。夏洛特从车里跳出来，刚刚睡醒的脸看着有些浮肿，她兴

① 在美国，九月的第一个星期一为劳动节。

奋地向湖边跑去，一边跑一边喊：“这就是我一直想做的东西！不是动物本身，什么狗、鹿和马，而是它们带着速度跑起来的样子。”

“我相信你有这个本事，”迈卡德说，“不过现在吃饭才是最要紧的事情。”他们三个把车里的东西拿出来搬进度假屋里，然后把屋里的炉子生上火。趁着夏洛特做饭的工夫，威尔伯和迈卡德拿了几瓶酒去了湖边，两个人蹲在湖边，嘴对着瓶口喝着酒，时不时举着酒瓶向对方示意一下，只剩下一瓶酒的时候迈卡德说：“这瓶留给夏洛特吧，她好久没喝酒了。”

“我现在很知足。”威尔伯说，“我也很清楚自己跑到一个什么样的地方来，很清苦，吃的东西不过是价值一百美元的罐头和一些其他东西，没有鳞次栉比的街道，没有熙熙攘攘的人群，看上去很冷清，但是有水有风景，人躺着看着慢悠悠的湖水，不会觉得多么孤单。”威尔伯蹲在地上，一只手拎着瓶子，一只手伸进湖水里晃动着，水波纹从他手腕处荡漾开去。这是清晨的湖水，平静，但是冰冷，冷得像是酒店房间里的冰水的温度。迈卡德看着他。“秋天快到了，第一场冷空气降临，到处是凋零的树叶，红黄的树叶和水一起流向远方；当一片树叶从空中飘到水面上时，它的倒影奋力迎接它的到来，水里的树叶和水面的树叶碰在一起，可颤动的水流让它们无法完全吻合。你睁开眼睛，看着身旁的落叶，脑子里却想着那两片叶子贴在一起的样子。”

“向我们的叔本华[①]致意！”迈卡德说，“你这是什么腔调呢？蒂斯代尔[②]式的感伤吗？这说明你肚子还不够饿，你还没尝过一贫如洗的滋味。这话如果你对着某些人说，有可能人家会信以为真，然后递给你一把手枪，要求和你决斗。所以，别光想着自己想要什么样的生活，多考虑一下夏洛特的想法。”

“就是因为她我才说出这番话的，我可不会为了爱情而和谁决斗。我陷入爱河太晚，所以我才相信爱情。”说完他提到了那张现金支票，说：“如果我不相信爱情的话，很有可能今天晚上我就给你那张支票，让你把她带回城里。”

“如果你像你自己说的那样，相信爱情，你应该早早就把这张支票撕了。”

“如果我撕了，那钱就彻底没了，里特梅尔本人去银行都要不回来。”

“他能不能要回来钱和你有什么关系？你不欠他的！也许他还想甩掉夏洛特呢，正好你接手了。不过你也不咋地，你根本没有和别人老婆在一起的勇气，是不是？”迈卡德站起来，“回屋吧，咖啡煮好了，我闻到味儿了。”

威尔伯没有动，手仍旧停留在水里。“我没有伤害她。”随

---

① 叔本华（Arthur Schopenhauer，1788—1860），德国哲学家，唯意志论创始人，认为意志是人的外部形象，也是整个世界的内在本性。

② 蒂斯代尔（Sara Teasdale，1884—1933），美国浪漫派女诗人。她的诗歌具有多愁善感的特点，极富感染力。1933 年诗人服药自杀，据说是因为爱情。

即改口道："不对，我伤害了她。如果不是她的话，我会——"

"会什么？"

"会拒绝相信爱情。"

迈卡德站起来，自上而下足足打量了他一分钟的时间。威尔伯蹲在地上，一手拿着酒瓶，一只手伸进湖水里划拉着。"你这都是什么鬼话！"迈卡德说。这时候从屋子那边传来夏洛特叫他们的声音。威尔伯站起来。

"总之我不会为了爱和对方的丈夫决斗，"他说，"我宁愿背负骂名和她私奔。"

夏洛特没有喝那瓶酒，而是把它放在壁炉台子上。"谨此提醒我们失去的文明，那时我们把头发梳成分开的发式。"她说。吃完饭后他们开始安置睡觉的地方。这个度假屋有两间卧室，每间卧室里都放着一张床，半封闭的阳台上还有两张床。威尔伯洗碗的时候，夏洛特和迈卡德从储藏间里拿出卧具铺在阳台的那两张床上。等威尔伯洗完碗从厨房里出来，迈卡德已经脱了鞋躺在其中一张床上抽起了烟。"躺会儿吧，夏洛特说她不想再睡了。"这时夏洛特正好从另一个屋子里出来，手里拿着一沓纸，一只锡杯，一个崭新的涂了漆的彩色盒子。

"买完威士忌后，我们还剩一美元五十美分。"她说，"也许那头鹿还会回来的。"

"如果你能把盐抹在它的尾巴上，"迈卡德说，"它或许会安静地站一会儿，并且摆好姿势让你把它画下来。"

“我不需要它摆姿势。那不是我想画的样子。我不想单纯地画一头静止的鹿，那样的画谁都可以画。”夏洛特向门外走去，纱门在她身后砰的一声关上。威尔伯没有走，而是走到床前躺下，把一只手枕在脑后，点着根烟抽了起来。

迈卡德说：“这点食物够你们吃了，木头用不完，被子也有，天冷了用得上，等城里的形势好转，也许我可以帮着把她做的东西卖出去点，给她找几个订单——”

“我不担心那些。我和你说了，我很快乐。没什么人能夺走我已经拥有的东西。”

“哎，说得也太好了吧。我说，你干吗不给我那张支票，让夏洛特跟我回去。留下你一个人吃那一百美元的东西，吃完了你就搬到林子里，饿了吃蚂蚁，在树上扮圣人安东尼①，到了圣诞节你可以拿个牡蛎壳，给自己做个圣诞礼物。睡觉吧。”迈卡德说完翻过身去，很快就睡着了，过了一会儿威尔伯也睡着了。醒来时他看看太阳，天已经过了正午，夏洛特不在屋里，他没有去找她。他在床上躺了一会儿，他没有回顾过去那二十七年没有女人的光阴，他的脑子里浮现出那条笔直、空荡而又寂静的路，夹在两条各值五十美元的分别用罐头盒和面粉袋排成的线路之间。*如果这就是我们要走的路，她会等我的。*他想，*如果我们就这样躺着，那我们两个一起在这种晃来晃去*

---

① 圣人安东尼（Saint Anthony），天主教圣徒，传说向安东尼祷告可以让失去的东西重新回来。

的孤独中度过时光，像马克[1]说的那样也好，像九流诗人蒂斯代尔书里描写的那样也好，看着红黄的树叶一点点落下，看着他们和自己的倒影接吻。

太阳刚刚移到树梢的时候夏洛特手里拿着速写本回来了，他注意到本子上干干净净，什么都没有，但她手里的颜料却没剩下。“那么不好画吗？”站在炉子跟前的迈卡德问夏洛特，他在忙着做饭，用豆子、大米和干杏仁做一道饭——一道几乎所有单身汉都宣称自己会做的饭，那道饭并不好做，很少有人会做，虽然也有人会做，但绝对不是迈卡德，威尔伯想。

“也许是小鸟飞去告诉她的，说你正在糟蹋我们价值五十美分的食物，于是她赶紧跑回来。”威尔伯说。迈卡德终于做好了饭，威尔伯心里承认饭的味道不算太糟糕，嘴上却说：“可是我不知道，究竟是你做的饭不那么难吃，还是我只是不想扫你的兴——我感觉自己吃进嘴里的不是饭，而是它所代表的钱，四五十美分的钱，我看我的上腭或者胃天生啥都敢吃。”他和夏洛特洗碗，迈卡德出去抱回来一捆木头，给壁炉生着火。“今晚没那么冷，用不着生火。”威尔伯说。

“木头又不花钱，”迈卡德说，“如果你从这儿走到加拿大边境，可以拾回来很多，即便把威斯康星的所有烟囱加起来也够烧的。”两个人坐在壁炉前，一边抽烟一边聊天，一根烟抽

---

① 这里指迈卡德，马克是他的昵称。

完迈卡德说要告辞，怎么劝都不行，好像就算明天放假他也不肯待在这里。威尔伯送他到车子那里，迈卡德坐进去后回头望了一眼夏洛特，她站在门口，身后的火光照出她的身影。“嗯，”迈卡德说，“你不需要担心，这就像警察或者一位鹰级童子军[①]领着一个老太太过马路，如果真有个醉汉刹不住车冲过来，撞死的肯定不是老太太，而是警察或者那个孩子。你自己保重！”

“保重？”

“是的，保重，不吃点苦头我看你不知道害怕。”

威尔伯回到屋子里。天已经晚了，夏洛特还没睡，光着脚在屋子里走来走去，这儿动动那儿摆摆地收拾着这个临时落脚的住所，她就是这样，哪怕在酒店里住一个晚上也要折腾一下才行，给家具摆设做一些微小的调整。他看见她从其中一个纸箱子（纸箱子是他们住在芝加哥那间公寓时用来装食品用的，他不知道她还留着，他甚至忘了他们还有一些这样的箱子）里拿出他们带来的东西——书、一只铜碗，还有她在工作台上铺的那块台布，她甚至从被她改造成棺材般的纸板烟盒里拿出了被她叫作“怪味儿”的小人，把它放在壁炉台上，站着看了一会儿，又想了一会儿，然后拿起他和迈卡德给她带回来的那瓶酒，颇具仪式感地把酒瓶里的酒泼向壁炉炉膛，脸上带着小孩子玩祭祀游戏时的庄重神情。“护家神拉瑞斯和佩特纳斯[②]”，

---

① 鹰级童子军，指美国童子军团里因表现突出而一步步进阶到最高一层的人。
② 拉瑞斯（Lares）和佩特纳斯（Panates），古罗马神话中的两位家神。

她说，“我不会说拉丁语，但是两位神灵应该知道我的意思。”

他们睡觉的地方是阳台上的两张小床，天快亮的时候，空气冷了很多，她起来了，光着脚走过来，钻进他那充斥着一股熏肉和香脂味道的毯子里，她的胳膊肘和髋部重重地抵着他的身体，他醒了。湖面上微微地泛着光，他听到了鸟叫声，那是潜鸟，听着它们那粗哑的傻乎乎的叫声，他甚至能想象到那些鸟的模样，心里想，世上所有动物中为什么只有人类不在乎感官退化？那些四条腿的动物显然只相信自己的感官，因为它们通过鼻子、眼睛和耳朵来获取信息，而两条腿的人却只相信从书里看到的东西。

第二天清晨，他们把房间烧得暖烘烘的，夏洛特在屋里洗碗，威尔伯去了屋后劈木柴。阳光强烈，他感觉身上燥热，便脱掉毛衣，心想，在这样纬度的地区，劳动节一到（而不是秋分日期）夏天便得落幕了，想到即将到来的早秋和寒冷天气，他不由得长叹了口气，这时候夏洛特在屋子里叫他，他回到屋里，看见屋子中央站着一个陌生人，来人年纪和他相仿，肩膀上扛着一个大箱子，光着脚，穿一条褪色的卡其布裤子，上身穿着背心，肌肤被太阳晒得黢黑，他的眼睛是蓝色的，眼睫毛的颜色很淡，浅黄色的头发从中间分开——完美地一分为二——他一直在盯着壁炉台上的小人在看，威尔伯从开着的屋门瞥见一只海滩常见的小船停泊在湖上。“这位是——”夏洛特说，“你刚才说你叫什么名字来着？”

“布拉德里。”来人自报姓名，他肤色很黑，反衬得眼睛颜色特别浅，像是柯达胶卷的底片上人眼睛的颜色——白色。他一只手扶着肩头上的箱子，腾出另外一只手和威尔伯握了握手。

“威尔伯，”夏洛特说，“布拉德里是咱们的邻居。他今天要离开这儿，想送点东西给我们。”

“这点东西不值得用汽车拉回去，”布拉德里说，“你妻子告诉我说你们俩要在这里待一阵子，所以我想——”没等说完他伸出手拍了下威尔伯——完全是一副刚刚从名牌大学毕业两年的自我感觉良好的生意人的样子。

“你太客气了，我们很高兴能得到这些东西。我来——”没等他说完，布拉德里已经把肩上那只塞得满满的箱子放在了地板上。夏洛特和威尔伯控制住自己不去看那箱子里有什么，只是说：“谢谢！东西多点，就不用担心挨饿了。”

“有了吃的就不用离开这里。”夏洛特说。布拉德里看着夏洛特，笑了，露出一排牙齿，可是眼睛里没有什么笑意，那是所谓成功人士看到猎物时志在必得的眼神。

“说得对。”他说，“你——”

“太感谢了，”夏洛特说，“喝杯咖啡吧。”

“不用了，我刚吃过早饭。我们得提早上路，晚上必须回到城里。”布拉德里这一次看着壁炉台上夏洛特做的雕像。“我能看看那个吗？”说着走到壁炉前，“好像在哪见过这个雕像，是不是——”

“应该没有。”夏洛特说，布拉德里看着她。

“她的意思是最好没有见过。”威尔伯说。布拉德里没有理他，还是看着夏洛特，嘴角带着笑，从那双咄咄逼人的眼睛以及淡淡的眉毛显示出来的是礼貌性问询的神情。

“它叫怪味儿。”夏洛特说。

“怪味儿，哦，”布拉德里看着雕像说，“一定是你做的，我昨天看见你在湖对岸画画来着。”

“哦，我知道你在看我。”

“只是一小会儿，”布拉德里解释说，“现在道歉晚吗？我不是故意的。”布拉德里说。

“我也没有藏起来。”布拉德里看着夏洛特，眉头和嘴巴无不展现出不留情面的戏弄人的神情。威尔伯第一次看到夏洛特这样一副满不在乎的样子。

“真的没有藏起来？”他说。

“真的没有。”夏洛特走到壁炉前，从台子上拿起那座雕像，“真不凑巧，还没抽出时间拜访你太太，你们已经要离开了。既然你一眼就瞧上了它，那就送给你好了，也算是个纪念。”

“不，不用，真的不用，我——”

“拿着，”夏洛特愉快地说，“你可能比我们更喜欢它。”

“那谢谢了，”布拉德里接过雕像，“谢谢。今天晚上我们就回城里了，不过走之前我可以带我太太顺路拜访一下你们，她——”

“一定要来啊！”夏洛特说。

“谢谢，”布拉德里转身向门口走去，“再一次感谢！”

“也谢谢你。”夏洛特说。威尔伯看着他走出门外，看着他把小船往水里推，然后坐进去划走了。威尔伯走到那个箱子旁边，弯下腰去抬箱子。

“你要干什么？”夏洛特问他。

“我给他扛回去！扔在他门口！”

“傻瓜，”她来到他身旁，“起来，干吗要扔回给他？！我们留着吃，起来！”威尔伯直起身，她用胳膊抱住他，像是要和他摔一跤似的紧紧箍着他，他觉出她的不耐烦。“你怎么总也长不大，像个被人欺负的童子军？你自己难道还感觉不出来吗？别人看我们的确不像两口子，感谢上帝，这一点连畜生也能看出来。”她紧紧地箍着他，用髋部挑逗似的顶他，一边看着他一边轻轻地摇晃身体，黄色的眼睛里流露出让人看不透的轻佻神情，还有一种他刚发现的她的一个特点——一种不留情面得有点让人接受不了的坦率。“我说，拿出男子汉的样子来！”她抱得越来越紧，髋部诱惑似的扭来扭去。*她都不需要抚摸我就能让我兴奋，他想，不需要甜言蜜语，甚至气味都不是必需的，她要的就是一根阴茎，满足她内心的那点欲望后便可以丢在一旁。*“来呀，害羞什么？”她腾出一只手，开始解他的衬衫。“好像中午前做这种事会带来坏运气，是吗？是还是不是？”

“是，”他说，“是的。”她开始动手解他的裤带。

“你在用这种办法羞辱我吗？就是因为有个人当着你的面暗示你说我是个荡妇？”

“是的，”他说，“是的。”

不到正午时分他们听到布拉德里的汽车离开的声音。她面朝下一半身子压着他躺着（她已经睡了一会儿，身体软软地压在他身上，头抵着他的下巴，均匀地呼吸着），她把一只胳膊撑在他的肚皮上，抬起身子听了一会儿，毯子从她的肩头滑落下来。“哦，我的小亚当。”她说。“亚当和夏娃很孤独。”他说。

“自从我们第一次相遇，站在那些画前，从那一刻起，我们就不是孤零零的一个人了，不管谁先离开这个世界，我们都不是一个人。”他对她说。

“我知道，现在我是不是可以去游泳了？”她掀开毯子，起身往外走去。他看着她的身影，那是一具结实的身体，比好莱坞杂志上刊登的鱼肝油广告上的那些女人看上去还要结实，她的光脚踩在不甚光滑的地板上，发出啪嗒啪嗒的声音。

“储藏间里有游泳衣。”他说，她没有理他。纱门砰地关上了，她从他的视线里消失了，而他也懒得抬起头去找她。

夏洛特每天早晨都裸泳，储藏室里的那三条泳裤原封未动。吃过早饭后他在阳台的小床上躺着，空气里传来夏洛特啪嗒啪嗒的脚步声，不一会儿她就会出现在阳台上，裸露着给太阳晒成棕色的身体，身姿矫健地向湖边走去。他睡着了（这只是小睡，也就一个小时左右，这六天养成的习惯），醒来后他看着外面：夏洛特躺在那座小小的栈桥上，趴着或仰躺着，有时候两只胳膊放在胸前，有时候趴着把脸搁在手掌上面。他也常常在屋里躺着，不睡觉，也不想事，仅仅是让自己沉浸在一种昏昏欲睡、仿佛胎儿躺在祥和宁静的子宫里不被打扰的状态里，她回来经过他的小床时，他会略略起身去吻她被阳光打上印记的身体。他甚至想永远地记住这些日子，作为日后的回忆。

九月过去了，早晚明显凉了很多。夏洛特把游泳时间从早饭后改到了午饭后，两个人开始商议什么时候把阳台上的寝具挪到有壁炉的屋子里。气温虽然降低了很多，但是天气一直都很好——白昼漫长而平静，正午金色的阳光照，在那些即将飘落的红黄树叶上。夏洛特游完泳回来，冲个澡，马上又拿上画画的东西出了门，他一个人待在屋子里，屋子里虽然空荡，但他常常感觉到夏洛特的影子——她的衣服挂在房间里，她的光脚踩在地板上的啪嗒声——每到这时候他便感觉到焦虑，不是焦虑那点食物早晚有一天会被吃光，而是焦虑自己为什么会没心没肺地活着。他想起以前也有过这样反常的时候，那是一个夏天，由于他拒绝参加投票，他的姐夫不高兴，就打发他去干一些苦活累活，他很生气。到现在他还记得给姐夫解释自己为什么不参选时气呼呼的样子，当时他越说越激动，到最后没有说服姐夫，反倒把自己搞得像是一个因为半夜做噩梦而紧紧揪住自己的裤子不放的人。说话的时候不像是和姐夫说，而像是一个自言自语喋喋不休的人。

他开始更多地关注自己的内心，意识到自己正在过一种平静的生活，即便为此有些生自己的气，他也尽量克制着。有一件事让他感到烦躁：随着日子一天天过去，那点儿罐头也在逐渐减少，但是他尽量不打开壁橱的门数里面还剩多少。他常常回忆起自己失业的那段时期，每天从家里出来，在公园的长凳上一坐一天，以前他是从钱包里取出那张写着数字的纸，一边看一边做减法；现在他是空着两手看着架子上的罐头，一边看一边心里计算这些罐头还够他们两人吃多少天的，后来他甚至不用数罐头的数目，只消打开壁橱看一眼那些摞起来的罐头现在已经掉到哪个位置就知道大约还剩多少罐头，再后来，他连壁橱的门都不愿意碰了。

他知道自己每次想着这些事情的时候其实是带着怨气的，所以他会故意不往心里去，尽量让自己战胜这种生气的情绪。这一招似乎很奏效，因为他发现只要你不把那些罐头当回事，它们就真的好像不存在似的。他看着周围已经熟悉的环境，刚开始他似乎还有点绝望，但很快这种情绪就一扫而光，就好像因为过于忧心忡忡以至于大脑里不自觉地抹去了这种情绪。他带着惊奇的心情打量四周，阳光充足，周遭空无一人，虽然没有人，但夏洛特的影子似乎无处不在，等到夏洛特重新回到屋子里，他还是在床上躺着，既没有在打盹，也没有在看书，他已经丢掉了看书的习惯，也难以入睡，他对自己说：真无聊。无聊得要死。在这里我是个废人，谁都不需要我，连她也不需要我。除了砍木头没有任何可以干的，砍下来的那些木头都可以烧到圣诞节了。

一天他让她帮着自己整理那些素描本子和画画用的颜料，在整理的过程中间她发现他居然是色盲，这一点连他自己都不知道。从那天起，他常常独自出去，他发现了一块僻静之地，只有他自己知道的那么一块地方，人待在那里感觉阳光充足，空气里有一股凤仙花散发出的涩涩的味道，他抽着烟斗（是他离开芝加哥之前为自己特意准备的，就是预防如果有一天自己一分钱都没有了，既没吃的也没喝的时候可以抽烟解解馋），身旁放着才用了一半的看上去很干净的素描本和一个用罐头盒子改装的水彩盒。他在那里抽烟打发时间，直到有一天，他突然决心做一个日历本，这完全是兴致上来的想法，而非沉淀在心里好久的一个主意，他也没去想找一个日历本来参考一下，他只是觉得自己应该活动活动身子，做点什么，以此满足一下自己感官上的要求，就好像一个人打算把一个桃核儿雕成一个小篮子或者在针尖上写一段祈祷文。他先在素描本上画出一个清晰的日历框架，接着标注每一个日子，他还用不同颜色的笔把星期天和假日标出来。做完这些后，他便发现自己弄错了——把日子标错了，虽然这个错误意味着他有更多的工作要做，但是这个错误的发现反倒让他来了兴致。因为这个错误，他不得不延长了工作日，但他一点都不介意，就好像他一点也不介意用同一个桃核儿再雕出一个篮子凑成一对，或者用密码写一篇祈祷文一样。他数着日历的日子，从他和迈卡德第一次来到湖边的第一个早晨想起，他记得那一天是几号，然后从那一天开始推算之前的日子，重新建立记忆。他发现过去的日子过得稀里糊涂，不管是星期几似乎都是在无尽的孤寂中度过，只好更加努力地去搜寻记忆里那些曾经让他感到片刻甜蜜和欢愉的时刻，直到有一天他发现自己的记忆和那些日子似乎对上了，他终于把那些看似阳光实则混沌的日子和数字联系上了，夏洛特每次月经周期之间的日子也一天天地都和自己的记忆对上了。那一刻他感觉自己像是古代叙利亚一位整日待在羊群漫山遍野的小山上佝偻着身子的思考者，因为他有一天意外地发现自己从别人那里得知的亚历山大里亚定理[①]完全可以用来证明自己观察了一辈子的星象（知其然不知其所以然），这一发现令他感到惊喜不已。

这就是那一天他的发现。当他终于发现自己给了十月份六个星期，而今天的日子应该是十一月十二日时，禁不住志满

---

① 这里指生活在亚历山大里亚（Alexadiran）时期的数学家海伦发现解三角形面积的公式：Heron's Formula.，此公式可以从三角形三条边的长度解出三角形的面积。

意得地看着那份日历，像是终于解决了自己的数学难题，像是自己替造物主廓清了一些毫无逻辑缺乏条理的东西。他仿佛从过去的日子里，从那种一天天摞起来的大同小异的日子里看到了实实在在的数字，它们无可辩驳一天是一天地杵在那儿提醒着他。他仿佛看见那些放在架子上的罐头排成一线延伸到半英里开外，圆鼓鼓的鱼类似的罐身失去了重量似的无声地挨个倒下，那时候时光似乎凝滞不动了，只有这些罐头在为他们俩提供食物，让他们还能呼吸着。可是他现在终于理清了那些日子，时间开始活动，缓慢却不可阻挡，像天上一点点挪动的云，逐一抹掉了那一个又一个罐头的痕迹。没错，他想，这样的爱情是脆弱短暂的，如印第安的夏天[①]，我已经被老荡妇诱入了愚人的天堂，被这个年代的李莉丝[②]耗尽了精神与力气。[③]

他烧掉日历回到屋里，夏洛特还没有回来。他走到壁橱前，仔细数了数壁橱里还剩多少罐头。距太阳下山还有至少两个小时，他朝湖面眺望过去，太阳被云遮住了，看不见踪影，云彩仿佛一大片脏兮兮的棉花，从东面铺陈到北面再铺陈到西面，空气闻上去似乎和往常不一样。是的，他想，这个老

① 在北美指深秋时短期的风和日暖的天气，对应中国的说法即是秋天的小阳春天气。这段天气过后，接踵而来的便是寒冷的冬天。

② 李莉丝（Lilith），古代闪族传说中的女妖，常出现在荒凉地带，袭击儿童，希伯来民间传说中亚当的第一位妻子。在犹太神话中，她潜入男子梦中向男子示爱并与之交欢，这样的传说其实是犹太教对男子梦遗的非科学解释。

③ 这里指威尔伯有点后悔和夏洛特私奔。

荡妇，信誓旦旦地把我引到这条道上，他这么想着，等着她回来。他终于看见了她的身影，她穿着一条他的裤子，上身穿着一件很显旧的毛衣，那是他们从这屋子里的壁橱里找到的，和一条毯子放在一起，她从湖那边绕了个圈，他走上前去迎她。“天哪，今天是怎么了？”她说，“从来没见你这么开心过！你是画了一幅画还是发现了人类没必要创造艺术这一真理？”他不自觉地快走几步，张开胳膊搂住她，她被他弄得踉跄了一下，仰起头看着他，脸上带着诧异的神色。

“嗯，”他说，“让我亲亲你。”

“你怎么了？亲就亲呗！”她利索地扑到他怀里看着他，“怎么了，发生了什么？”

“你今天晚上一个人待在这里会害怕吗？”

她开始从他的怀里挣脱：“松手，我看不到你。”

他松开手，心里很慌，在那双黄色眼珠的凝视下，他不知道如何撒谎。

“今天晚上吗？”

“今天已经十一月十二日了。”

“那又怎么样？”她看着他，“我们去屋里说话，告诉我你究竟怎么了。”他们回到屋里，她瞪眼看着他：“说吧。”

“我刚才数了数剩下的罐头，我想——”

她的脸色越来越难看。

“那些罐头只够我们吃六天的。”

“嗯，然后呢？”

“最近天气不错，时间好像停止了似的，人就像池塘上漂着的两片叶子，不过这样浑浑噩噩地过日子不是那么回事儿，我准备去村子一趟，十二英里的路也不算远，明天中午就能回来。”她没有说话，只是盯着他看，“我去把那封信取回来，是迈卡德写来的，明天应该到了。”

“信？你是做梦梦见的，还是冲咖啡时[①]看见的？”

“那封信明天肯定到。”

“那就去取呗，不过我觉得你还是明天走好了，十二英里路呢！现在走的话还没到天就黑了。”两个人吃了东西，上床睡觉。这一次她直接向他那边挤过来躺下，她的胳膊肘很硬，碰疼了他。她就是这样，翻身的时候从来不想别人，就像她常常抓着他的头发摇晃他的脑袋时那样，一点也不轻柔，好像根本不在乎这样做会不会弄疼别人。“天哪，我这辈子从来没见过像你这样的，做别人丈夫就那么难吗？听我说，呆子，你也不想想，如果我要的是一个成功的男人，给我吃给我喝，给我睡觉的地方，那我和你跑到这里来干什么？我在以前的家里待着不就行了！”

“可是人还是需要一个能睡觉的地方，还是要解决吃饭的问题。”

---

① 西方文化中有用咖啡占卜的习俗。

“当然，但是担心那个有什么用呢？这和知道要停水了便开始操心自己要不要泡个澡是一回事。”她坐起身，下了床，动作还是很猛。他静静地看着她向门口走去，看着她打开门，朝门外远眺。“下雪了。”她说，其实没等她开口他已经闻到了雪的气息。

“我知道，这个下午我就觉得要下雪了，天气不可能一直这么暖和下去。”

“天哪，”她关上门回到屋里，不过这一次没有挤过来，而是回到床上她自己的那一边，“赶快睡吧，雪要是下大了，明天你就不好走路了。”

“可是我得去拿那封信。”

“去吧，”她背朝着他嘴里打着哈欠说，“也许那封信一两个星期前就到了。”

天刚亮他就上路了。雪已经停了，天气十分寒冷。四个小时后他步行到了村子，信已经到了，信里迈卡德说他帮他们卖了一件木偶，说百货商店答应圣诞节期间再给夏洛特一些活儿干，随信还附了一张二十五美元的支票。他拿着信回到家时天已经很黑了。“这下你可以放心了，”他说，“我们现在有二十五美元了，迈卡德说给你找了份活儿，他说他星期六晚上开车过来。”

“星期六晚上？”

“我和他通了电话，我回来晚是因为电话好长时间都没接通，搞得我等了好久。”两个人吃了东西，她又一次跑到他的床上躺着，这一次动作没有往常那么生硬，而是慢慢爬过来依偎着他躺下，她还从来没有过这样温柔的时候。

“离开你我心里会很难受。”

“是吗？”他淡淡地说，身体还是面朝上躺着，两只手交叉放在前胸，像是十世纪前竖立在坟墓前的石像。“也许回去后你会高兴的。又可以见到迈卡德和你喜欢的人，还有圣诞节要忙，回去后你可以洗头发，还可以做指甲——”这一次她没有像以前那样用力摇晃他的身体，或者硬生生地挤过来，通常她这么做并不是要和他说话，似乎只是为了强调她话里的意思。可是这一次她安静地躺在床上，甚至连呼吸声都听不到，声音里没有叹息，只是带着一种因为不相信什么而感到惊讶的情绪。

“也许你要那么做。是的，你可以那么做。哈里，你到底想做什么？”

“我在电话里和迈卡德说让他来接你。他能给你找份工作，至少可以让你维持生活到圣诞节以后。我想从那二十五美元里拿一半，待在这里。也许你走这段时间迈卡德也能给我找到一份工作，哪怕一份在公共事业振兴署的工作都可以，到那时候我就回城里，然后我们——”

“不，”夏洛特大声说道，“不！不！天哪！不要！抱紧我！再紧一点！哈里！我们付出那么多，就是为了两个人能一直在一起，能晚上躺在一起，而不是为了吃喝拉撒，不是为了有个能睡觉的暖和地方而在一起的！抱紧我！紧点！再紧点！”他搂了搂她，但动作僵硬，甚至连身体都没转过来，而是一直脸朝上躺着，嘴唇微微翕动，咬着腮帮子，一言不发。

上帝啊！他想，帮帮她吧！求求你帮帮她吧！

他们离开湖边那座房子时还在下雪，在去芝加哥的路上他们遇上了已经南下的小阳春天气，可惜这样的天气没有几天，他们抵达芝加哥时气温降低，朔风凛冽——和圣诞节一起来到这个城市的还有从加拿大来的北风，它长驱直入，在鳞次栉比的城市高楼之间和处处可见冬青树枝点缀的街道上耀武扬威，吹得警察、职员、乞丐的脸上像是结了一层冰霜，就连那些装扮成圣诞老人的红十字会和救世军的人的脸色也好不到哪儿去。天黑后，灯红酒绿代替了白天的死气沉沉，身披貂皮大衣靠畜牧业和倒卖木材发财的百万富翁的家眷小姐，以及那些刚刚从欧洲回来的政客的情妇在五颜六色的霓虹灯的光里流连忘返，和她们一起享受生活的还有那些住在生产钢铁的湖区和富人区豪华公寓里的大农场主子弟，他们是在去温暖的佛罗里达州之前来这里让自己短暂享受一下圣诞带来的欢乐，至于那些伦敦经纪人、英格兰中部的鞋业大亨以及南非参议院的公子哥儿，他们来到这座城市是因为自己曾经在牛津剑桥读书时看过惠特曼[1]、马斯特斯[2]和桑德堡[3]的作品——他们没有探索这座城市的想法却全副武装，笔记本、相机、洗漱用品袋一应俱全，他们喜欢挑选竞争激烈的芝加哥来度过圣诞节。

夏洛特在一家百货商店找到了工作，给她这份工作的雇主是她制作人像时曾经给过她活儿的一个主顾。夏洛特的工作是为这家商店做橱窗展示和样板间展示，工作时间通常是在傍晚商店打烊其他雇员离开以后。威尔伯和迈卡德通常在离她工作不远的商店一处街角酒吧一边吃一边等她，吃完饭后迈卡德就去了他工作的报社，开始昼夜颠倒的报社生活，夏洛特则会带着威尔伯去她工作的商店，每到这时候他都感觉自己仿佛跟着她进入一个怪诞颠倒远离人间烟火的世界——这座由镀铬玻璃、合成大理石构成的大百货商店，白天八个小时到处可见把脸裹在毛领大衣里的女顾客和脸上带着机械笑容、穿着丝绸做的工服的女店员，而他和夏洛特进去时，白天的华灯结彩和热闹已经一扫而空，商店里空空荡荡，散发出一种洞穴般的寂静，空间仿佛窄小了许多，气氛也有些诡异，像是一间看不到几个病人的夜间诊所，为了抢救几个身份不明的病人，医生和护士的身影像是鬼魂似的飘来飘去。往往是他们一进到那店

---

① 惠特曼（Walt Whitman，1819—1892），美国著名诗人、人文主义者，创造了诗歌的自由。

② 马斯特斯（Edgar Lee Masters，1868—1950），美国著名诗人。

③ 桑德堡（Carl Sandburg，1878—1967），美国著名作家、编辑，尤以诗歌著称。

里，夏洛特就从他身边消失了（也不是彻底消失，有时候他也能看见她，通常她在和另外一个手里拿着东西的人打着手势，要不就是她从一个橱窗进去或者离开的身影）。通常他会带一张报纸进去，找张椅子坐下来，椅子坐上去稍微有点摇晃，周围是身上一丝不挂、脸上永远一副雷打不动表情安详的塑料人体模特架子。他还注意到在那个挂着镶着水钻和金属碎片的绫罗绸缎的架子旁边，往往会出现一个打扫卫生的妇女的身影，她跪在地上，一边擦着地板一边亦步亦趋地推着眼前的水桶，给人的感觉她是非人类的一员，像是一只居住在大地深处的鼹鼠，刚刚穿过弯弯曲曲的地道从洞口中爬出来，来到这个灯火辉煌却安静无比的空间来执行不成文的卫生规则，这卫生规则不是这个地方给她的规则，而是她从自己那个天亮前还要赶回去的洞穴里带来的规则。夏洛特一直要在商店里忙到十一点甚至午夜才能回家，由于圣诞节的临近，这段日子他们回家要更晚些。他们居住的公寓大楼靠着公园（因为卧室朝着公园的方向，所以早上十点钟左右，在他刚刚一觉醒来，迷迷糊糊地重新睡去的空隙常常能听见孩子们的欢笑声，中间夹杂着照料孩子的女人们的提醒声），位于一个很好的街区，房子新且干净，除了没有工作台和天窗外其他一应俱全。回到家后，夏洛特去睡觉了，他则坐在打字机前开始自己的创作，虽然白天他已经写了很长时间。一开始他从迈卡德那里借了台打字机，后来自己又从别的地方租了一台，再后来他干脆从一家陈列着杂七杂八物品（包括没有撞针的手枪、断弦的吉他和填过黄金的牙齿）的当铺里买回来一台。他的作品主要卖给几家专登忏悔故事的杂志，故事的开头往往是“我是一个女人，有着女人的身体和欲望，但是在对这个世界的了解上，我却是一个孩子”，或者是“如果在我遭遇不幸的那天，有一个怀揣妈妈般的爱心的人来保护我该多好”。——他的那些故事，从第一个大写字母开始一直到最后一个句号结束，通篇都带着一种无法从烦恼不幸中挣脱出来的调调，颇像一个把橄榄球（那橄榄球仿佛是球员的信天翁[①]，而球员是那个大海上的老人[②]，他的敌人不是另一方球队，也不是那让很多浑浑噩噩的球员做噩梦的用粉笔写的得分，它们看似可怕其实毫无意义，只有他怀里的橄榄球才是他发誓要战胜一辈子的敌人）牢牢抱在胸前飞奔着穿过比赛场地一直奔跑到球赛终结才松开手的橄榄球中卫。在那一刻，无论是得分还是出线都没有关系。他喜欢在夜间工作，常常是写完一个故事后才去睡觉，往往这时候天已经亮了。在熹微的曙光中，他走进他们那间因为开着窗户而有些凉意的小卧室，钻进被窝挨着夏洛特躺下。有的时候她睡得很沉，一动不动；有的时候会翻个身，嘴里嘟囔出一句含糊不清的梦呓。他也会抱她，如同在湖边最后的那个夜晚那样抱着她，可是那时候他

---

① 在西方文化里，信天翁代表着幸运和优雅，同时还有加强个人信心的寓意。

② 这里指英国诗人柯尔律治（1772—1834）的名篇《古舟子咏》的情节，诗中老水手杀死海鸟信天翁招来灾祸，于是把信天翁的尸体挂在脖子上赎罪。

往往头脑清醒得不能再清醒，心里清楚自己已经睡不着了，只好姿势僵硬、一动不动地躺着，等着脑子里最后一个故事的念头的产生。

就这样，大部分时候都是她睡着了，他还醒着，她醒了，他才迷迷糊糊地睡去。夏洛特起床后的第一件事是把窗户关上，然后才穿好衣服，去煮咖啡（每当他们没钱了，买不起咖啡的时候，他们往往会一起在家做饭，吃完饭把碟碗洗得干干净净，一个挨着一个放在洗碗槽边晾干）。煮完咖啡她就走了，而这时候他还在睡觉。等到他一觉醒来，公园里已经传来孩子们嬉戏的声音，他起床，重新加热她留给自己的咖啡，坐到打字机前，毫不费力地编织一个个在他看来枯燥无味但也习惯了的故事。一开始他还一个人像样子地吃顿午餐，头天晚上就拿出来第二天要吃的罐头腌肉片，就像一个穿着崭新的丹尼尔·布恩牌子外套的小孩子突然想起来什么，于是开始忙着往放扫把、簸箕的储藏间里偷放饼干一样。但是最近这段日子，也就是他买了打印机后就取消了午餐（他主动取消的，本来他也不会做饭，所以对于取消午餐这件事他都不需要安慰自己），没有做饭的干扰，他可以全神贯注地写下去，只是偶尔放松一下疲劳的手指，直起身体休息一下，眼睛却依旧盯着面前自己刚刚打好的那几行给傻子读的“黄色故事”。直到搁在桌子上的香烟头马上就要烧到桌子了才醒悟过来，他着急忙慌地捡起香烟头，着急忙慌地擦干净刚刚给烫了一下的桌面，然后继续写下去。等到写完了，他怀揣那个封皮早已写好了地址，里面装着他那以“我十六岁时成了未婚妈妈”开头的刚刚写好的故事（有时候信封上还墨迹未干）离开公寓。因为将近年末，天明显短了许多，特别是下午的时间稍纵即逝。大街上人潮往来，他汇入其中，习惯性地向他和夏洛特以及迈卡德常常碰头的那间酒吧走去。

酒吧里的节日气氛很浓，到处摆放着槲寄生的冬青树，闪闪发亮的玻璃上喷着金字塔状的冬青树的图案，随处可见的镜子里映出穿着节日礼服的酒吧服务生的忙碌身影，经过加热还冒着热气的朗姆酒被盛在只有在这个季节才拿出来使用的酒碗里，随时供那些手里端着夏天的饮料（加冰鸡尾酒或者掺了汽水的威士忌）的客人们挑选。迈卡德坐在他们常坐的那张桌子旁边，在享受他所谓的早餐——啤酒和椒盐小饼干，有时候椒盐小饼干换成撒了盐末的花生米或者其他什么小吃，在夏洛特到来之前威尔伯会叫上一杯喝的东西用来打发时间。“我现在学会了节省，不浪费钱，”他这样对迈卡德说，“吃一次付一次的钱，不赊账，心安理得，不用忍受被拒绝的难堪。”他们等着夏洛特，酒吧里人越来越少，客人们离开时酒吧门开开合合，霓虹灯闪烁的光映照着那些胸前别着一小簇冬青树枝、身体裹在皮毛大衣里的人的脸，寒风在两侧高楼林立的大街上呼啸，空气里时不时回响着清脆的祝福声，商店里的店员脱下黑色的工装，活动着因为站了一天而有些肿胀的腿脚，并放松着面对顾客时强作欢乐的笑脸。夏洛特进来了，她避开忙碌的侍者和人群，躲开客人较多的桌子朝他们这边走来，她的大衣敞开着，露出里面的工作服，远远地他看见她像是百无聊赖的古代女子那样重重地用胳膊往后压了一下她头上的那顶帽子。她终于来到他们面前，略显苍白的脸透着些许疲倦，动作却还是像往常一样敏捷，眼睛里流露出严肃真诚的神色，高挺的鼻梁，丰满的嘴唇。“我要喝朗姆酒，伙计！”她说着一屁股坐进他们给她拉好的椅子里，“真好，真好！”他们在很多人还在琢磨吃点什么的时候已经吃上了（“我感觉我们三个像是星期天下午关在笼子里的熊”，夏洛特这样说）。其实三个人都没有什么食欲，但还是吃完了盘中的食物，然后兵分两路，迈卡德去了他工作的报社，他和夏洛特重新回到商店里。

离圣诞节还有两天的时候，夏洛特拿着包裹去了酒吧，里面是她给自己的两个女儿买的圣诞礼物。那两件礼物是她在他们的公寓里包好后拿来的。现在的房间没有工作台也没有天窗，当时她把礼物摊在床上，包了拆拆了包，不厌其烦忙忙碌碌，床原本是为了繁育后代而让人们躺在上面的老式家具，此刻似乎成了一座圣坛——她奉献给孩子礼物的圣坛。“圣坛”上散落着各式节日图案的包装纸，以及看上去不甚结实的红红绿绿的线绳和各种各样带胶的标签。礼物是她亲自给孩子们挑选的，很贵，但从外观看并不起眼，她举起礼物神情严肃地打量着它们。“卖给我东西的那些人都没有教我怎样包装这些礼物，”她说，“这节日对孩子们来说，压根儿没什么作用，这节日反倒是对大人有点作用，这种作用相当于给你一个星期自由支配的时间，在这一个星期里你可以允许自己孩子淘气一点，可以把你自己不想要的东西送人，虽然那人也不想要这东西，可还是得对你说声谢谢。不过，小孩子们喜欢这种交换，他们正儿八经地接受礼物，玩这种大人不屑于玩的游戏，不是因为他们想长大，而是因为他们想从孩童的日常行为——为得到一件东西必须要动用欺骗、偷偷摸摸或者演一出戏才能得到自己想要的东西的方式中解脱出来，因为小孩子是这样的心理，所以礼物大小贵贱对他们来说没有区别，哪怕一件十分不值钱的礼物也可以让他们开心，可能直到他们长到一定年纪，可以估算礼物的价值时才会计较礼物的贵贱大小，这也可以说明为什么女孩儿比男孩儿更对礼物感兴趣。所以，孩子们乐意接受你给他们的任何礼物，不是因为他们觉得反正是白给的，所以不在乎大小贵贱，而是因为他们觉得这样可以让他们脱离自己的同伴，不用和他们愚蠢地搅和在一起——他们让我在那个商店干下去。”

“什么？”他说，他刚才其实没有把心思放在她的话上，他好像在听，眼睛看着她的手在那些俗气的东西上翻来覆去地忙着，心里想的却是：*我是不是该和她说，回家吧，明天晚上你就可以和你的孩子们在一起了*。“什么？”他又问了一遍。

“那家商店要我一直为他们工作到明年夏天。”

这一次他听清楚了，随即他做那个日历本时努力回想每个日子的感觉再一次袭来，不过这一次他突然想明白一直困扰自己的是什么了。想明白为什么清晨时分他睡不着觉的时候，自己僵硬着的同时又小心翼翼地躺在她身边，等着自己想和她温存一番的感觉慢慢褪去；想明白为什么自己坐在那台打字机前，手里在完成那篇写了一半的稿子，脑子里想着自己这篇稿子能挣多少钱。为什么在钱面前，他们总是感觉入不敷出，像是那些屡屡受挫的酒鬼：要不一口没有，要不就酩酊大醉。是因为我们住在城市的原因，他想，还有冬天的原因，两个凑在一起，所以才让人感到压抑，特别是这段时间——冬天让人们蜷缩在家里，不问世事，而生活在冬天的城市让你感觉自己像是生活在地窖里，人们对不好的事情见怪不怪，包括对通奸这样的事情也是睁一只眼闭一只眼。“不行！”他说，“你不能接受这份工作，因为我们要离开芝加哥。”

“离开芝加哥？”

“是的，离开芝加哥，永远离开。以后的日子我不想让你出去挣钱工作。”他说得很快，“听我说，咱们现在过的日子像是结婚五年的人过的日子，但我感觉自己一直没有照顾好你，虽然我有时候想：‘我想让我的妻子拥有最好的生活。’我这么说，绝对没有‘我不会同意我的女人干活养家’的意思，不是那个意思，而是我想让你想想，我们工作究竟是为了什么，我们把工作当成习惯是为了什么，现在就想清楚这个问题，而不是等到迟了才想到这一点。你还记得吗？我们住在那个大湖边上时，我曾经说过为了你好，我们结束这段关系，你对我说为了吃在一起睡在一起，我们必须为此买单，可是现在你看我们俩，我们是在一起吗？我们是一起出去，一起坐街车，一起走在拥挤的街道上，我们也算是吃在一起，但都是在人头济济的餐馆里。你不忙的时候，人家同意你休息的时候出来一起吃个饭，只有这样你才能在那里干下去，才能每个星期六收到工资。可是我们早就不睡到一起，我们几乎是轮流看着对方睡觉，我想抚摸你的时候却要想你累了，还是不要弄醒你，即便你醒了，可能也因为疲劳而不想碰我。”

三个星期后，他口袋里揣着一张从报纸上撕下来的地址来到市中心的一幢办公大楼前，他走进楼里，爬楼梯到二十二层，找到他要找的那家公司，办公室的磨砂玻璃上贴着“卡拉汉矿业”的字样。在和那个打扮花哨的女秘书费了一番口舌之后见到了那家公司的老板，他坐在一张摆着一部电话机、摊着一副坎菲尔德纸牌的办公桌后面，红脸膛，五十岁左右，目光冷酷，一颗强盗似的人脑袋和发福的大学足球中尉的身躯，让他看上去足有二百二十磅重。那一身价格不菲的花呢西服穿在他身上倒像是他在火灾受损物品拍卖会上用枪顶着别人抢来的。威尔伯向他简短地介绍了自己，包括他的医学资格和经验。

“我对那些没兴趣，”那人打断他道，“你就直接告诉我，你能不能处理得了矿山上可能发生的工伤事故？”

“我刚才说了——”

“我听到了，我的问题是，注意听啊，如果我的矿山有人受伤，你能否处理得了？”

威尔伯看着对方：“我觉得我不——”他说不下去了。

“你的工作就是帮着打理矿山，帮着矿主管理它，帮着我们这些投钱的人管理好它。你只要把活儿干好，就有人付你薪水。我他妈的才不在乎你会不会做手术，会不会开药，手里有多少个证书，是哪儿给你发的证书，那里的人也不关心这个，那里更没有什么州巡视员检查你有没有行医执照。我只想知道你靠不靠得住，能不能维护好矿山，维护我的公司，防止后院起火，防止那些意大利人闹事，防止那些喜欢炸药的东欧佬、推矿车的中国工人闹事，这些人稍微受点伤就想讹人，然后拿着讹来的钱一辈子不干活或者回他们的老家。”

“哦，”威尔伯说，“明白了。好的，我可以做这个工作。”

“那好，我们会给你买车票，你的工资是——”那人说了个数字。

“工资可不高啊。”威尔伯说。看着那人用死气沉沉的肉眼泡瞪着他，威尔伯把目光迎上去说：“我毕业于一所很好的大学，就读的医学院名声也不错，我就差几个星期就完成我的医院实习——[1]”

“你要这么说的话，你不想要这份工作。你的资格太高了，这工作不适合你。我敢说你会对这份工作失望的。就这样吧，去别处找找，祝你好运。”从那双眼睛里射出来两道冷冰冰的目光，他没有走，对方又说了一遍：“我说了，再见。”

“如果你们付我妻子的车票钱的话，我愿意做这份工作。”他说。

两天后，他们上了那辆凌晨三点的火车离开了这座城市。在公寓里等迈卡德送他们去车站的时候，威尔伯突然觉得除了桌面被烟头烫过的痕迹，他们没有给这个已经住了两个月的房间留下任何纪念。“甚至没有爱的痕迹，”他说，“没有甜蜜和狂野，没有在半明半暗的光线下光着脚来到床前，光着身子在床上缠绵的回忆。两个人像是已经结婚有十年的两口子，做爱更多地意味着解决睾丸、输精管和前列腺的问题。我们太忙了，挣钱为自己找个地方住下，像是两个机器人。”迈卡德来了，他们带上两包行李还有那台打字机来到楼下，公寓经理也在，和他们仨握了握手，说了一些为不能继续提供双方都满意的服务表示遗憾之类的话。“这间公寓一直是我们两个在住。”他对公寓经理说，继而又强调道：“我们没有群居。”他看到公寓经

---

① 在美国要成为一名医生，需要先完成四年的大学学习，然后经过考试选拔进入医学院，在医学院完成三年学习后，第四年参加医院实习，完成上述程序后才可以参加行医资格考试，考取后正式行医。

理眨了眨眼睛，很快，一闪而过。

“祝你们一路顺风，叫出租车了吗？”经理问他们时他们说迈卡德有车。到车站后，戴红帽子的车站工作人员帮他们把那两个包和打字机交给车厢行李员，这时天空已经泛着微微的银光，五光十色的霓虹灯变幻着色彩。

“离开车还有点时间，可以喝一杯。”迈卡德说。

“你和哈里去吧，”夏洛特说，“我想休息一会儿。”她走到迈卡德跟前，张开胳膊给了对方一个拥抱，仰着脸对迈卡德说：“晚安，马克。”迈卡德亲了她一下。告别完后夏洛特后退几步，转过身走了，他和迈卡德看着她消失在两节车厢门口。那一刻，威尔伯突然觉得迈卡德可能也意识到这一别他再也见不到他和夏洛特了。

“去那儿喝怎么样？”迈卡德问他。两个人去了车站里的一间酒吧，他们找到一张桌子坐下，过去他们也常常去酒吧喝酒，一边喝一边等夏洛特——和以前一样，周围熙熙攘攘，晃动着喝酒人的身影，侍者和调酒师穿着白色的工作服，酒杯亮闪闪的，唯一不同的是没有冬青树和冒着热气的碗碟。迈卡德的高论是圣诞节是被小资阶级神化了的东西，是一个把天堂和世俗结合起来的外表闪光的神话，一年只有一次，召唤普天下做丈夫和父亲的心甘情愿地匍匐在牛槽形状镀金的神坛前，参与到这个横扫西方世界的狂欢活动中去。这如同大赦的七天节日里富人更富穷人更穷：经过这约定俗成的太平一周后，一切恢复到空白的一页，让人们重新在上面书写编年——可是此刻，像马一样（就是马，迈卡德说）喷着仇恨和报复的气息。像以往一样，酒吧招待很快出现在他们面前——那张脸毫无个性，和他们以前见过的酒吧招待一样，留不下任何印象。“先给我来杯啤的，”迈卡德说，“你喝点什么？”

“姜汁汽水？”

“什么？”

“我戒酒了。”

“什么时候？”

“昨天晚上戒的。没钱了。”

迈卡德看着他，说：“服了你了，再给来两杯黑麦威士忌。”侍者走了，迈卡德看着他，唉声叹气地说：“戒了也好！我说，我知道这不关我的事，但我还是想知道，你们为什么要离开？你在这儿挣钱不少，夏洛特也有活儿干，住的地方也不错，一切都安顿下来了，可是却闹着要走，不在这里待了，还要拽着夏洛特去犹他州的一个矿上去谋生，要知道现在才二月份，那里没铁路没电话甚至连一间像样的厕所都没有，薪水才——”

“我不在乎，而且，我这么做是有原因的，因为我已经变成了一个——”他打住了。侍者走了过来，把酒放在桌上便离开了。威尔伯举起手里的汽水：“为了自由，干杯！”

“干杯！”迈卡德大声说，“多喝点，再不喝就喝不上了，那地方别说喝不到酒，连苏打水也喝不上！不缺的只有水，住的地方可能都没有我们现在坐的这块地方大。原因是给你工作的人是个坏蛋，我知道那个人，他是非法开矿者。如果把他干的那些事立个碑的话，肯定不是祷文，而是警察撰写的犯罪记录。”

“好吧，”威尔伯说，“那就为爱干杯！”酒吧门口上方挂着一座钟——看上去很普通，运动的时针和指针无声却胜似有声地提醒着他：他还有二十二分钟。只需两分钟就可以告诉迈卡德我花了两个月才发现的真相，他想。“我变成了一个丈夫，”他说，“这就是我要离开的原因，我是一直到她告诉我商店要留下她工作时才意识到这一点的。刚开始和她住到一起的时候我很小心，每次和人提到她时心里都要排练好几遍，我会说‘这是我妻子’或者‘威尔伯夫人’，然后我变了，好几个月了我一直提醒自己不要这么说。有两次我们从湖边回来，我发现我心里居然想的是‘我想给妻子最好的生活’，这口吻是不是很像一个每个星期六按时把薪水[1]带回家的丈夫？两个人住在郊区一间带地下室的屋子里，地下室里堆着修理东西用的电动工具，每个星期天早晨门前修剪得漂漂亮亮的草坪上的洒水器开着，如果他没有碰上被解雇或者交通事故这样的糟心事的话，再过十年这座房子就是他的产业——他们像可怜的虫子，没有激情，没有希望，甚至都不知道生活里还存在激情和

① 美国的薪水一般是按周给付。

希望，他们忘了自己早晚会被黑暗的未知地下世界吞噬，终有一天肉身会被死神带着嘲笑的神情摧毁，我甚至不再为自己挣钱的方式感到羞愧——虽然我一边写那些故事一边心里在道歉。那些在城里工作的人，为了让妻子过上美好的生活，他们从来不在乎为谁工作，也不觉得一天到晚拿着橡皮搋子掏下水道的工作很丢脸，我变得跟他们一样实际，我甚至喜欢上了写作的活儿。即便不是为钱，就像一个从来没有见过冰雪的年轻人，一旦学会滑冰就会疯狂地喜欢上一样。而且，在我写那些故事之后，我才明白人类的这些发明正在把人类自己往堕落的深渊里拽，这一点还真是有趣——”

“你是说，你喜欢写作？”迈卡德说。

“是的，这工作不错，它能给你带来体面。再来说我不久前发现的一个事实：不求上进孕育了人类全部的美德以及最可靠的品行——思考、沉静、懒散，不去干涉他人；只有你不求上进了，你才会拥有精神和肉体的健康，才会智慧地去感受肉体上让人愉悦的东西——吃喝拉撒玩，做爱，晒晒太阳——再没有比这更好的事情，甚至没有什么样的生活能比得上这样的生活，没有。我们在这个世界只活很短一段时间，只是过客，所以活就活得明白点——哦，对，是她教我意识到这一点的；她让我意识到——其实万物都是空的，空的，只是我现在才看到这一点，现在才得出符合逻辑的结论：我们那些被列为美德的东西——节俭、勤劳、独立，其实孕育了不好的人性——

盲从、自命不凡、爱管闲事、胆小畏怯，还有最糟糕的，爱面子。比如我们，因为我们知道自己没有欠钱，确切地知道明天食物会从哪里来（该死的金钱，富人因为它晚上睡不着觉想着明天怎么花掉这些钱，穷人为它铤而走险），所以我被‘爱面子’驱使，为了追求体面而做了一个彻头彻尾的奴隶，就像其他人——”

“夏洛特不是那样的人。”迈卡德说。

“对，她比我强——和那些酗酒或者吸鸦片的男人成了酒精或者鸦片的奴隶一样，我已经成了一个彻头彻尾的一家之主，唯一缺少的是一纸认可我为一家之主的官方证明，类似于工卡号[①]那样的东西，我们住的那个公寓既不是波西米亚人[②]扎堆儿的地方，也不是一个有很多年轻人同居的地方，它甚至不在那种乱七八糟的地段，它是给那些结婚至少两年，年收入在五千左右的人准备的小区，这一点从市政府在这一地区的规章和公寓的建筑设计就可以看出。早晨叫醒你的是孩子们在街道上玩耍的声音；春天的时候，你打开窗户，总能听到公园里瑞典保姆烦人的喊声，有时候风向对的话，还能闻到小孩子的尿

---

① 1935年美国新政时期通过一项《社会保障条例》，初衷是为老人和丧失工作能力的人提供基本生活保障。

② 波西米亚（Bohemian），“Bohemian”这个词起源于拉丁语“Boiohaemum”，原是拉丁语、日耳曼语对捷克的称呼，现指位于包括布拉格在内的捷克共和国中西部地区。“Bohemian”一词也指一群不受世俗约束从事艺术工作的人。

味儿和动物粪便的味道。我把那间公寓当作自己的家，甚至在角落归置出一个书房来，还买了一台打字机——我二十八年都没有碰过这种东西，从来不知道这东西是那么有用，虽然它又大又重，可是我不敢扔，就像人不能扔掉——”

“我看见你带上那台打字机了。”迈卡德说。

“带了，其实勇气很大一部分是因为不相信好运会降临到自己身上，如果相信自己有好运气，就谈不上勇气——那台打字机现在就像我的眼睫毛一样。我等于把自己的手脚用一条色带绑住，每天看着自己像被蜘蛛网缠住的虫子，被越绑越紧。为了让妻子准时上班，每天早晨我来洗碗盘碟勺和咖啡壶，一周去两次（也是为了同样的原因）食品店买吃的喝的东西，从同一家肉铺里买星期日要吃的排骨，过不了多久，我们就会变成一对不管脱衣服还是穿衣服都不会避讳对方，做爱先关灯的夫妻。所以说，选择职业不是因为你喜欢做什么，而是追求体面的心让你选择成为一名整脊师，或者坐办公室的文职人员、广告制作员、司机和我们这种杂志撰稿人等等。”酒吧里那个和车站广播同步的扩音器这时候突然响了起来，声音像是从山洞里传出来的找不到源头的吼声，一句话里只能听清一两个字眼——“火车”什么的，过了几秒钟你意识到从那里面传出的位于这片陆地的城市的名字，与其说人是听到这些城市的名字不如说是看到的，就好像人此时此刻正在太空中，看着正在旋转的地球从丝丝缕缕的云彩里缓缓现出一部分，还没等醒悟过来地球很快又消失在云雾里。威尔伯又看了一眼挂钟，离开车还剩十四分钟。用十四分钟讲得完我用五个字表达的内容吗，他想。

“注意，我喜欢刚才那种生活方式，我从来没有否认这一点。我喜欢挣钱，就像我刚才说的，喜欢这种爬格子的挣钱方式，可是我为什么又不这样一直生活下去呢？原因并不是有一天我发现自己又在想那句‘我要给妻子最好的生活’，而是我发现自己害怕了，而且，我知道即便我现在不害怕，以后也肯定会害怕的，不管我做什么，只要我们活着，她或者我活着，我肯定会害怕的。”

“那你现在害怕吗？”

“害怕，但不是因为钱。钱算什么！我可以挣到我们需要的钱，我可以写出很多有关女性在性方面遇到的困惑这一类的故事，用这样的故事赚钱，但那不是我的兴趣，这次去犹他州更不是为了钱，而是害怕爱情——如果你也认为我们有爱情的话——害怕我们不能一直爱下去，爱情本身就是稍纵即逝的东西，更何况今天的世界给不了爱情一块容身之地，即使是犹他州也不能给爱情一块容身之地。人类已经消灭了爱情，用了很长时间消灭了爱情，这就像人类用了很长时间把基督从生活中抹掉，用收音机代替上帝的声音一样。我们不再像过去那样，把感情的波澜埋藏在心里，埋藏很长时间，几个月或者几年，然后为了一次机会让埋藏了经年累月的感情喷薄而出，我们不再那样做。我们现在是把爱摊成薄薄的铜片大小，类似自动售货机里的口香糖或者巧克力似的东西，把它放在每条大街上，至少摆着两台的自动报箱里等着人们来取。如果耶稣基督今天重新回到世上，我们会以自卫的名义重新把他钉在十字架上，以便保护我们人类创造的文明。而为了创造并完善我们想象当中的文明，两千多年来，人类忍受痛苦，经历死亡，也带着愤怒、无能为力和恐惧的情绪诅咒它。我想，如果维纳斯[①]重新出现在人世，她会是一个肮脏不堪的男人形象，手里拿着一把法国明信片出现在地铁厕所里——”迈卡德往后倒在椅子上，做了一个手势，似乎通过这样来压抑自己内心的情绪。这时侍者走了过来，迈卡德不说话，指指面前的杯子，侍者把杯子端起来，倒上酒，离开了。

“就算你说得对，”迈卡德说，“可那又怎样？”

“我以前没想过这个问题。从在新奥尔良那天晚上我告诉她我有一千二百美元起，一直到她告诉我商店要留她工作的那天晚上，我一直没想过这个问题，这段时间我好像置身时间之外一样，就好像以前的我其实不是我，而现在的我才是我，在这个从不是我到是我，只能靠自己一个人觉悟的转变过程中——在这个必须经历的转变过程中——我一直让自己依附于爱情活着，或者说，依赖爱情活着，但是就像站在电线杆上

① 维纳斯（Venus），希腊神话中的爱神。

的麻雀，让它免受高电压袭击的是它没有任何传导性的脚。在这个过程中，我只是依赖爱情活着，我并没有真正爱上爱情本身，爱情并没有传导到我身体里。时间的延续性是通过记忆来维持的，没有记忆就没有时间，可是记忆又不过是我们所了解的现实的很小的一部分（我也是才意识到这一点）。你这样想：我过去怎么怎么样，然后我现在怎么怎么样，这是时间，可以回溯的时间；但如果你说我现在怎么怎么样，未来我会怎么怎么样，这不是时间，因为它还没有发生，时间必须和发生的现实相连才能成为时间，这就像人对自己处男身份的认识，除非在你和别人交媾的那一刻具有从这一刻起自己就不是处男的意识，否则的话你从来不会觉得自己以前还是处男过。我之所以不了解爱情是因为我很晚才接触到爱情，本来应该在十四五岁或者更年轻的时候遇到的爱情——虽然那样的爱情不过是一对懵懵懂懂的男女坐在台阶上或者躲在仓库小阁楼上稀里糊涂地乱摸一气——到了我这里整整等了二十七年。你记着：爱情就像悬崖，黑暗中的悬崖，在你之前的人成功地翻越它活了下来，在你之后的人也能做到，但是他们的成功对你毫无意义，因为他们无法告诉你他们的经验，无法提醒你应该怎么做才能活下来。你必须一个人对付它，你必须单枪匹马一个人去应付爱情，这种单枪匹马就是孤独，而且，你能忍受的孤独也有限，就像人只能承受一定的电流，超过那个电流就没法活，过了那一秒两秒钟，翻过那个悬崖，你就彻底解脱了。在没翻过爱情这个悬崖之前和翻过之后你都不是孤独的，而是安全的，因为你周围是芸芸众生。谁都会化为泥土，被蠕虫啃食干净，但是在奔向爱情悬崖的那一刻，你一定是孤独的，当你意识到这一点，你反倒坦然了，你骑着那只跟了自己一辈子的牲口——一只被驯服得服服帖帖的老马——往悬崖奔去。

"终于让你说到马了，"迈卡德说，"我一直在等你这句话，再过十分钟我们就该谈论马嚼子和马刺了。照我看这不是聊天，倒像是两个在乡间小道漫步的传道牧师探讨宗教教义。"

"——也许你准备冲向悬崖之前，你一直在想，或许可以勒一下缰绳，这样也许可以挽救一些东西，也许挽救不了，可是到了那一刻你知道自己根本做不到勒缰绳，做不到。如果你放弃，或者因为害怕而不想这么做，如果你带着失望失去意志力，那么所有的东西——黑暗、坠落、被孤独的雷电击中、休克、死亡就会降临到你身上，一旦你勒马停住就会被成吨的泥土掩埋，生命离你而去，人落到无边的黑暗之中，或者被热流包裹的黑暗中——那是坟墓般的子宫或者子宫般的坟墓，总之都是一回事。你还可以勒住马，然后掉头返回，你心里一直知道自己还可以后退，你可以活到七十岁甚至更久，但是不管你活到什么岁数，你都明白自己的人生永久地失去了一些东西，而你所感觉的那一两秒钟是活在空间里，不是时间里。如果你能活到七十岁，上天赋予你的七十岁的生命并不是完整的七十年时间，其中的一年不应该算在里面，因为，你的岁数应该是六十九，就好比一年是三百六十四天，一天是二十三个小时，一小时是五十八分。

“我说你可真甜啊，”迈卡德说，“简直就是圣洁可爱的基路伯[①]。如果我足够倒霉，生了一个儿子，那么到他十岁生日那天，我一定亲自把他送到一间看着还算干净的妓院去体验人生。”

“那就是发生在我身上的，”威尔伯说，“我等得太久，十四岁或十五岁两秒钟就能做到的事情到了二十七岁再做就得花费八个月。你不知道，在威斯康星州那个湖边度假屋居住的时候，下着大雪，到最后我们只剩下九美元二十美分的食物，整天饿着。可是饥饿没有让我们分开，爱情战胜了饥饿，至少我认为我赢了。我相信我及时地清醒过来，战胜了想离开夏洛特的想法。然后我们回到这儿，我以为我们过了那个坎，直到圣诞节前的那天晚上她告诉我商店要留她工作那一刻我突然意识到这样不行。饥饿没让爱情屈服，饥饿最多能让你死，可是爱情死了比人死了更糟糕，而生活是爱情的坟墓，那是带着死尸味的灵柩车夹在那些没有任何知觉的僵尸中间的场景。”扩音器又开始响了，他们站起来，与此同时那个侍者也现身了，迈卡德付了账。“我现在其实非常害怕，”威尔伯说，“我那时候不害怕是因为我没想清楚，可是现在我清醒了，所以也就害怕

---

① 基路伯（Cherubim），在普遍的基督教中，基路伯等同于天使。

了，感谢上帝。因为公元一九三八年没有爱的一席之地。在我还没被爱情唤醒的时候他们用金钱来打击我，那时候我对金钱没有抵抗力，等到我意识到爱情的存在而且手头不再缺钱时我以为我战胜了世人对我们的看法，可是有一天半夜醒来我突然意识到他们把金钱换成了体面来打击我，而后者更难战胜。所以我要做的是不让金钱也不让体面来灭了我的爱情，这一次他们必须发现别的什么强迫我们屈服于人类这种进化来的没有爱情的生活模式——要么服从，要么死。”他们走进月台，头顶是巨大的天篷——人像是走在阴暗的山洞里，不分昼夜点着的电灯看着苍白无比，在火车嘶嘶的水蒸气中，冬天的早晨如铁一般冷，一长列黑乎乎的普尔曼车厢像是深陷在混凝土里，一动不动。车皮蒙着烟熏的痕迹，车厢乘客很多，就连车厢和车厢之间的过道上也站满了人，你甚至可以听到车里的人的鼾声。“我害怕是因为他们狡猾聪明，他们必须要这样，如果他们允许我们战胜这种没有爱的世俗生活，那就好比世界成了一个想抢就抢想杀就杀的地方。所以我们注定要过上那种没爱的世俗生活，这使我感到害怕。我做出这样的选择不是为我，你还记得在湖边的那天晚上，你说我像一个被警察或者童子军领着过马路的老妇人，一辆摇摇晃晃的车开过来，死的不是那老妇人，而是——”

“但是为什么要这个时间（二月份）去犹他州？如果你已经知道你战胜不了它，那为什么还要去犹他州呢？”

“因为我——”他正要说，却被火车发出的叹气似的蒸气和嘶嘶声包围了，列车行李员突然冒了出来，和刚才在酒吧里的侍者突然现身一模一样。

“请止步，先生，”列车员说，“火车马上就要开了。”

威尔伯和迈卡德握手道别。“或者我给你写信，”威尔伯说，“或者夏洛特写，她比我更像一位绅士。”他上了火车，行李员站在他身后，他的手抓着列车门的把手，等着迈卡德说点什么，两个人彼此看着对方，谁都不说话，两个人心里都明白他们不会说出那句“我再也见不到你们了”和“是的，你不会再见到我们了”的话来。“因为乌鸦和麻雀可以被人从树上用枪打下来，或者被洪水淹死，或者死于飓风或者大火之中，但是雄鹰不会。虽然我是一只麻雀，但我可以成为母鹰的伴侣。”火车开动了，车身抖了一下，然后开始一节车厢一节车厢地向前移动，他感觉脚底下开始动。“有一天在湖边我这样对自己说，”他说，“她在我眼里有时候并不是女人，而是母亲。这么形容她也许有点过分。”火车还在往前移动，他从车厢里探出身子，月台上迈卡德在跟着火车往前跑，“我好像觉得，你和她让我成长了，在这个过程中，你就像一位父亲。祝福我吧。”

“祝福个屁！”迈卡德说。

老人河

Ⅲ

正如矮胖犯人后来说的那样，高个犯人浮出水面的那一刻手里的确抓着矮胖犯人提到的那支船桨，他之所以紧紧抓着船桨不放，不是因为他相信自己还会回到船里需要划船的工具，而是他根本没时间想要不要扔掉它。事情发生得太快，他先是感到有一股激流控制了小船，旋即，没有任何预兆地，小船打起了转，紧接着船里的同伴嗖地向上飞了出去，而他自己也在同一时刻落到了水里，他一次又一次被水流冲出水面，手里一直懵懵地抓着那支船桨。小船一会儿在他十英尺之外打转，一会儿又漂回来悬在他头顶上方，像是随时会掉下来砸到他的脑袋。他挣扎着，好不容易用手攀住船尾的一个地方，身体仿佛变成了一个被拖在船尾的平衡器。就这样，小船和他，外加那个像旗杆似的呈直角竖在水中的桨板很快脱离了矮胖犯人的视线（后者同样以雷霆之势消失于高个犯人的视野中，只不过是垂直飞出去的）。这一幕颇像舞台上的木偶表演，刚才还好好地站在舞台上，猛不丁就被一股让人不可思议的力道从舞台上掠走了，瞬间消失得无影无踪。

他被冲到了一处河湾口，这里从前是一片淤泥堆积的土地，也许自打地壳裂开这里就没有水流经过。可如今，湍急的水流占据了这块狭长地界。船尾积水的地方闪出树木和天空的影子，它们在他头顶上方以令人晕眩的速度急速掠过，同时自上而下地打量着他，满含悲悯之意又惊奇万分地看着他被裹挟在冰冷污浊的水流中挣扎。突然，一切都停住不动了，和上次一样，也是毫无防备地，他的鼻子重重地撞到了船舷，着急和愤怒之余他突然意识到就在他身下的某处，在他双脚够不着的某处一定有一块土地，一块被几代人用汗水浇灌得如水泥一样结实坚固的土地。小船又开始打起了转，他下意识地把手里的桨板扔进船里，以便把两只手腾出来扒住船舷，最后他脸朝下攀着船尾俯身爬进船舱，脸上的血水在甲板上汇成了一个小洼，虽然他还没到精疲力竭的地步，但是刚刚经历的劫数让他无法平抑内心的愤怒，嘴里大口大口地喘着气。

水流的速度肯定比他想象的还要快（他确定自己已经被冲到了很远的地方），他对这一点毫不怀疑。他挣扎着从血水中坐起来，浑身湿淋淋的，头发紧贴脑门，被一道道血水印染的衣服冷得像是紧紧箍住手脚的铁块。他抬起胳膊，小心翼翼地摩挲了一下脸颊后，不等看清周围，甚至没有去想刚才那个伙计此刻是不是还在他经过的那些树林中的某棵大树上待着就抓起桨板划了起来。他想回到上游，之所以没去想同伴在哪里这样的问题是因为他很肯定自己的同伴现在一定是在上游的某处待着，刚才的经历让他对上游一词的认识就是，那是一个充满了暴力和速度的所在，是一个无法按理性分析的荒唐地方，就像一个人不可理喻地说来福枪子弹有棉花田那么宽。

就在他刚刚把船头对准上游方向时，小船又一转，这一转可以说比他刚刚意识到的小船其实很容易转身的闪念还要快。紧接着一道弧线划过，船身已经横在水中，小船开始转圈，他坐在船里，两条胳膊近乎徒劳地划着水面，牙齿在满是血水的脸庞中忽隐忽现。这片曾经像蟒蛇一般扭摆、像一块生铁般将人挤住的水域，突然变成了一团对他的每一个动作都不具备任何抵抗力的空气，曾经像骡子般照着他的面孔狠狠给了他一蹄子且差点要了他命的小船，此时也轻飘飘地活像一把浮在水面上因为丝毫不受重力影响而风驰电掣（和风车叶片旋转的速度有的一拼）高速旋转的蓟草扫帚。他拼命地划船，却没有任何效果。想到自己的同伴也许此时正平安无虞地坐在树杈上等着他去救他，他心里愈加愤愤不平，气愤于管理这世间的神是何等的专横刁蛮，凭什么让一个人平安无虞地待在一棵树上等着救援，而另一个人就得在一条不受控制的小船里挣扎，原因只是因为那通晓人间之事的神知道他是两个人当中那个肯定会想尽办法回去救人的人。

小船终于不再打转，船头冲着下游方向驶去。对男人来说，小船不过是从比较安稳的状态再一次回到失控的状态里，他以为自己现在的位置距离同伴刚才的位置很远了，可真实情况是自打他爬上小船起，这条船其实一直在一个大圈子里打转，现在小船即将撞上的东西正是前次导致他的鼻子撞到船尾的一大丛漂浮的木头和被杂物堵住的柏树枝子，不过他并不知道——他还没有捞着机会能看一眼船舷以上的任何一部分，他也不可能看到任何高于船舷的部分，他只是觉得自己要撞上什么东西了。透过硬邦邦的船舷他感觉自己是在跟着一股兴冲冲的水流一同奔跑着，即便这样他也一直没有放弃击打水面，使出浑身的力气挥舞桨板击打那透着一股子厚颜无耻劲儿的水域。就在小船撞上东西的那一刻，他更是不知道从哪里来的力气，仿佛一种终极决绝的勇气产生出一股力气，这股力气支撑他调动全身的肌肉和神经不停地挥舞桨板，一直坚持到绝望的条件反射似的完成最后一击，就像一个正在冰上行走的人突然脚下一滑，手却不由自主去捂帽子或者钱包那样，这一幕发生在小船和柏树相撞的那一刻，这一撞让他重新脸朝下直趴趴地摔倒在船里。

这一次他没有马上起来，而是一直脸朝下趴着，手脚促狭地打开，一副默默放弃抗争的姿态。不过他知道自己早晚得坐起来，就像他知道生活无非就是由类似一会儿坐下一会儿爬起来的事情组成一样。他不起来不是因为精疲力竭没有力气起来，也不是因为绝望，更不是因为害怕，而是仅仅觉得自己被困在了一个（除了他自己还算清醒）整个环境和时间都被施了魔法的地方，所以不想起来。白昼似乎没有尽头，他被洪水卷到这样一个莫名其妙的地方，折腾够了后也许还要再把他重新送回到刚才那个相对安全的地方——就是在那里，它不由分说地把他裹卷下来，任由他怎么折腾都是白费工夫——他面朝下躺着，水流摩擦船舷的声音听上去威严而不动声色，过了很长一段时间他才抬起头，用手掌小心翼翼地摩挲一把脸，看了看手掌上的血，膝盖弯曲用脚后跟撑住屁股坐好，身体略微探出船舷，用拇指和食指捏住鼻尖，擤出一块血糊糊的鼻涕。正当他往大腿上蹭着手上的血的时候，从他的斜上方突然传来一个平静的声音："我看你在水里扑腾了好一阵。"他循声看去，声音出现前他既没有时间也没有理由打量船舷以上的任何地方。一个女人坐在距离他不到十英尺远的一根树杈上，正是女人栖身的那棵树阻住了刚才那堆柏树枝子。女人穿一件花布睡衣，外面套了一件军人穿的外套，头上戴了顶遮阳帽。他惊诧地看了女人一眼，这一眼过后，他心里已经明白了八九分，似乎已经连这女人上几代都摸清楚了似的。在他看来，这是一个像他姐姐或者妹妹的人，如果他有兄弟姐妹的话。还有，如果不是未成年就蹲了监狱，如果他晚几年再给抓进去，他完全可以像那些比自己大不了几岁就娶妻生子的同龄人一样——娶这样一个女人做老婆，生一堆孩子。女人双手紧紧抓住树干坐在上面，没穿袜子的双脚套在一双短帮的鞋里，悬在距水面不到一码[1]的高处。她一看就是兄弟姊妹很多，而且有丈夫（至少结过婚）。进监狱时他年纪尚轻，所以他也仅仅是在用自己道听途说的一些经验得出这个判断。

“我刚才还以为你不想过来呢！”女人说。

“过来？”

“就是你刚刚冲进这堆树丛里，后来爬进船里开始划船的时候。”他看了看四周，小心地摩挲了一下脸，心里已经确定眼前这个地方就是他被船尾撞击到脸的地方。

“嗯，”他说，“这不又给冲回来了嘛。”

“你可以把船推到我跟前一些吗？我怕一使劲树枝断了怎么办，最好……”他没有听见女人说什么，因为他突然发现船桨不见了。他正在怀疑自己刚才和船一起漂流时，没有把船桨扔进船舱里而是扔到了船以外的地方，女人说话了：“船桨在那棵树上。”接着又说：“你能够得到那个船桨！拿着，抓紧了！”那是一根葡萄藤，原先可能是缠树生长，如今被洪水连根带藤彻底冲了出来，女人刚才一直把它缠在身上，这会儿从身子上解下来扔给他。高个犯人抓住葡萄藤的一头，左挪右蹭让小船挨近距离自己最远的那棵树，把桨板拿到手，然后又用同样的办法把小船蹭到女人所在的树枝的下面，稳住小船，等着她从树上下来。她小心翼翼地把沉重的身子一点点放下

① 一码约为0.9米。

来——笨重的身体似乎没有给她带来疼痛，却让她不得不受虐似的夹着小心谨慎，高个犯人看着女人在自己面前毫无羞涩地露出那笨重无比的身体，表面似乎毫无惊诧神色，内心却觉得自己的美梦再一次被送上了灵柩——他在监狱里仍旧沉溺于阅读（阅读时甚至还带着最初的贪婪心情，也正是这种贪婪让他深陷囹圄）那些被精心偷运进狱中的低级书刊中。所以说，就在他和同伴坐进那艘小船时，谁说他心里没有涌起攀缘绝壁去搭救海伦，或者潜入龙潭去救现实世界的嘉宝的豪情呢——他看着女人一点点从树枝上挪下来，并没有去扶她，只是尽最大可能稳定住小船——女人终于站到了船上，他看着她两臂之间那个几乎要把身上的衣服撑开的圆滚滚的腹部，想，这就是我碰上的女人，世上那么多的娘儿们，偏偏是这么一位要上我这条船。

“棉花房在哪里？”他问道。

“棉花房？”

“一个人等在上面等着人救，不是你，另外一个。”

“不知道。这一带有好多棉花房，逃出来的人都在上面躲着，我猜。”女人也在打量他，“瞧你这一身的血，像是刚从屠宰场逃出来，像个囚犯。”

“嗯。”他没好气地说，“没死已经算好的了！现在我要去找我的同伴，再找到那间棉花房。”他慢慢松开手里的藤条，准备出发。高高翘起的船头顶着刚才那堆漂浮物，虽然漂浮物后面的这片水域看上去比较平稳，但是透过手里的藤条他还是能感觉到水流的力量，就在离船板一英尺远的地方，他刚一彻底松开手里的藤条，便感觉到水流控制了小船，不是猛地一下子的控制，而是轻轻地，像小猫探出爪子那样一点一点试探似的控制。他脑子里立刻浮现出一个毫无理论根据，仅仅是为了宽慰自己的念头：多点重量或许会更容易控制这条船。他甚至对这个想法有点坚信不疑（自然也是毫无根据的信念）。他调整船头，使它对准上游方向，可船头开始摇摆且越来越激烈，尽管他拼命划桨想逆流而上，但眨眼的工夫小船船尾已经朝着下游的方向驶去。因为已经见识过水流不可抗拒的运动规律，所以他并不打算和它拗着劲儿，而是听任船头偏离原来的方向向下游冲去，脑子里却还抱着兴许小船会自己跳出这个圈子向上游方向驶去的想法。横着漂了一会儿后，小船船头逐渐转向下游的方向，再然后船身横了过来，以快得吓人的速度斜穿过航道，向对面那些一半没在水里的树丛冲去。小船其实是在漩涡中挣扎，但因为这一切发生得太快，高个犯人根本来不及想这个问题。他弓着腰拼命舞动桨板，肺像是要爆炸了似的，嘴大张着，肿胀的脸上全都是血，他在用尽全身力量和水流冲过来的力量抗衡。尽管如此，小船船头还是撞上了对面的大树，相撞的一刹那，船头猛地一斜，船身再一次撞到树上。惊慌之中，他看到蜷缩在船头的女人几乎一半身子贴着船底，两只手紧紧抓住船舷，像是要尽力把身子缩进肚子里。他已经忘了划船，只是一味对准那些看似还有生命力的树木啪啪地挥舞着桨板，至于小船要往哪个方向走，自己的目的地是在哪里这样的问题，他已经无暇顾及，唯一占据他脑海的念头是如何不让小船再一次撞到大树树干落个粉身碎骨的结局。随着身后传来的一声巨响，他的眼前无声地闪过一道明晃晃的白光，枝叶下垂的树木，令人晕眩的水面，女人的脸和其他东西在那道白光中打了一个闪，消失得无影无踪。

一小时后，小船出现在一条运送木头的古老河道上。它驶出了那片低地和森林，来到一处曾经是棉田的水域上——这里不再有湍急的水流，唯一打破这片无边无际灰色的只有电线杆，它们从水里冒出一截，远远看去像一条歪歪扭扭的千足虫。划船的人换成了女人，慢吞吞的节奏里夹着小心，是那种因为力不从心而谨小慎微的小心。高个犯人坐在船里，头夹在两个膝盖中间，用两只手捧着水冲洗从鼻孔里源源不断流出来的血。女人停止了划船的动作，任由小船缓慢地漂在水面上，她自己打量着四周的环境。“总算出来了。”女人说。

高个犯人抬起头看了一眼四周说：“到哪儿了？”

“我以为你对这一带很熟悉呢。”

“我连原先那个地方都不清楚。再说即便我知道哪边是北，我也不确定那是不是我应该走的方向。”他继续洗着脸，看着掌心里殷红的血水，脸上的表情既不是沮丧也不是恐惧，而是某种自嘲的表情——他是在对自己的回答自嘲。女人看着他的后脑勺说："我们总得去个地方吧。"

"去哪儿？我只知道一个家伙被困在棉花房上，一个在树上待着。再有就是你肚子里还有一个。"

"本来没到生的日子。可能是昨天只顾爬树逃命，又在树上撑了一个晚上，现在觉得有点不好，好像要生了。我现在强撑着，得赶快找个落脚的地方。"

"嗯，"高个犯人说，"我也想赶快找到个歇脚的地方，可我没那个本事，不如你来选个地方，然后我们想办法停下来。船桨给我。"他接过女人递给他的船桨，转了个身，开始划船，这条船船头船尾没什么区别，他现在等于坐到了船头。

"你想好往哪里走了吗？"女人问。

"问来问去干吗！操心你自己，坐稳了！"他手里划着船，小船向前驶去。这时天开始下起了小雨。"去哪儿你问这条船好了，自打早饭后我就待在这条船里，可我还是不知道自己要去哪儿，现在在哪个地方漂着。"

两个人说这番话的时间是大约下午一点。傍晚时分，他们的小船行驶在了一片很宽的水域上，水面上浮着很多被洪水冲下来的东西。进入这片水域之前他们在一条看上去像是航道的水域里划了相当长的一段时间，他们也不知道是怎么进去的，等到高个犯人意识到时已经来不及了，况且他也找不到一条避开那条航道行驶的理由，进入航道后小船明显快了不少，这为他选择继续待在航道里找到了理由。在过去的七年里，高个犯人没有一天不是在这附近的田野上劳作，虽然他没有多少地理知识，但还是从河流的宽窄判断出这是那条叫作亚祖的河流[①]，并根据船舷外的水流方向朝他所认为的下游方向划去，但是他并不知晓这条河实际上正在往回流，往上游的方向流。他知道下游那里有座叫作亚祖[②]的小城，如果运气不好，亚祖城也被淹了，他们还有最后一处可以上岸的地方——维克斯堡。如果运气够好的话，会碰到那些他也叫不上名字的小镇，他们会碰到人群、房子和其他的什么，到那时他就算完成任务了，再也没有这女人来烦他，再也不用被女人和孕妇这样的事情打扰，然后他回到以往的生活，虽然脚上戴着镣铐，旁边有枪指着，但心里踏实。想到自己马上就要到达目的地，可以把这女人放下，他甚至不再恨她。在他看来，眼前这个臃肿的行动不便的身体并不是某个具体的人，而是一个让他和她都成为牺牲者的咄咄逼人的有生命的东西。过去的三四个小时他一直在想，要是有那么一分钟他的眼睛和手脚出点岔子多好，哪怕一秒钟看护不到都能让这女人拖着那个磨盘似的身子掉进水里，而她肚子里的那个东西也会不知不觉地跟着她一命呜呼，他这个看护者也不会因为担心报应而心怀愧疚，最多像人们为了除掉木头

① 亚祖河（Yazoo River），密西西比河的一条支流，河水很长一段和密西西比河平行，最后在维克斯堡汇入密西西比河。1886 年后，这里建起一座长达 322 千米的大坝，一直从孟菲斯城南边延伸到维克斯堡，以保护盛产棉花作物的亚祖河盆地不受洪水侵袭。

② 亚祖城（Yazoo City），位于美国密西西比州境内，因亚祖河而得名。

里的虫子最终要烧掉木头本身而产生的惋惜有点类似而已。

他顺着水流的方向划着船，为了平稳船身，他手里加上了劲儿，但并不是一味用力，而是尽量省着力气。小船向他认定的下游方向驶去，那里有人，有镇子，有可以让他们落脚的地方。女人偶尔撑起身体往外舀几下船舱里的积水。雨还在不慌不忙地下着，不是那种噼里啪啦激情四溢的雨水，而是不紧不慢下着的雨水。雨中，天空和白昼似乎在一点点地消融，小船和这片泛着白沫到处是漂浮物的水域融成一处，笼罩在一团灰蒙蒙的光晕中。天近傍晚的时候，他明显感觉船速突然慢了下来，手里不由得加了把劲儿，心里猜想这只是因为自己一天都没吃东西，外加被无端卷入这种困境而产生的焦躁情绪导致他产生了幻觉。不管怎么说，他加快了划船的节奏，这么做不是因为惊慌，而是因为他内心的情绪被这条大河调动起来。好几代人以前，这条河便吸引人群到它的两岸定居，它的名字被世世代代在这里生活的人铭记。人类终归是傍水而居的生物，在河流和火的名字还没有出现以前，流动的河水便吸引人类来到它的两岸，人类的命运和面貌取决于河流，受制于河流。想到这些，他心里踏实了很多，挥舞桨板继续向着认定的目标划去，但他不知道的是，这条船其实是在往上游的方向走。距离老人河大坝决堤已经过去四十多个小时，曾经涌向北面的河水其实早就冲在他前面，现在则是往回流，回到老人河。

天完全黑了下来。夜晚已经来临。原先灰蒙蒙的天空消失了，水面却变得异常清晰起来，原先黄色的水面突然粼光闪闪，闪烁的粼光一直延伸到视线之外，给人的感觉好像下午的那场雨裹挟下来的不仅是雨水，还有光，现在这光全部聚拢到了这片水域上。夜幕降临也带来了某种好处，那就是，除了可以对雨水视若无睹外，他不用逼迫自己就可以对坐在船里的另一个人那膨胀的腹部视而不见。在过去的二十多个小时里，他通身被雨水淋得透湿，几乎感觉不到雨水的存在，现在他照样看不见雨水，因为黑夜的降临让他在某种程度上丢失了看的功能。他专心致志地划船，不遗余力地挥舞着手里的船桨，心里既不惊慌也不担心，唯一让他有点恼怒的是，从云彩上看不到一点他认为的正在一点点逼近的城市的影子。可真实情况是，直到他听到那一声巨响时，他一门心思奔赴的城市其实已经被他远远地甩在几英里外的身后。他不知道那声巨响究竟是什么东西发出来的，他以往的人生中从来没有听到过这样的声音，他也不想再听到这样的声音，因为这种声音换了任何一个人都不想听第二遍。他没有惊慌失措，原因是没顾得上。虽然隔得不远就已经看不清水面，但是那声巨响后，他眼前出现了一生中从未见过的一幕：在水面（粼光闪闪的）和暗夜交接的地方出现了一道泾渭分明的界线，转眼之间便上升了十英尺那么高，这道线和它后面的东西涌动着冲了过来，像是铺在面板上的一张布丁面皮，正在被骨碌骨碌地卷着往前滚了过来。它高高地耸立着，然后又落下来，那界线的中心部分仿佛一匹正在奔跑跳跃的骏马，马脊上跳跃着粼粼的微光。高个犯人已经顾不上看蜷缩在船头的女人，他浮肿的爬满了道道血水的脸上显出一副目瞪口呆的表情，但他手里还在拼命挥舞桨板向那团东西冲去，他已经没办法停下来，因为他根本来不及收回挥动手臂的惯性动作。他只是拼命做着划船的动作，挥出去，收回来，再挥出去，再收回来。小船此刻像是被吊在半空中，周围是顺水漂过来的木板，小型建筑物，溺死的姿势古怪的动物尸体，整棵整棵像海豚般一会儿跃出水面一会没入水面的大树；又仿佛是一只飞翔在空中的小鸟，面对下方那一片急速移动的土地，游移不定，不知道要在哪里降落，是否需要降落，高个犯人半蹲在船舱里，手里挥动着船桨，他想尖叫，却惊诧得说不出话来。突然，小船船尾朝下立了起来，像一只乱抓乱挠的猫冲上波浪形的水墙，登临波涛汹涌的浪尖；又像摇篮一般悬空挂在树枝上，而犯人则成了一只隐蔽在枝繁叶茂的树杈中间的小鸟，躲在鸟巢里，随时要发出叫声。他瞪眼瞅着眼前排山倒海般的巨浪压过来，桨板已经不知去了哪里，但手还做着划桨的动作。

快到午夜的时候，夜空突然电闪雷鸣，像是一支经过四十多小时雪藏后突然发起猛烈进攻的炮兵部队在炫耀自己的火力，又仿佛苍穹以如此大声喧哗和引人注目的方式向万物之神对自己在过去四十多个小时制造的混乱所采取的容忍姿态而表示敬意。水面还在不停地漂来淹死的家畜、厕所、小木头房和鸡窝等杂物，船其实正在经过维克斯堡，但高个犯人并不知情。他半蹲着身体，两手紧紧抓住船舷，瞪眼看着四周黄汤汤的洪水以及被洪水裹挟的大段树木、折断的房屋山墙角和那些一会儿上来一会儿下去的骡子脑袋。仓皇间他抓住了一截破木头，用这根木头左突右冲，抵御着那些已经死去的骡子（嘴唇耷拉，脸上挂着一副惊诧的神情，用失神的眼睛瞪着他）。小船一会儿船头在前，一会儿又掉了个儿，船身不停地倾斜来倾斜去，有时候在水里，有时候又站上几尺高的房顶或者树木，甚至跃上死骡子的脊背，就好像这被剥夺了生育能力的牲畜即使死，也逃不过载重的命运。高个犯人没有看见维克斯堡，小船太快了，它在浪里颠簸着向前冲去，在闪电下，河岸以飞快的速度闪过。但是高个犯人没有看到那些，他的眼前出现了一堆漂浮物，它们突然裂成两处，小船开始沿着漂浮物上行，然后被迅速从裂开的口子吸了进去，他没有认出这是一座铁路桥的栈架。有一阵子很可怕，小船前方突然出现了一辆汽艇的侧舷，小船仿佛突然定在了空中，似乎在犹豫自己到底是从汽艇上面爬过去还是从汽艇下面过去。接着，一股冰冷刺骨的冷风扑面而来，风里挟带着湿漉漉的气息，凄风苦雨般打在他身上脸上，随即小船颠簸着继续往前冲去，相当于在这块土地上做了最后的冲刺，一下子跃入众河之父[①]一望无际的胸怀中。

---

① 这里指高个犯人被洪水冲进了老人河。

这就是七个星期后，穿着一件用做被褥的棉布新缝制的衣服，把自己的脸和头发收拾得干干净净的高个犯人坐在牢房板床上给同伴讲的故事。

电闪雷鸣过后的三四个小时内，小船一直在无边无际上下起伏的波浪里颠簸。四周乌漆麻黑，人根本不知自己身在何处，其实即便这是在白天，茫茫的看不到边际的水域也会阻隔他的判断。此时他虽然看不见四周，但仍可以感到水流的疯狂，它忽上忽下，浪尖上的泡沫闪着粼光，船底周围挤满了乱七八糟被洪水摧毁的东西——小船在激流中一边打转一边往前，不时与一些形状庞大的看不清是什么的物体相撞。高个犯人并不知道他此时就在密西西比河上，不过就算他知道，他也不会相信这样的说法。昨天，他凭借那些相间隔的规则的树木判断出他们是在一条河道上前行，但是现在，即使此时是在大白天，即使他能望见这片水域的边际，他也绝对想不到阳光（或者不如说雾气蒙蒙的天空）底下的这片水域正是密西西比河。即便他对目前自己身处何处、小船处于哪个地理位置这个问题来得及思考一下的话，也只会认为他们也许是在一块被滔滔洪水淹没的世界上最大的棉花地上以令人目眩、无法用语言形容的速度横冲直撞。如果他是昨天看到的这条河流，如果他明了自己是在一条大河上挣扎，在俯首帖耳地接受这个事实的同时，肯定能对这条河是如何迂回反转，像一匹被激怒的正在跑道狂奔的烈马突然向他回冲过来，一副要置人于死地的狂烈架势的这一幕看得一清二楚，即便他能一瞬间意识到他身处的这一片无边无际且放浪不羁的水域正是密西西比河时，那也是刚一做出这样的判断，他便因为震惊晕了过去。

天亮了，破晓时分的天空灰蒙蒙的，参差不齐的光线里，风声裹挟着雨水和寒冷扑面而来。他打量四周，判断出小船并不是颠簸在被洪水淹没的棉花田上，人们并没有跟在一撅一撅的骡子屁股后面精耕细作于棉花田上，与此同时，他意识到这并不是他这十年里常常见到的景象，就好像十年来这条河流一直处在昏昏欲睡心平气和的状态，任由人类利用，而今它彻底放开了手脚，为所欲为，而且，这是它耐心地等了十年的结果。就像是一头骡子，老老实实地给你干了十年活儿，也忍了你十年，就是为了有朝一日能抬起后蹄给你一下。而且，经过这一次，他知道了害怕，以前有一次，他也着实被吓过一次——抢劫的那天晚上，当还是年轻小伙子的他看到被吓得够呛的邮递车上的管理员的手枪枪管喷出两次火光时，有那么三四秒钟的工夫，心里真的害怕了，对方并不知道，他这个劫匪手里的枪根本打不出来子弹。可是这一次害怕之外，他还发现了一个道理，这是他上一次没有意识到的，那就是，如果你长时间地被恐惧包围，过了那段时间那种因为害怕而感到痛苦的感觉会离你而去，剩下的是一种类似于人被严重烧伤后产生的可怕的瘙痒感觉。

小船在湍急荒芜的水流中跌跌撞撞地向前冲去，他所有的力气都用在调整船头方向（他已经二十四小时没有进食，五十小时没有睡过一觉）上，而不是划船上，他现在已经不敢去想自己要去哪儿，现在在什么地方这样的事情，唯一做的就是尽力稳住船身，用那块破板子一样的船桨让小船避开那些被冲毁的房屋、树木和动物尸体（似乎整个镇子都被冲垮了，包括商店、住房、公园和农场里的家什，它们在小船周围像嬉戏的鱼一样露出头来），他已经不去想目的地是哪儿这样的问题，唯一关心的是如何让小船能尽可能平稳些。他现在没有什么要求，他只求不要让自己看见那个女人，还有她的肚子，他在想自己能否把女人放在一个安全的地方，也许把她重新放回到一棵大树上。

“或者你可以自己跳船，留下那女人和她肚子里的孩子，让她们自己淹死在水里。”矮胖犯人说，“不过那样做的话，那帮家伙兴许会以逃跑的罪名再给你加十年刑期，还要控告你谋杀，判你个绞刑什么的，临了还会让你家里人赔船钱。”

“嗯。”高个犯人说。他没有丢下那个女人，从看见她起他就一直在做一件事——找人，任何人，只要可以收留她就行，要不就是找到一处岸边，把女人安顿好，然后自己重新回到船上，那样的话对谁都好。那就是他想做的——或者找到人，或者找到落脚的地方。这个要求并不高，但他就是实现不了。小船也一直处在失控状态，载着他们在水面上漂浮。

“难道你们就没碰上条救生艇啥的？”矮胖犯人问，“一条船都没碰上？”

“谁知道。”高个犯人说。茫茫黑夜里他手忙脚乱地划着船，一心想的只是如何让船平稳一点，根本顾不上观察四周，就这样一直忙到星星变得稀疏，晨曦一点点打开天幕，直至天光大亮。

“黑夜？”矮胖犯人说，“你不是说天已经亮了吗？”

“是亮了。”高个犯人卷着烟卷说，他掏出自己那个新烟袋，把细碎的烟丝倒在一张用来卷烟的皱巴巴的薄纸上。“不过不是那天，是另外一天，迷迷糊糊的工夫已经过了好几天了。”——小船很快滑进一个曲曲弯弯两边是被淹树木的形似走廊的水道，这一次高个犯人认出这是一条河，两天以前这条河是往上游方向流的。男人没有立刻意识到这条河和他两天前漂过的那条河一样，是在倒着走。虽然他不会说这两条河没什么区别这样的话，但是他毫不怀疑等在自己前面的路程并不会比他之前经历过的居心叵测到让人无法形容的险恶路程轻松到哪里去，在这样的旅程里，等着他的只有棋子一般被挪来挪去的命运。他猜自己到了另外一条河里，这是对地理知识不甚了了的他竭尽所能利用自己掌握的那点河流知识做出的判断，同时他认为自己应该尽可能往离这条河远一点的地方划，觉得只有这样才有可能找到一处高于水面的地方，即便那地方不是很干燥，即便上面已经挤满了人也没关系。他希望自己能划快点，同时控制自己不去看对面那个随着晨曦的到来无论如何他都回避不了的身躯，女人已经彻底瘦脱了形（他们在船上的时间已经过去了两个二十四小时加之前的五十小时，如果不算那只鸡的话，可以说这期间两个人滴水未进。那是只死鸡，淹死的，翅膀被房顶的瓦片夹住了，昨天挨着他们的船舷漂过来，他抓过来，生啃了几口，女人却不肯吃），一动不动地挺着她那巨大的蕴含着生命和情感的肚子。他相信如果自己可以做到不去看她而是把目光落在其他地方，那么他就会对她的存在视而不见，前提是如果他能做到不让自己的视线在刚才看过的地方停留，那么那些东西就不会重新占据他的眼睛。正当他这么想的时候他发现浪头迎了过来。

他不知道自己是怎么发现浪头重新打过来的。他没有听见任何声音，既没有感觉也没有看见。他甚至不愿意相信水流突然不再像以前那样湍急——就是说，不管水流运动的方向对还是错，至少它是在平面上运动的，可是现在水流开始进行垂直运动——这一点应该足以让他警醒了。

尽管高个犯人讲述时在努力控制情绪，尽管他讲这个故事时已经是七个星期以后，那时候他已经安全回到监狱，或者说是过着因为多加十年刑期（罪名是企图逃跑）而像是被铆钉牢牢钉死的牢狱生活。当他讲到这段往事时，他的脸上、声音里以及叙述的语气还是不由自主地显露出气愤的情绪，类似于遇到难以置信的事情时引发的歇斯底里的愤怒。那些人连船都没有让他上！他从他是如何抓住船舷的一块板子狠狠地拖着往前走了一段讲起（那是一条脏兮兮的从来没有油漆过的小船，竖着一根像是喝醉了酒的歪歪斜斜的铁皮烟囱，他的小船撞上去的时候，那船还在往前走，显然没有改变航道避让的意思，而船上的三个人似乎已经目不转睛地盯着他的船看了好一会儿——其中的第二个人，赤着脚，头发和胡须黏成一团，用一根船桨在船尾摇着，后来——他不知道多长时间——一个女人出现在船舱门口，和那些人一样，用冷冷的怀疑的眼光打量着他），一直讲到他是如何和那些人说尽好话，说出在他自己看来是那么简单（至少他认为如此）和合情合理的愿望。他讲着，同时尽可能地不让自己的情绪流露出来，尽管如此，他心里的怒火还是被那种受尽屈辱的记忆点着了，他的手开始颤抖，烟也不卷了，烟丝像是一阵小雨，从他两手之间簌簌落下，卷烟纸突然发出“哧”的一声，从中间裂成两半。

“把我的衣服烧掉？”高个犯人高声喊道，“要烧衣服吗？”

“你他妈的穿着这身给自己打广告似的衣服还想逃？”[①] 带手枪的男人说。他（高个犯人）细细地讲着这一段，语气几乎照搬当初他对着船上的那三个人解释的语气，当时他不光是对着那三个人，还有周围什么，他像是在倾诉，倾诉对象不光是船上的三个人，还有周围的万物——比如说一望无际的水面，孤零零的树木以及天空——他细细地讲着，不是为自己讨一个

① 高个犯人身上穿的囚服很容易让人看出他是犯人。

公平，他不需要那个。他还知道，眼前这几个听众也不关心什么公平正义，而是讲了这么半天，他觉得内心的憋屈让他喘不过气来，于是迷迷糊糊像做梦似的有点不可思议地讲起这些。他告诉那个带枪的男人自己和同伴是如何被命令上了一条船去搭救一个男人和一个女人，现在他拼尽全力唯一想做的是找到一个可以落脚的地方，一个可以让他找到一位警官或者坐办公室的人的地方，让他把女人放下。他想到了自己的家乡，他打小就生活在其中的家乡，那里有他的两小无猜的朋友，自己家的田地。他在那里学会了如何耕田并且喜欢上了当一个农民。他还喜欢骡子，他知道它们的性格，也宠着它们，就像他了解某些乡下人的性格，所以尊敬他们一样。他还想到自家的那间屋子，夏天安上纱门以防小虫子，到了冬天则生起炉火以抵御寒冷，还有那些来往的人，他们是卖煤的，或者是卖吃的。监狱里星期天会组织犯人打球或者看电影等活动，这些事——除了打球，都是他以前不知道的。但是他想的最多的，是他的性格（两年前监狱里的长官就说要让他当模范犯人，模范犯人不需要干地里的活儿，也不需要喂牲口，他只需要背着枪跟在犯人后面监督他们干活儿即可，但是他拒绝了。“我还是想干耕地的活儿。”他这样不带一点幽默感地回复那些人，“我曾经碰过一次枪，但就那一次就够了，不想再碰枪了。”），他为自己挣得了好名声，他不光对那些对他负有责任的人[1]负责，他也对自己负责，他有荣誉感，他对交给自己的事情感到自豪，他想着这些，手里抓紧船舷（他在这里强调了一下，说自己注意到漂在水里的树木的树干上长满了像是山羊胡子一般的苔藓，也许长在那儿有好几天了，不过那是他第一次注意到那些苔藓），任由它拖着自己在惊涛骇浪里穿行，再听着船上那个带枪的男人问他为什么不逃跑的问题，心里只想发作。

“难道你不明白吗？我不想逃跑！”他嚷道，“要不你坐在我对面，拿枪看着我，反正我也应该被人押着的。我只想把这个女人交到一位……”

“我说了，她可以上船。”带枪的男人冷冷地说，“但是你不行，我的船不拉嘴里嚷着要见长官的囚犯。”

“他一旦上船，我们就用枪管砸他。”另外一个人说，“这家伙喝醉了。”

“他上不了船，”带枪男人说，“就是个疯子。”

那条船的舱门口站着一个女人，和那两个男人一样，也穿一件工装服，和那两个男人身上的衣服一样脏，褪色板结得不像样子，“给他们些吃的东西，然后让他们走。”她从甲板那头走过来，阴沉着脸看着船里的女人问：“你什么时候生？”

“应该是下个月生，但是我……”不等女人说完，穿工装

① 这里指的是监狱里的狱警等看管他的人。

裤的女人扭过头去，对挎枪的男人说："给他们些吃的。"挎枪的男人仿佛没有听见女人的话似的，两只眼睛一直盯着船里的女人看个没完。

"要上船就利索点！"挎枪男人开口了，"就她一个人上来，我只拉她一个！"

"那你呢？"穿工装裤的女人说，"你把她交给长官时，你总得站在长官旁边吧，如果人家问你，你是谁，你该怎么说？"挎枪男人一手放在枪上，另一只手反手给了女人一巴掌，看得出这一巴掌抽得很狠。"王八蛋！"女人骂道，但是带枪的男人看都没有看她。

"想好了吗？"挎枪男人问。

"难道你还不明白吗？"高个犯人喊道，"我不能这么做！"

我放弃了，他说。这下死定了，也就是说，他意识到从接上这个女人那一刻起他就没办法甩掉她了，那些送他上船让他来搭救这个女人的人知道他肯定会找到这个女人把她带回来的。特别是当他看见穿工装裤的女人把一盒浓缩牛奶扔进船舱时，他心里愈加绝望，那牛奶分明就是一封从天而降再也不会撤回去的通知某人死亡的电报，帮他彻底认清不可能找到一处干燥地方让女人把孩子生了的事实。又一波浪头试探着涌了过来，他赶忙撑住船，拼尽全力让自己这条船挨着对方那条船，穿工装裤的女人开始从她那条船的船舱里拿出东西扔到他们这条小船里——一大块鲜肉，一床破破烂烂的脏被子，满满一盘烤焦了的冷面包，她像扔垃圾似的把那些东西扔到他们这条船上——他用手把住那条船的船舷，在不让自己这条船被涌过来的浪冲走的同时不停地向那条船上的人央告。他说着自己简单的诉求，用的是恳求的语气，甚至忘记了新的浪头还在一波波地涌过来，船上那个拿枪的人（他是和他说话的三个人当中唯一脚上有鞋的）开始用脚踢他抓着船板的手，他来回倒换着手躲避他踢过来的脚，后来那人的脚朝他脸上踹过来，他往旁边一闪，两手松开了船沿，身体重新掉回自己这条船里，重量让小船船头往旁边一侧，船身和那条船划了个切线，小船被涌过来的水流推着往前走去，和那条船拉开了距离。他重新开始划船，拼命地划，像是一个知道自己终将一死的人十万火急地向悬崖奔去，他扭头去看刚才那条船，那三张死气沉沉的脸上居然挂着嘲笑的神色，不过它们很快就消失在浩渺的水波里。他内心升腾的愤怒让他感觉喘不过气来，他无法原谅他们，不是因为他们拒绝伸出援手，而是因为他们如此不把人命当回事儿。他的要求并不高，就那么一点点要求，可是对方提出的要求却是他无论如何不能接受的（他们肯定也知道他不会接受这样的条件）。如果他能扔开女人独自求生的话，他也不至于落到现在这个地步，去央求那些人。想到这儿，他不由得朝那三个人挥舞着船桨，嘴里大声骂着，甚至看见那边的猎枪一闪，随即子弹嗖嗖地穿过自己这条船的水面，他还不住嘴地骂着，诅咒着。

后来他讲起这些，说他把船停下，冲船上的那三个人破口大骂，就在一边骂一边挥舞船桨的当儿突然记起了那道大浪，那道自己在沼泽地的时候从身后追来的混杂着房子和死骡子的大浪，于是他住了口，开始划船。他并不想远远地甩开那道大浪，从过去的经验里他意识到当浪过来的时候，不管他愿意不愿意，他这条船就得和浪头一个方向行驶，而当浪追过来的时候，即便他看见哪个地方可以把女人放下，他也不可能停下来，浪头不给他停下来的时间。时间，现在最紧要的就是时间，他能做的只有尽可能赶在浪潮到来之前找到一个地方把女人放下来，这是他唯一可以做到的。于是他拼命划船，划到本来就已经十分疲劳的肌肉没感觉了还在划；划到他甚至不觉得眼下的处境有多么糟糕，只是把一切都寄希望于运气上；划到他吃东西时一只手抓着食物，一只手还在气哼哼地划着船。吃着一个个被那条船上的女人扔过来的如棒球大小的烤焦了的面包，泡在水里很久了还是硬得像一个个煤球，又像一个个灌了铅的铁疙瘩。可能那些做这些东西的人把它们从已经烧得焦黑的平底锅里拿出来的时候，也不愿意叫这些玩意儿面包。

他还讲了下面的事儿：同一天他们的小船碰到了被淹没的树林，每当后面有海浪涌来，枝条就仿佛是从水底伸出的触角，不动声色地蹭着他们的小船，仿佛水里的生灵带着好奇在用轻盈的触手试探他们这条船，从水面上传来的声音像是有人在轻声叹息，叹息很快又变成咯咯的笑声。小船穿过树丛继续向前驶去，周围愈加荒凉，除了水便是树，划了一会儿后他感觉自己不是离后面的东西越来越远，也不是离前面的东西越来越近，而是觉得时间似乎凝固了，而他们的船和波浪也一起凝固在这一段时间里，高悬着一动不动，一切像是做梦。周围是荒芜的水面，而他之所以挥舞船桨不是要到达某个地方，而是为了保证自己和那个木讷的却让他无法视而不见的女性之间有一段距离。然后是晚上，他还在划着，小船似乎快了许多，可能是因为看不见周围，没有对比，所以显得船速快了很多，前方和后方都是黑乎乎的一团，只是脑子里臆想大浪随时紧跟着他们的小船，浪尖仿佛狰狞交错的犬牙，随时可以把小船嚼碎，然后是黎明（这又是一段梦幻般的昼夜交替的过程，从白到黑，再从黑到白，但这过程是缩短了的，像是戏剧舞台上的灯光，一会儿亮一会儿暗，给人一种昼夜颠倒的不真实的感觉），他现在可以看到小船的轮廓了，还有裹在那件缩水变形的军人外套里浑身透湿的女人。她不再像昨天那样，仰躺在船上，而是直挺挺地坐着，双手紧紧抓着船舷，眼睛紧闭，牙齿咬着下嘴唇。他愈加拼命地划船，双眼盯着那张肿得不像样于一夜无眠的女人脸，一边看一边嚷道："坚持住，看在上帝的分上，求求你坚持住！"

"我坚持不住了，"女人说，"快！要快！"他复述着女人的话，心里有一种难以置信的情绪：要快！快！像是一个人从悬崖掉落时被告知要抓住什么东西以保全性命；像是一个模糊的身影站在舞台灯光以外的暗处，言语疯疯癫癫喜怒无常，让人难以忘记。

他们现在来到一处盆地——“盆地？”矮胖犯人说，“你们被冲到了盆地里？”

“是的。”高个犯人说。

“路易斯安那？”矮胖犯人说，“你是说你已经离开了密西西比州？那可跑得够远的！”他看着高个犯人，“呸！也还好，那不就在维克斯堡对岸。”

“没有人告诉我说那个地方叫维克斯堡。”高个犯人说，“他们说那地方叫巴吞鲁日。”那是一个小城，干净得像画里的城市，白色的房子掩映在浓荫下。小城出现得很突兀，像是海市蜃楼，静静地悬挂在天边。他又远远地看到一列货车车厢停在水里，水已经淹到了车门那里，几只船连接在那辆货车车厢上。他继续讲下去：他从船上下到齐腰深的水里，回头去扶女人时看见女人双眼紧闭，双手紧紧抓着船舷仰坐在船里，嘴角挂着一缕血丝，他扶着船舷自上而下看着女人，心里既绝望又焦急。

“我要走多远？”女人说。

“我怎么知道？”他喊着，“不远，那里有陆地，有房子。”

“我现在稍微一动，孩子就得生在船里。”女人说，“你尽量把船往岸边靠行吗？”

“好。”他大声答应道，心里明白让女人下船是没指望了，

“等一下，我去自首，然后让他们——”话音没落他已经一个人跌跌撞撞地向那列火车的车厢跑去，水花在他四周飞溅，他大口喘着气，嘴里发出呼哧呼哧的声音。他跑着，直到彻底看清对面的那个东西——那是一个陷在洪水中用来运送货物的站台，上面站着穿卡其布军装的人，让他想起前几天他也是待在和这一模一样的站台上，周围也是穿卡其布军装的人，有一瞬间他感觉好像中间这几天的时间突然消失了，时间好像从他站在站台的第一天一跃到了现在。他不再往前跑了，半蹲在水里举起胳膊，嘴里喊叫着，那边很快传来一声惊叫，接着有人喊道：“那儿有个犯人！”然后是发号施令的声音、拉枪栓的声音和一惊一乍的叫声：“别让他跑了！别让他跑了！”

“是我！我在这儿！这儿！”他一边跑一边喊，突然迎面扫过来一排水花儿，接着，子弹从他身边嗖嗖地擦过，可是他还在挥舞胳膊，声音嘶哑地喊着：“我是来投降的！投降的！”与此同时他看见对面一个穿卡其布的身影蹲下去，接着又看到了机枪黑洞洞的枪口，机枪的枪身还有点倾斜，他眼睛里露出惊讶的神情（而不是恐惧），好像不能相信眼前的这一切，嘴里仍旧喊着：“你们没听见吗？我要投降！”那声音像是一只乌鸦的哀叫，他摔倒了，身子掉进水里，屁股朝上撅着，子弹在他头顶的水面嗖嗖地飞过，一个个的水泡泡从他嘴边咕噜咕噜地冒出来，在他脸前晃动，仿佛在说他只是来投降的。终于，没有子弹声了，他爬离了射程，也终于可以松口气了，也就是说

（他没有细说）有一会儿工夫他停下了爬行，喘了口气后继续向小船跑去。现在，回到小船的路程在他前方打开了，虽然还有喊声从他背后传过来，不时还有一颗子弹射过来。他大口地喘着气，看到手上有一道划得很深的长长的口子，他记不起来自己是怎么受的伤。“我是来投降的！”他喊道，心里却明白自己说这句话等于白白浪费力气，因为这在别人听来不过是一只垂死的兔子的哀鸣，而他之所以还要说出来是因为他觉得委屈，他要控诉自己这几天来遭遇的宿命般被愚弄被戏耍的悲苦命运。

他重新坐回小船里，捡起那块破木板子，当他讲到这一段的时候，尽管愤怒到了极点，言语却很简单，折好的用来卷烟的纸被他捏在指缝之间，从装烟丝的袋子里把烟丝往纸上倒时手一点儿都没抖，烟丝全部被收进了卷烟的纸里。这时候的他仿佛越过了那段机枪的火力网，身心进入一个风平浪静没有任何情绪起伏的空间。接下来他给那几个犯人描述了一幅画面，他讲得很生动，纵然这幅画的前面似有一层不算清晰的玻璃挡着，但你还是能看清楚它们——绵延不断、明暗有致、分明自然、高低起伏，于无声中自有一种合情合理的东西。他和女人还是躲在这艘孤零零的小船里，漂浮在一片宽广而平静的水槽中，水面宽广到看不到边际。水流裹挟着小船往前驶去，不知道要去哪儿，先前那个绿树掩映的小镇像是飘浮在空中悬在地平线上方的海市蜃楼，但是他已经认清了它的真相，因为它对于他已经没有任何意义可言。他认定自己注定要和那座海市蜃楼失之交臂，它不过是一道青烟或者一幅幻影的片段。他手里还在不停歇地挥舞着船桨，心却是空的，没有目的地，不抱任何希望，有时候他把目光投向对面的女人，女人的两条腿向上弯曲着蜷起，整个身体绷得紧紧的，牙关紧咬，嘴角下有一抹鲜血。小船既不是朝着某个明确的目的地驶去，也不是要逃离某个地方，似乎他之所以还在挥舞桨板是因为，他担心一旦自己停止划船肌肉就会提出抗议。所以当他听到从后面传来的声音时并没有惊慌失措，他听见过那种声音（他以前听过一次，千真万确地听到过，但是，没有人想听第二遍），他预感到它一定会到来。他往后看去，手里并没有停下划动桨板的动作，他看到了声音的来处，它高高地滚动着过来，浪头上可见那些树木（像是稻草），各种残骸，还有淹死的动物。他盯着浪头看了足足一分钟，心里没有一丝愤怒和痛苦，他已经麻木了，再也没有被冒犯的感觉，他开始藐视后面的那个东西，他觉得自己已经是刀枪不入，剩下的只是好奇，好奇自己麻木的神经还能承受到何种程度，下一步他还需要面对什么，直到浪头高高悬在他们的头顶上方，发出雷鸣似的声响。他只是不停地回头，手里还是和以前一样挥舞桨板，既没有加快也没有放慢，像是被催眠了似的。就在这时他看到了一头鹿，一开始他并没有意识到那是一头鹿，也压根儿没有改变小船的方向去追它，他只是看着前方那个从水里冒出来的脑袋。浪头过去后，小船被抬高，像过去那样，重新被树干、房屋、断桥和篱笆包围，他一直没有停下划船的动作，即便是徒劳，小船和那头鹿已经齐头并进，两者只有一个胳膊的距离。他看着那头鹿，看着它的身体一点点地露出，像是踩到了平地般一点点地往上抬，最后彻底浮出水面，一边抖动着身上的水，一边往更高的地方跑去，直至彻底消失在最上方那片毫无生气的树林里。

“陆地！”他声嘶力竭地喊道，“陆地！停下！停下！”他把两只胳膊伸到女人腋下，把她从船里拖出来，两个人气喘吁吁地在水中挣扎着向那条刚刚上岸后消失的鹿的方向冲去。地面出现了——那是一个向上的陡坡，地面很平，看上去十分坚固，让人难以相信在这里还有这么个土堆，他猜它应该是印第安人的活动场所。他向那道满是泥泞的土坡冲去，但很快又滑了下来，女人在他沾满泥浆的手里挣扎着。

“放下我！”女人喊着，“放下我！”他气喘吁吁连拖带抱把在他怀里剧烈挣扎的女人拉上那道满是泥泞的陡坡。脚刚一落到土坡顶端的那一小片平地上，立刻感到脚下有个棍子似的东西缓慢地蠕动了一下，是蛇，他脚下一闪，用尽最后一点力气把女人拉（也可以说是扔）上土坡，随后身子一翻，腾空而起，面朝下重新扑进那片他已经记不清度过了多少日夜被裹挟其中不得露头的水面，就好像被这片水域折磨得精疲力竭的他已经是怒火万分，要通过这样的举动表明自己不惜一切要和那个一直让他没得选择、差点折磨得他精神错乱的负担一刀两断的决心。在水里一番扑腾后，他听到了婴儿呱呱坠地的哭声。

野棕榈

IV

矿区经理和他妻子没有来接他们。这两口子实际年龄应该比威尔伯和夏洛特小，却显得很老成，至少从长相看比他俩要老。男人姓巴克纳。男人叫女人巴克，女人叫男人比尔。“叫我比莉就行，”女人操着一口明显的西部口音，她哑着嗓子对夏洛特说，“我是从科罗拉多来的，巴克是怀俄明州人。”

“比莉，听上去像个妓女的名字，啊？”夏洛特大大咧咧地说。

“啥意思？”

“没啥意思，别生气啊，我的意思是叫这个名字的妓女肯定是个好心眼的妓女，我曾经还想过要不要去做妓女呢！”

巴克纳的妻子看着她：“你俩还没结婚吧？”（两个女人说这番话时，巴克纳和威尔伯已经去了那间小卖部，正在往外拿毯子、羊皮大衣、羊毛内衣和羊毛袜子等东西。）

“你从哪儿看出来的？”

“不知道。反正就是能看出来。”

“我们是没结婚。不过不用老惦记我们是不是两口子这事儿，将来我们四个人还得挤一个屋子里住呢。”

“我才不惦记呢！我和巴克刚搬到一起住的时候也没结婚。现在结了。”女人并不是以胜利者自居，但口气里多少还是带点得意的成分，“我把那个东西收好了，放在连巴克都不知道的地方。不过他知不知道也没啥关系，因为他人不错。总之把那个东西放好对咱们女人没坏处。”

“放好什么？”

“那张纸呗，结婚证书！”接着她又说，“让他和你结婚。”

“也许我会和他结婚。”夏洛特说。

“让他先跟你提结婚的事儿。那样比较好，特别是怀了孩子后，有那张纸比什么都重要。”

“你有了？”

“嗯，一个月了。”

那天的情况是，两个人坐的那趟既无车头也无车尾只挂着三节车厢（车厢里摆着一个炉子）和一个守车的用来拉矿的火车，一直开到这趟线的最后一站才停下。下车后他们环顾四周，眼前白茫茫的一片，皑皑白雪覆盖了所有的道路，四下里一个人影都没有。正在他们左右张望的时候，迎面一个巨大的灰色身影走了过来，两个人又惊又喜，来人穿一身破烂的羊皮大衣，身形高大，神色阴郁，脸很久没有洗过，看着脏兮兮的，双眼黯淡无神，仿佛好些天没睡过觉。这人一看就是波兰人，举止粗鲁，一张口神经兮兮的，他显然不会讲英语，只是一个劲儿地甩着两只胳膊朝着矿坑对面的方向指指画画，嘴里嘟嘟囔囔。六七个带窗户的铁皮房子挨挨挤挤地立在矿坑对面的山坡上，看上去摇摇欲坠，没多宽的矿坑看上去更像一道壕沟，两侧被白雪覆盖的陡峭的山坡像是巨大的翅膀，矿洞入口的矿渣，还有寥寥几处房子是这白雪世界的污点。矿坑那端矗立着高耸入云的山峰，在一阵紧过一阵的风声中，山峰顶端乱云飞舞，天空显得灰突突的。

“春天这里肯定很美。”夏洛特说。

“春天要是还不美的话，那就太——”威尔伯说。

“肯定很美。现在也很好看，赶紧找个地儿暖和一下，再有一分钟我就得冻僵了。”

威尔伯试探着问波兰人：“经理？哪个房子？”

“噢，老板啊。”波兰人伸着胳膊冲着对面又是一通比画，然后拔腿就要走，动作敏捷得根本不像一个大块头的人。夏洛特想跟上去，可刚一迈腿身子便向后仰倒过去，她趔趄着稳住身体。波兰人看见了，用手指指夏洛特的脚底下，女人的鞋子在及膝深的积雪中轻薄得如同没穿一般。波兰人张开两只粗壮有力的大手，揪着夏洛特的大衣领使劲儿往上一提，行为明显带着女人才具备的细心体贴。领子遮住了夏洛特的脖子和脸，他凑近夏洛特，很近，几乎要贴上她的脸，黯淡无光的眼神里突然出现了一点点柔和的东西，脸上的表情却依旧凶巴巴的。他冲着夏洛特的后腰推了一下，看上去是为了催促她往前走，但其实那一下结结实实地落在了夏洛特的屁股上，“抱（跑）[①]，”他说，“抱（跑）。”

他们看见了那条路，路仅有一个人宽窄，两边是堆得高高的雪墙，路上雪很多，也没有被踩实，它之所以被称为路，不过是因为这里的雪没有其他地方厚，路两边的雪墙使人少受点风吹而已。“也许经理住在矿上，只是在星期六、星期日回家。”

“可是他有个妻子，也跟着他，这是公司的人告诉我的。如果他在矿上忙，抽不开身，她可以来接我们呀！”

“也许是因为矿车一个星期才来这里一趟，她也不知道车什么时候来？”

“你可不许和矿车司机套近乎。”

“你说这话一点都不好笑，威尔伯。”夏洛特嘴里发出一个嫌弃的声音，“不知道那女人长什么样？”

“不好笑就不说了呗！”

“打扰了，山，打扰了，雪，可是我要冻僵了。”

“没看到她，谁知道她长什么样。”威尔伯说。两个人直接朝一间屋子走去，他们之所以选择那间屋子，不是因为偶然，

---

① 波兰人英语发音不准确，原文为“Ron”，但实际意思应该是“Run”，跑的意思。

也不是因为它看上去是那几间小屋里最大的一间，而是因为那时他们太冷了，所以碰到一间屋子就直接奔过去了，两个人平生第一次被严寒冻得够呛。有了这段经历以后，冷一定会在记忆中留下点什么，像是人生里经历的一件事或者灵魂里的一道伤疤，比如说，一个人对第一次性交的记忆；假若这个人是个杀手的话，那就是他第一次杀人后灵魂上多的那一道伤疤，那是一辈子都长不平的伤疤，很难被遗忘。威尔伯用冻得几乎失去知觉的手敲敲房间的门，不等里面回应便推开门，他先把夏洛特推进去，随后自己跟了进去。屋子里只有一个房间，里面坐着一对男女，都是羊毛衫配牛仔裤的打扮，脚上穿着羊毛袜子，没有穿鞋。这对男女的中间放着一个装铁钉的小桶，桶上搁置着一块木板，木板上面摊着一堆扑克牌，看来这两个人正在打扑克。威尔伯和夏洛特进去后，两个人抬起头，用诧异的眼神看着他们。

“是他让你们来这儿的？卡拉汉让你们过来的？”巴克纳问。

“是的。”威尔伯回答，接着反问道：“有问题吗？还能有谁让我们过来？”夏洛特和巴克纳的妻子站在离炉子十英尺远的地方（炉子是那种烧汽油的炉子，正好这时候里面的汽油烧完了，巴克纳的妻子给昼夜都在烧的炉子里填上汽油，再用火柴点着，火苗腾的一下着了起来，吓了威尔伯一跳，不过他很快镇定下来），威尔伯听见巴克纳的妻子对夏洛特说：“你就带了这么几件衣服过来吗？会冻坏的。我让巴克纳去趟小卖部，给你们找几件衣服过来——”

“噢，你没有带证明吗？比如说信什么的，什么都没带吗？”巴克纳问他。

“没有。卡拉汉说不用。”

“哦，明白了。你们是自己花钱过来的吗？我是说，自己买的车票？”

“是卡拉汉给买的车票。”

“我们又被耍了，”巴克纳转过头看着他的妻子说，“你听见了吗，比尔？”

“怎么了？”威尔伯问，“有问题吗？”

“没问题。”巴克纳说，“我现在领你去趟小卖部，给你们找个睡觉盖的东西，再找几件厚点的衣服。你们来之前那家伙没告诉你们多买两件羊皮大衣带上？”

“没有。”威尔伯说，“要不我们先在这屋子里暖和暖和再去小卖部？”

“在这屋里可暖和不了。”巴克纳说，“你就是一直抱着火炉也暖和不了。在这屋里待着，人饿得要死了，也不想离开火炉半步。冷得哪怕炉子里的油烧完了都不想站起来添点。即便一直躺在被窝里你也觉得冷，更不想起来干活，再多躺一会儿你身体就适应了房间里的冷劲儿，甚至不觉得冷了，因为冷让你把热的感觉忘得一干二净。你现在披上我那件大衣，跟我走一趟，我们去小卖部。”

“那你穿啥？”

“小卖部离这里不远。我还有件毛衣。多拿几件衣服过来会觉得暖和点。”

小卖部是铁皮做的，寒气从铁皮透进屋里，屋外的雪发出的光从房间的窗户透进来。房间里冰冷彻骨，空气仿佛一坨肉冻，人被裹在这坨肉冻里，一步都挪不了，也一步不想挪，除了呼气吸气以证明自己活着，不愿做任何事情。房间四周一溜儿紫红色的木头做的隔板，除了下面的几层隔板放着些东西，其他隔板上空空荡荡。房间仿佛变成了一个温度计，不过这温度计不是测量有多冷，而是测量能否冻死人，房间里的温度似乎达到了极限（我们应该把怪味儿带过来，威尔伯想），就连温度计里的水银似乎也哆哆嗦嗦的。威尔伯和巴克纳从隔板上抽出几条毯子和羊皮大衣，外加几件呢绒衣服和套鞋准备带回去。在屋子里就待了这么一会儿的工夫，两个人已经感觉身体好像被冻成了冰块和铁疙瘩，活动一下都十分困难，特别是威尔伯（他早把这地方的纬度抛在了脑后），他感到喘不过气来，肺里像着了火似的。

“这么说你是医生？”巴克纳问他。

“是的。”

出屋后巴克纳重新锁上门，威尔伯朝矿坑对面的陡坡上望去，矿井的入口和堆在一起的矿渣像是一小块一小块死气沉沉的伤疤。“这儿的矿井怎么了？”

“过一会儿我带你去矿井，你是医生吗？”

“我说过了，我是医生。你这样问是什么意思？”威尔伯看着巴克纳。

“那我猜你能拿出点东西来，文凭？你们怎么称呼那张纸？”

“噢，你是说资质证书吗？可是我是应该给你看还是给那个付我薪水的人看呢？”威尔伯看着巴克纳说。

“薪水？”巴克纳立刻笑了，笑声似乎有点放肆，但很快就打住了，说：“也许我不该问你这个，我可不是要找你的事儿。在我们那儿，如果有人来找工作，你给他工作，他说他会骑马，那我们就让他证明给我们看，让他骑马给我们瞧瞧，当然对这样的要求他也不会生气。我们甚至还会给他找一匹马来，再给他备好马鞍，不过马肯定不是我们这里最好的一匹马。话说回来，如果我们只有一匹马，那只能是我们这里最好的马，既然是最好的马，我们也不会给他骑的。这么一来我们也就没有马可以让他证明给我们看，不过这并不妨碍我们问他。这就是我现在这样问你的原因。”巴克纳说完看着威尔伯，一张消瘦得像生牛肉的脸，一双褐色的眼睛紧紧地盯着威尔伯，表情严肃。

“哦，”威尔伯说，“明白了。我是从一个比较有名的医学院毕业的，实习也是在一家很著名的医院，本来我应该——会慢慢被人知道的，算了，还是不说那些了，总之某一天他们会发给我证书的——承认我和其他医生一样具备知识，说不定未来我比某些医生还要做得好，至少我自己是这么希望的。这么说你满意吗？”

“满意。”巴克纳说，“说得不错。”他转过身：“你很想了解这里发生了什么是吧？这样吧，我们先回屋里，把东西放下，然后我领你去矿井参观一下。”两个人把带来的毯子和羊皮大衣留在屋里，然后出门横穿过矿坑，向对面的矿洞走去，脚下的路根本不像路，就和刚才那间小卖部一样，从外观看不像小卖部，倒像一个立在路边的看上去有点莫名其妙（上面的文字像是密码）的路标一样。

威尔伯问巴克纳：“我们来的时候坐的那辆矿车，从这里开出去时都装些啥？”

“拉东西呗，”巴克纳说，“要装得满满的，车停在矿区里不就是为了装东西。我就知道这么多，也不打听，省得还没搞清楚自己喉咙先被割了。”

“车里要装什么东西？”

“哈。”巴克纳不再接他的话。这个矿井不是竖着的立井，而是像画廊一样的斜井，开采巷道从门口一直延伸到矿山里面——形状像榴弹炮的圆筒，内壁有很多支架支撑着，巷道内墙泛着一层阴森森的寒光，那种冷和小卖部里的冷没什么两样，人走进去立刻感到自己像是被裹进一坨肉冻里。矿井的地面铺着两道延伸进去的轻轨，他们刚进去不久，迎头碰见从里面推出来的一辆堆满了矿石的小推车。车后面的男人一路小跑，威尔伯看出推车的人也是波兰人，只是个头比他们先前碰到的那个波兰人要矮，身板更厚实，整个人显得矮墩墩的（他后来才意识到，这些波兰人根本没有他原先认为的那么高大，他之所以那么觉得完全是错觉，是这些人共有的那种有点孩子气和说啥信啥的气质让他们显得高大）——眼前的这个波兰人也是眼神黯淡脸色阴沉，也是很久没有洗过脸，也穿一件肮脏不堪的羊皮大衣。

“我以为——”威尔伯想说点什么，但是他打住了。他跟着巴克纳继续向前走去。最后一道冷光消逝后，他们的眼前出现了一个和爱森斯坦电影[①]里的场景十分相像的去处：走廊变成了一个小的圆形剧场，从这个圆形剧场又延伸出去好几处小的巷道（形状也像走廊），像是从手掌延伸出去的几根手指。巷道和圆形剧场里的电灯亮得像是节日里点着的灯盏，灯泡却脏得厉害，不似过节，还有空气也不像过节，因为太阴冷了，死气沉沉的，没有一点生气，和那间无人居住的标着“小卖部”几个大字的房间里的气氛没有区别。巷道的灯下晃动着很多身影，每个人都穿着羊皮大衣，身板也都给人一种高高大大的错觉，阴沉的脸上眨巴着一双一看就是没有睡够觉的暗淡

---

① 爱森斯坦（Sergei M.Eisenstein，1898—1948），俄罗斯导演、编剧、制作人、演员、作家、剪辑师，毕业于圣彼得堡土木工程学院建筑系。

无神的眼睛。他们大声说话，嘴里蹦出威尔伯听不懂的字眼。和刚才那个拼命推矿车的男人一样，这些人看上去也都疯疯癫癫，像是大学里的棒球队队员胜利时一个向一个大声欢呼号叫。他们没有进那几个看着空间较小的巷道里，从外面看去，那里也是暴土扬尘，电灯明晃晃地亮着，冰冷的空气里回响着矿工们的喊声，听上去古怪且莫名其妙，像是被戳瞎了眼睛在死气沉沉的空气里惊慌扇动翅膀的小鸟。“卡拉汉告诉我说这里还有中国矿工和意大利矿工。”威尔伯说。

“有，”巴克纳说，“不过已经走了。那些中国矿工是十月份离开的。一天早晨我醒来，发现那些家伙不见了，所有的中国矿工都走了，我猜他们是走出这个地方了。虽然他们脚上穿着草鞋，身上只有一件单薄的衬衫，还好那是十月份，路上雪不多，起码不到处都是雪。我猜他们是察觉到了什么。还有那些意大利人——”

“察觉？”

“自从九月份这里工资就停了。”

“噢，”威尔伯说，“明白了，像黑人那样，发现不对劲就开始找事儿。”

“黑人我不了解。我这里从来没有发生过骚乱什么的，意大利人只是吵吵了几天，没惹出乱子。他们是罢工，挺正式的，矿上所有的意大利人扔下手里的镐锤和铁锹，从矿井里出来，他们还专门整了一伙人站出来——你们管那叫什么，工人代表？——他们来找我，要谈判。这些意大利人可真能吵，声音大得要命，一边说一边舞着胳膊，女人站在雪里，把怀里抱着的婴儿伸到我面前给我看。后来我打开小卖部的门，给他们发羊毛衫，男人、女人、孩子都有份儿（你真应该看看那个场面，孩子穿着大人的衣服，因为太大了，都没法迈腿，他们把羊毛衫穿在外面，像穿大衣外套）。我又给每个人发了一盒罐头，让他们拿着上了拉矿的车。好家伙，车都走得好远了，连影子都看不见了，还听得见他们吵吵嚷嚷的声音，到现在我还能记得那帮家伙胡乱挥舞拳头的样子。霍格布（矿车司机，铁路部门付他工资）拉着他们下了山，他可以随时刹车，让那些意大利佬下去。总之那一天事情没闹大，至少不像以前那几次闹得那么凶。还有那些东欧佬，他们留了下来。”

“为啥？难道他们——”

“也许是这里可以让他们干爆破的营生吧？叫我看他们自己也搞不明白为啥要留下来。那次罢工他们应该能猜到这矿不能待，即便他们不明白，意大利人也会告诉他们的，因为意大利人里有一个翻译，但这些东欧佬怪得很，他们理解不了骗人这种事儿。他们肯定听懂了意大利人说的啥，但是在他们看来，这事儿不通。世界上怎么会有让别人替他工作但又不打算付工钱的人？他们觉得这事儿不可能！所以直到现在，这帮人还认为自己是在工作。他们包了所有的活儿，不光运矿、采矿，还做爆炸的活儿。东欧佬喜欢炸矿，也许是喜欢爆炸的声音。

总之他们什么都干。很多人甚至打算把自己女人带来这里。那次我费了半天劲才听明白他们要带女人过来，我赶紧制止住了他们。没女人陪也许是这些人睡不好觉的原因。他们觉得如果明天发钱的话，会给他们补上所有的钱。你这次一去，可能他们以为来了送钱的人了，以为这个星期六每个人能拿到几千美元。这些人和孩子差不多，谁的话都信，反过来，如果他们知道你是在玩他们，他们会杀了你。噢，可不是那种背后捅你一刀，他们不用刀子，也许只是直接走到你跟前，一只手抓紧你，另一只手划着火柴点着炸药捻子，然后把捻子往你口袋里一塞——”

“你还没有告诉他们真实情况吗？”

“告诉？这事儿可不能告诉他们！翻译也是意大利人。还有，老板要求这个矿至少看上去还在运转中，这也是我在这里的责任，只要矿山看着还在运营中，老板才能继续卖他的股票。这也是你在这里的原因——过来做矿山里的医生。那家伙和你说这里没有卫生局派人检查医生的执照，这是实话。但是，这里有视察矿山运营的人，要想运营矿山，法律和法规明确规定矿上必须有一个医生。这就是为什么那家伙会付给你车票钱，让你和你老婆一起过来，再说了，不定什么时候我们就会收到钱，说实话今天早晨我看见你时还以为你是来给我们送钱的。我只能说这么多了，明白了吗？”

“嗯，明白了。”威尔伯答应着。两个人掉头向入口走去，半路上又碰到了一个小推车迎面过来，他们赶紧让路，推车的还是波兰人，照样脸色阴郁，照样带着股疯疯癫癫的劲儿。从矿洞出来后天色已经晚了，眼前的世界冰清玉洁，纯白无瑕，但生生地冻人。“简直让人不敢相信！”威尔伯说。

“你也看见了，不是吗？”

“我的意思是你怎么坚持这么久的？一直待在这里，你对拿到钱又不抱希望。”

“也许我在等机会溜走。这些王八蛋晚上也不睡觉，一点机会都不给我——他娘的！”巴克纳换了副口吻，“我是瞎说，我留在这里是因为现在是冬天，待这里比待在别处强，只要小卖部里还有吃的，屋子里还暖和就没必要离开。还有，我知道那家伙会很快再派一个医生过来，说不准他自己也会来一趟，当面告诉我和那些东欧佬他要把这个矿关了。”

“那我呢？”威尔伯说，“还要派一个医生过来？再来一个医生能干什么？”

巴克纳盯着他看了好一会儿——那是精于算计且善于利用人（应该是一类人或阶级）的凌厉眼神，没有这样一双眼睛他也混不到现在这个位置。不过，威尔伯想，这双眼睛肯定从来没有衡量过一个自称是医生的人。“我和你说，”巴克纳说，“这份工作其实没有那么糟糕，我们是从九月份起才开始不发薪水的。还好我和比莉已经攒了三百美元，等这里的事情利索后，我们就离开这里，在找到另外一份工作前，这三百美元应该够我们花的了。可是现在比莉有了身孕，已经一个月了，我们养活不了这孩子。你说你是医生，我也相信你，你能不能帮帮忙，做掉这个孩子？”

“不行！”

“责任我来担，和你没关系。”

“我说了不行！”

“你不会做这种手术？”

“我会。手术并不难。在医院我见其他医生做过——那次是一个急诊病人——他这么做也许是为了告诫我们这些实习医生永远不要采取那些措施，其实他不需要示范给我看的。”

“我付你一百美元。”

“我不缺那一百美元，我有钱。”

“一百五十美元。这是我一半的家底，不能再多了。”

“我不缺那一百五十美元。我自己有一百八十五美元呢。即便我没有这些钱，就算我只有十美元——”

巴克纳已经转过身去：“这么说你比我强，走，吃饭去吧。”

他后来和夏洛特说了这件事。不是像以前那样睡觉时说，而是在外面说的，因为他们要和那两个人挤在一间屋子里睡觉——这个木屋只有一间，带一个大小便用的需要绝对隐私的小间——木屋外面的积雪一直到膝盖那么深，他们穿着高腰雪鞋站在木屋外面看着对面，远处是被积云笼罩的山峰。夏洛特说:“春天这里肯定很美。”这是他第二次听到她说这句话。

“你没有答应他?”夏洛特听完后说,“为什么?是因为他们只付你一百美元?”

“这种事能做吗?给多少钱都不能做!一百五十美元!”

“我知道,我没那么笨。”

“话说回来,我也没那么高尚,我不做是因为——”

“因为害怕?”

“不是害怕,那手术不难做,简单得很,只要让空气进到子宫就行。我没答应他是因为——”

“很多女人就是因为这种手术死的。”

“那是因为做手术的医生技术不行。一万人当中有一例而已。当然,这种事情还没有一个准确的数字。我不给他们做是因为我——”

“我明白你想说什么,你没答应他们不是因为他出的钱少,也不是因为害怕,好了,我只想知道这么多,你不用说得太具体,我也不会强迫你做什么。好了,现在亲亲我,我们现在都不能在屋里接吻,更别说——”

他们(夏洛特现在不裸睡了,而是贴身穿件羊毛衣服睡觉)四个人挤在一个屋里。他们睡在床垫上,不是床上,床垫铺在地板上(“这样暖和,”巴克纳说,“冷气喜欢从床底下往上跑。”)。炉子从早到晚地烧着。他们把两张床垫分别拖到距离最远的两个角落,即便这样,两张床垫之间的距离也超不过十五英尺，威尔伯和夏洛特不敢说话，哪怕咬着耳朵说话都觉得不自在。但是躺在他们斜对面的那两口子似乎并没有被拘束，虽然睡前很少听到他们交谈或者咕哝点什么，但有时候刚刚熄灯，还不到五分钟的工夫，两个人便折腾开了，从床垫那头传来像是种马打架的声音，很猛烈，那一对男女把自己捂在毯子里剧烈地运动着，身体冲撞的声音最后在女人的喘息声中渐渐消停下来，有时候他们也能听到女人的尖叫声，随即又被什么东西捂住了。威尔伯和夏洛特从来不学他们。有一天，温度计上的数字从零下十四度跌到零下四十一度以下，四个人把两张床垫对在一起合成一张床，两个女人睡在中间。都这样了，可有的时候四周还没完全黑下来（也许是天将亮未亮的时候），那边又传来骁勇的种马打架的声音，中间没有一句话，就好像两个人刚从睡梦中醒来马上就又被什么东西用蛮力不由分说地黏到一起，像是铁块碰到了吸铁石。有时候实在忍受不了那种急促的喘息和打着拍子似的声音，夏洛特也会来上一句：“你们能不能把毯子捂紧了再做那事儿？”即便这样，威尔伯和夏洛特也没有放任自己。

四个人就这样度过了一个月，马上就要三月份了，离春天的日子越来越近，夏洛特一直眼巴巴地盼望着春天。有一天下午，威尔伯从矿上回来——矿上还有波兰人在工作，个个看上去邋遢得要命，似乎一天到晚都不睡觉，像一群沉浸在幻想中的人，疯疯癫癫地出卖着劳力。灯泡脏污的表面遮不住雪亮的灯光，灰尘弥漫的巷道里回荡着人声，像是迷路的鸟左冲右撞。他刚进门便看见夏洛特和巴克纳太太在一起，从两个女人的眼神里他明白了什么，他知道自己再也没法拒绝。“听我说，哈里，”夏洛特对他说，“他们要离开这里，必须离开，所以这件事必须在这儿解决掉，他们只有三百美元，要用这钱买票去要去的地方，还得在巴克纳找到工作前靠它生活，所以，他们必须要在这里做这件事，再晚就没法做了。”

“我们也一大堆事儿，”威尔伯说，“我们甚至连三百美元都没有。”

“可是我们没有孩子。我们的运气不像他们那么坏。你说过，手术很简单，一万人里只有一个人死，你也知道怎么做这种手术，你不用担心会做坏，他们说了，自己承担责任。”

“你就那么想挣那一百美元？”

“我什么时候和你谈过钱，我自己的一百二十五美元是没给你，但那是你自己不要。你了解我是什么样的人，我也了解你，我知道你不会收他们钱的。”

“对不起啊，我不是那个意思，我不答应是因为我——”

“可是他们现在碰到了麻烦。如果这事儿换了是我们，你会怎么做？我知道如果要答应他们，你要把一些东西抛到一边才行。但是我们不是已经抛掉很多东西了吗？是为了爱情抛掉的，而且我们不后悔。”

“我不是说后悔，”他说，“我不后悔，永远不会因为爱情后悔。”

“这也是为爱要去做的事情啊，只不过不是为我们自己的爱，但也是爱。”她走到放他们个人物品的架子前，从上面取下一个狭长的放手术器材的小盒子，那是他离开芝加哥卡拉汉给他配备的，同时给他的还有两张火车票。“如果那个人知道了这件事，那我们就这样告诉他：你唯一一次用这些手术器材是给他矿上的经理截肢。除此之外你还需要什么？”

巴克纳不知从哪里冒了出来，来到他旁边站下。“可以吗？”他说，“我不担心，她也不，因为你行！不然我怎么会平白无故地等一个月，我其实是在观察你。你若是应承得很快，比如说第一次问你那天，你就答应了，我或许不会同意，因为我害怕。但是现在我不了。我来承担全部责任，我会记住我的承诺，那就是保证你不会因为这个惹上麻烦。还有，我说的不是一百美元，是一百五十美元。”

威尔伯想说不，非常想说，可是没说，只是在心里想，是的，我放弃了很多东西，不是做给人堕胎这种事情。我放弃了挣钱，放弃了安全感和学历。有一瞬间他甚至想到一句“也许我首先应该放弃的是爱情”，还好他及时制止住了这个念头。“你那点钱不够我做这个手术，如果真是交易的话，即便你是卡拉汉我也不会答应。我自己承担风险。”他对巴克纳说。

三天后，他们两个陪着巴克纳两口子（虽然来的时候没有人接他们）穿过矿坑去了那辆运矿的火车。一路上巴克纳好几次要给他钱，威尔伯都没要，最后两个人达成一致，如果巴克纳走后他最后这几个月的工资到账，那么威尔伯可以从里面拿一百美元给自己。虽然这样约定，但两个人心里都清楚，巴克纳永远也不会收到那点滞纳的工资，小卖部里的这点东西相当于抵押给了他，巴克纳在交给他钥匙时说："这么做有点糊弄人，反正这个小卖部也是你的了。"

"账还是要记的。"威尔伯说。他们沿着那条很难看出来是路的小路去了那辆运矿车停驻的地方。运矿车看不出哪一端是车头，哪一端是车尾，只有三节运矿车厢和一节看上去像是玩具般的守车。巴克纳站住了，他扫了一眼一个个张着口子仿佛是白色莽原上的丑陋伤疤的矿洞和一堆堆矿渣。天气晴朗，天空很蓝，太阳低低地贴着嵯峨林立的山峰顶端，挂在空中，峰顶被阳光染成了玫瑰色。

"那些矿工如果发现你不见了会怎么想？"威尔伯问巴克纳。

"没准他们以为我是要钱去了。如果他们这样以为，那是最好不过，这样的话你就安全了。"巴克纳回答说，"其实这帮人待在这儿挺好，不用为房租这些烦心事操心，想喝就喝，喝醉了睡一觉就过去了。食物够所有人吃到春天，每天不仅有事情做，还挺忙，到了晚上躺在床上算算自己多工作了多少小时，且得算上一会儿呢。再说那家伙说不定也会送钱来。"

"你相信他会送钱过来？"

“不信，”巴克纳说，“你不也不信吗？”

“我从来就没信过他，”威尔伯说，“第一天在办公室见到他时就没信过，那时候比现在还不信。”两个人挑了个离两个女人远一点的地方站下，“你们从这里出去后，有机会你要带她去看下医生。找个好点儿的医生，和医生说实话。”

“为啥？”巴克纳说。

“不为啥。那样的话我放心点。”

“不用，”巴克纳说，“我老婆肯定没事儿，因为你有本事，如果我不了解这一点的话，我能让你做这个手术吗？”时间到了，火车头发出一声尖锐的像是哨子般的声音，巴克纳夫妇钻进列车末尾的守车车厢，火车开始移动。他们盯着火车的背影看了一会儿，夏洛特转过身，向来路跑去。太阳马上就要落下去了，山顶处美得让人无法形容，天地间变得无比柔和，天空中天蓝色和琥珀色交相辉映。威尔伯听见从矿区传来说话的声音，因为距离远，声音模糊不清，不知道那些人在喊什么。

“哦，天哪！”夏洛特说，“今天晚上我们不吃饭了！快点啊！快跑！”夏洛特向前跑去，没跑几步她就不跑了，转过脸看着威尔伯，凹凸有致的身体裹在羊皮大衣里，把大衣撑得鼓鼓囊囊的，羊毛领子软塌塌地耷拉在领口，夕阳绯红色的光把她宽宽的脸庞染成了玫瑰色，眼珠则变成了绿色。“你在我前面跑，”她说，“我要在雪地里把我们两个扒光，快跑啊！”但是他没有照她说的做，也没有追她，甚至连跑都没有，而是一直走着，看着她一个人往前跑去，消失在那条小路（其实压根儿算不上一条路）的尽头，然后又出现在矿坑那一面的陡坡上，急吼吼的样子让人觉得她似乎连裤子都不想系，这让他想起她穿裙子时也是同样的马马虎虎。等到他进了房间，发现她已经一丝不挂，她连那件当睡衣穿的羊毛衫也脱了，"快呀，"她催促道，"快呀，六个星期没做了。我都快忘了怎么做了！不！"她又说，"不会忘的，我永远都不要忘和你在一起的时候，你也不许忘了，感谢仁慈的上帝让我们相爱。"说完她一把抱住他，他感觉到她胳膊和大腿的力量，听她在自己耳边说："我太在意了，除了你我，床上哪怕多一个人我都做不了这件事。"

那天晚上他们没有做饭吃，什么也没吃，做完爱后两个人睡着了。后半夜的时候威尔伯醒了，炉子已经灭了，房间里冷得要命。他想起夏洛特贴身穿的内衣还在地板上扔着，是她自己扔的，于是想爬起来帮她拿过来放在床上，等稍微暖和一点后再放到自己身子底下帮她焐热了，这样早晨起来她可以直接穿上，他这么想着，可是却让宛如蒙着一层寒霜的铁块似的冷气逼得犹豫着不敢起来，好容易有点勇气了，刚想动弹，却被她一把抱住，"你去哪儿？"他告诉她自己要给她拿衣服。她却把他箍得更紧了，"有你在身边我不会冷的，你就是我的被子。"

每天他都要去矿上。工人们依旧工作得热火朝天，工作量一点也没有减少。他第一次一个人走进矿洞的时候，那些工人盯着他看的眼神里传递出既不是好奇也不是惊讶而是审视的目光，好像在问他巴克纳在哪儿。但是没人找他的事儿，一切和平时一样平静，这让他意识到这些埋头苦干的人甚至可能不知道他是作为医生被总部派来的。也许在他们眼里，他只是一个美国人（他差点告诉他们说，自己是白人），是离这里十分遥远但却具有无上权力、他们不得不闭着眼睛相信的那伙人派来的代表，他开始和夏洛特商量要不要把事实告诉那些矿工，怎么能让他们明白。"不过告诉了他们又能怎么样呢？"他对夏洛特说，"巴克纳说得对。这些人能去哪儿，即便是他们找到总部又能做什么呢？这里好歹还有足够的食物让他们撑过冬天，也许他们根本没攒下钱（就算工资高的可以攒下几个钱，估计也被小卖部的物价又算计了去）。巴克纳曾说人可以依赖幻想乐在其中地生活好长一段时间，认清现实反倒适得其反。要我说的话，如果你只是一个啥都不会而只会掐算五百英尺长的炸药捻子要用多长时间才能燃爆地下炸药的东欧佬，也许活得虚幻点更好些。还有一件事，小卖部里还有价值不到一百美元的吃的东西，如果这里的人都走了，走漏了风声，那老板也许会派人过来把剩下的罐头都拿走的。"

"不光是吃的，"夏洛特说，"那些矿工现在走不了，这么大的雪，他们没法走，你没发现吗？"

"发现什么？"

“那辆玩具火车带着巴克纳走了后就再也没有回来过，他们离开这里已经两个星期了。”

他的确没有注意到这件事，对那辆火车的运行规律也是一无所知。两个人开始商量如果下次见到火车，他们就直接去矿山告诉（也可以说是想办法说清楚）那些人实情。又过了两个星期，火车来了，两个人出门穿过矿坑去了对面的矿洞。巷道里，一群浑身脏兮兮的工人正在一边装车，一边叽里哇啦地叫嚷着。“现在咋办？”威尔伯说，“怎么才能让他们明白我们的意思？”

“那不是问题，他们会懂的。办法应该好想，再说在他们眼里你就是老板，没有人会不明白自己老板的意思的。你先设法让他们跟你去小卖部。”

于是威尔伯走了几步，来到传送带旁的斜槽边上站下，一辆等着装车的小车也等在这里，从车里发出哐哐啷啷的响声。威尔伯抬起手臂，喊了一声：“等一下！”工人停住了手里的活儿，瞪起无神的眼睛看着他，每张脸都是瘦巴巴的。“小卖部，”他说，接着又解释道：“商店！”同时用手指着矿坑对面，他想起他们来的第一天碰到的那个帮夏洛特揪衣领的波兰人，当时那人说了一句“抱（跑）”，于是他模仿着那人的腔调说：“抱（跑）。”矿工们还是看着他，也不说话，但是那一双双隐藏在杂乱无章的三角眉底下的眼睛越睁越圆，脸上依次露出热切、困惑以及迷失的表情。他们盯着他看了一会儿又彼此对望了几眼，有几个人走了出来，他们围在一起，嘴里生硬地嘀咕着什么，威尔伯不知道他们在说什么。商量完后那几个人齐刷刷地朝他走过来。“不，不，”威尔伯着急地喊道，“所有人。”他向矿井出口比画着，“你们所有人。”这次有些人似乎听懂了他的意思，从矿工里蹦出一个人来，这人正是威尔伯第一次进巷道时碰见的那个推矿车的人，他迈着两条粗壮结实得像是一对活塞杆似的短腿往前跑去，很快便消失在洞口处，不大一会儿又重新在洞口出现，这一次他的身后浩浩荡荡地跟着一群人，一看就是其他班的矿工。这拨人和刚才洞里的那帮人混合在一起，一帮人站在洞口比比画画，嚷叫着，直到后来，所有人停下了手里的动作，默默地看着威尔伯，眼神里透出温顺驯服的神情。“看看他们脸上的表情，”威尔伯对夏洛特说，“天哪，我真不忍心告诉他们实情！他妈的巴克纳！”

“走吧，”夏洛特说，“早晚都得过这关。”他们穿过矿坑向小卖部走去，工人们跟在他们后面，白雪愈发显出这帮工人的脏——像是一群专门扮演黑人的白人小品演员，凑凑合合抹画了几下就出现在观众面前。威尔伯打开小卖部的门锁，工人向里涌去，人群后面居然出现了几个女人的身影。确切说是五个女人的身影，他们来到这儿后从来没见过这里还有女人，这几个女人像是刚刚从雪里钻出来，每人身上都披着披肩。五个女人当中有两个女人手里抱着孩子，其中一个孩子看起来还不到一个月大。

“这些人甚至不知道我是这里的医生，不知道在这里工作他们有权利看医生，不知道法律就是这么定的。”他和夏洛特走进屋子里。和外面白雪皑皑的世界比起来，屋子里的光线要阴暗得多，阴暗得几乎很难看清其他人的脸。不知从哪儿冒出来的，每双眼睛都在看他，有的眼睛泄露出被生活压垮的讯息，有的则是耐心地等着他说点什么，有的面带着恭敬，有的流露出信任的眼神，有的则很茫然。“我们现在怎么做？”他不由自主地嘟囔了一句，扭头去看夏洛特。夏洛特手里多了一张不知从哪里找来的包装用纸，她走到一排从房间里唯一一扇窗户透进来的光线照亮的货架前，用四个大头钉把手里的纸固定在货架隔板上，房间里所有的人都在看她，包括那五个被推挤着站到最前面的女人。夏洛特开始用那支从芝加哥带来的炭画笔在那张纸上作画——她画了一个横截面代表房间，房间的墙上有一个窗户似的小格子，一看就是发工资的窗口，窗口毫无疑问是关着的，在窗户的一边站着几个矿工模样的人（里面甚至画上了那个抱着孩子的妇女）。在窗户的另一面，一个大腹便便的胖子（夏洛特从来没见过卡拉汉，可是那分明就是卡拉汉，他曾经给她描述过那家伙的长相）坐在堆满了闪闪发亮的钱币的桌前，伸着大手，手上戴了一个乒乓球那么大的钻石戒指，正在把桌上的钱往一个麻袋里搂。画完了，夏洛特往旁边一站，人群沉默着，过了一会儿，一种难以形容的声音在那帮人中间响起，声音不高，听上去气冲冲的，里面夹杂着女人尖细的抽泣声。那群人这时候突然一起看着威尔伯，眼睛里原有的茫然、暗淡无神以及痴痴傻傻的神情换成了仇恨和谴责的神情。

“等一下！”夏洛特大喊一声，“等我一下！”众人停住了。夏洛特再一次挥舞着手里的画笔画了起来，在飞速移动的画笔下威尔伯看见了自己，画里他站在窗户这一面，和矿工们站在一起，任何人都会认出画里那个站在人群最后面的人就是他。确实，他们认出了他，不再叫嚷，看了看他，又互相看了看彼此，脸上重新露出懵懂的表情。夏洛特撕下那张纸，重新放上一张没写字的白纸，人群中走出一个人，帮她用图钉把那张纸钉好，夏洛特手中的画笔继续舞动。这一次画的还是他，毫无疑问，一看就是个医生，任何人心里都认可的医生的模样——那是一个戴眼镜穿着白大褂的医生形象，是这些人如果被飞来的石头或铁或提前爆炸的炸药击倒后送到公司急诊室时常常见到的形象。只见他一只手里拿着一只毫无疑问是药瓶的东西，一只手端着一把小勺正在往一个一看就是他们这样的在底层深处找生活的人的嘴里送约——病人和那些矿工如出一辙，一张不修边幅的脸，甚至也穿一件他们穿的羊皮大衣，从医生身后伸出一只戴着巨大的钻石戒指的大手，正在从医生的口袋里掏钱包，钱包薄薄的像是一张纸。众人再一次齐刷刷地看向威尔伯，这一次眼睛里没有责备的意思，但依然凶巴巴的，但看得出那凶巴巴的眼神不是针对他。威尔伯向堆着物品的架子比画了几下，人群马上骚动起来，他趁机抓住夏洛特的胳膊，对她说："快走，我们先离开这儿。"

过后（他去了那辆矿车，在只有清洁间大小、炉子烧得热乎乎的守车车厢里找到那辆车唯一的机车人员霍格布，对他说："你三十天后肯定还回来的，对吧？"霍格布说。"我每三十天来一次，只有这样矿上才能一直保留采矿权。""你最好现在就带着你妻子离开这里。"霍格布说。"我们还要等等。"威尔伯说。他和夏洛特回到他们住的小屋，两个人站在门口，看着手里拎着东西的人群从小卖部里涌出来，穿过矿坑，爬上那辆矿车，眨眼间三个露天车厢站满了人，这几天的天气虽然不再像前些日子气温只有零下四十一度，但也没有回到零下十四度以上。火车开动了，视线里那些已经变得很小的脸在回头张望，他们是在看矿山入口的地方，还有那些废料堆，威尔伯甚至看得见那些人脸上的表情，那是难以相信眼前一切的困惑表情，同时掺杂着震惊以及巨大的悲哀。火车向前开去，从车上突然暴发出喊声，声音穿过矿坑，向他们这边飘来，因为距离远，到他们这里时已经变得微弱，但仍能听出那里面的悲伤、迷惘以及孤独），他对夏洛特说："感谢上帝，幸好我们提前把够我们吃的食物拿了出来。"

"那些并不是我们的东西。"夏洛特静静地说。

"那也是巴克纳的。反正他们欠他工资。"

"巴克纳跑了，可这些人没有。"

春天还没到来。两个人一起盼望着那辆严格遵守时间规律每三十天必定光顾矿上一次的矿车的到来，虽然他们知道那矿车一定会空车而返，但是他们想的是也许那时候能在这座山上看到从来没有见到过的春天的景象，他们不知道的是这里的春天要等到所谓的夏天的日期。两个人不时谈论矿车什么时候会来这个话题，通常是在晚上，四周漆黑一片，周围气温依旧很低，有时候甚至重新回到零下四十一度，夏洛特喘着粗气扭动身体脱掉身上那件当作内衣穿的羊毛衫，从毯子底下探出头来和他说着话。她重新恢复了裸睡的习惯，至于那件羊毛衫，夏洛特不会再把它从被窝里扔出来，而是把它放在毯子里，这样的话明早醒来时它还是暖和的。睡觉时两个人常常能感觉到那件卷成一团的东西，一会儿被他们压在身子底下，一会儿又缠住他们。一天晚上夏洛特说："巴克纳还没来信吧？也是，他怎么会写信给你呢？"

"没来，"他突然严肃起来，"我倒是希望我能收到他的来信。我告诉过他，他们出去后一定要去找个医生看看。也许他——他答应过我，说要给我写信。"

"我也希望你能收到他的信。"

"也许等那辆车来之前我们会收到巴克纳的信。"

"谁知道那辆车会不会来呢？"他觉得巴克纳夫妇不会有事的，虽然过后他对自己的这个想法感到难以置信，但是当时即使他怀疑出了问题他也不能说什么，因为没有证据，所以最终他也没有说什么。后来，就在矿车出现的头一个星期，有人敲门，威尔伯打开门，来人是山里人的模样，手里拿着一个包，一双雪地鞋在脊背后面晃荡着。

“你是威尔伯？”来人问道，“有你的信。”他拿出信——信封皮被铅笔画得乱七八糟，让人顿时感觉这封信三个星期以前就应该被送到。

“谢谢你，进屋吃点东西再走吧。”

对方谢绝了，说：“就在圣诞节前有一架飞机掉在这附近，就在山后边，你有没有听见或看见什么？”

“圣诞节那时候我还没来这里呢，”威尔伯说，“吃点东西再走吧。”

“提供线索能得到赏金。我得走了。”

信是巴克纳寄来的，上面只写了一行字：一切正常，巴克。夏洛特从他手里拿过信，看了一眼说：“这不就结了，你说过这种手术很简单，难道不是吗？现在你心里踏实了吧。”

“踏实了，”威尔伯说，“放松了好多。”

夏洛特看着那封统共只有六个字的信说：“万分之一的概率，不是吗，只需好好蒸蒸那些器械就行，给谁做不都是一样。”

“器械必须——”他话说了一半停住了，看着她，脑子迅速掠过一句“我遇到麻烦了”，等等，等等。“给谁做？”

夏洛特看着那封信，“这么说很傻，是吗？也许我有了。”

现在轮到他了，威尔伯身体开始发抖，抖得停不下来，直到他抓住她的双肩，扭过她的身子，让她脸对脸地看着自己。

“给谁做？”

夏洛特手里捏着那张上面画满了道的铅笔印很重的信纸看着他——白雪把她原本黄色的眼睛变成了绿色，她的目光跟以前一样，沉静专注，嘴里却像个刚会念书的小孩子磕磕巴巴地说：“那天晚上，就是那天晚上的事。我们连饭都没做就——后来炉子灭了，我把避孕套挂在炉子后面，结果它冻住了，我们生着炉子后，我又忘了取下来，结果套子破了。”

“破了后你没有——”

“我应该小心的。可是我总是不当回事儿，太大意了。年轻时我听别人说过，说两个人相爱的话，特别相爱的那种，男女都很爱对方的那种，生不了孩子，因为太爱了，所以精子会被烧坏。也许我信了。也许是因为我只有那一个避孕套，心里想用这句话安慰自己。要不就是我有侥幸心理，不管怎么说，事情已经这样了。”

“什么时候怀上的？”他身体在颤抖，手还在抓着她的肩膀不放，“距离该来月经已经过去多少天了？你确定自己怀孕了？”

“确定！当然确定！离我应该来月经的日子已经过去了十六天了。”

“怎么会那么确定？”他忙忙地问了一句，心里却很清楚，自己这些话其实是自我安慰。“不可能的，有的时候月经不会那么准时，没有一个女人总是会那么准时，再说你不可能记得这么清楚，除非两个人——”

“你还真信那些？”她平静地说，“那是你想要孩子时，现在是你不想要孩子，我也不想要孩子，原因是我们不能要孩子。我能饿肚子，你也能饿肚子，可是孩子不能挨饿，所以，我们必须打掉这个孩子，哈里。”

“不！”他喊了出来，“不行！”

“你说过这种手术很简单。你也做过，这手术不是什么大手术，简单得就像剪掉朝肉里长的指甲。我很健康，和比莉一样健康，身体也结实，难道你不这样认为吗？”

“哈，”他喊了出来，“所以你让比莉做手术。这就对了，你想看她做了会不会死，难怪那时候我说不做，你却苦口婆心地劝我给她做手术。”

“他们走后那天晚上，炉子不是灭了吗，就是因为这个，我的避孕套破了。但是你这么说也对，我确实想看看她做了怎么样。如果我是第一个怀孕的人她也会和我一样劝你的，而且我也愿意她这么做。不管我怀没怀孕我都希望她活着，就像她希望我也活着一样，不管她怀没怀孕，我也一样，我想活命。”

“行了，”他说，“我明白了。我也不是说你坏，但是你……你……”

“那就这么说定了，我就把自己这条命交给你。”

"不！不行！"

"那好，"她平静地说，"下个星期我们从这里出去后马上找个医生。"

"不行！"他立刻喊出声来，双手抱着她的肩膀，使劲摇晃着说，"我说了不行，听见了吗？"

"那就是谁都不可以打掉这个孩子，你也不会那么做。"

"是的！是的！"

"你胆子那么小？"

"是的！"他说，"是的！"

接下来的一个星期里，他常常出去散步，一个人深一脚浅一脚地走在及腰深的雪地上，不是不想看见她，而是因为他觉得待在屋里喘不过气来。他去过一次矿洞，废弃的巷道里漆黑一片，明晃晃的灯光不见了，可他还是听见了那些声音，让他再一次想到瞎了眼睛撞来撞去的小鸟，疯狂的莫名其妙的喊叫声似乎在巷道里回响，像是一群群倒挂在死气沉沉的巷道上方的墙壁上的蝙蝠受到了惊扰似的。他匆匆从巷道里退出来，寒冷，或者其他什么东西，驱使他重新回到小屋。他们两人并不吵架，原因在她，她克制得很好，他想她不仅比很多男人强，甚至比很多男人都有风度，她处处都比我强。两个人一起吃饭，白天一起忙乎，晚上则抱在一起睡觉以免冻僵。有时他也会把她当成发泄怒气的靶子（她并不介意），有时候实在急了，她也会大声嚷几句："至少现在还没糟糕到那一步。至少你早晨起床时还不用挨冻。”然后又是一天过去，他负责照看炉子，如果里面没油了就添上点；也负责早晨起来把他们吃完了的空罐头盒子扔到外面的雪堆里。接下来的时间他没什么事情可干，一点都没有。于是他又一个人出去（柜子里有一双雪地鞋但是他从来没想过去穿）散步，但常常是走着走着就陷进了雪堆里，因为他还不知道如何分辨哪里是雪堆。他深一脚浅一脚地走着，思来想去，心里掠过一千种办法，有时候还自言自语地说出来。也许吃药也可以解决，他想，妓女就用吃药打胎，所以应该是管用的，肯定管用，也应该管用；打个胎不可能这么难，要付出这么大的代价，他一边这么想，一边又觉得自己作为一名医生怎么可以相信这些。又想到自己活了二十七年，四年里花光了那两千美金，不抽烟，不找女人，可现在呢，都完了，那些钱等于打了水漂，包括姐姐一个月或者一周省下来寄给他的那点钱全都打了水漂，他陷入了看不到希望的处境，连吃药或者看书也不能麻醉自己。一切都乱了套。“就剩一个办法了，”他大声对自己说，像是要把胃里导致他感到恶心的东西使劲儿吐出来似的，“只有一个办法，那就是我们去个暖和的地方，去个生活开销较低的地方，我去找份工作，把孩子养大。如果实在找不到工作，哪怕把孩子送到慈善机构，或者孤儿院或者把孩子放在人家门口。不，不用想着把孩子送到孤儿院，也不用给孩子找个人家，我们养得活，肯定能，我肯定能找到工作，啥工作都行——就这样办！”他对着眼前那荒凉空寂的白雪世界大声说出来："开办一个专门给人打胎的诊所。"语气里是毫不留情的自嘲意味。然后他走回到那间小木屋，两个人不再争吵，她一直在回避和他争吵，她之所以这样不是因为她有忍耐的本事，不管是真的还是装出来的，也不是因为怕他，仅仅是因为她知道他们两个人当中必须有一个人保持清醒（其实他也知道这个道理，他在雪地里走来走去的时候常常因为这个诅咒自己），而她早就知道他做不到。

运矿火车终于来了。他从小卖部剩下的物品中拿出大约价值一百美元的东西随身带上，算是抵销巴克纳应该付给他的一百美元，然后拿着一年前离开新奥尔良时带来的那两个行李包，和夏洛特一起钻进形状和玩具差不了多少的那辆火车的守车车厢里。在主线和另一条铁路线交会的某个车站，他把那些豆类罐头、鲑鱼罐头和猪油罐头，外加几袋白糖、咖啡和面粉卖给一家小商店，得了二十一美元。随后两个人登上一辆马车，乘坐了一天两夜后才彻底把白皑皑的雪原甩在身后，再往后他们坐上了一辆价格比马车价格还便宜的巴士，夏洛特坐着头往后仰靠在巴士座位的机织套子上，车窗外是晦暗的乡村景色，没有雪，只有匆匆闪过的乡间小镇和霓虹灯，以及出现在饭馆里的让人想到好莱坞（好莱坞风格已经不单单局限于好莱坞一个地方了，现在在美国大地上，处处都可以见到霓虹灯闪烁的景象）杂志上的女人的健美身影，他发现夏洛特似睡非睡的侧脸很像琼·克劳馥[①]。

等到两个人在得克萨斯州的圣安东尼市落下脚时，口袋里只剩了一百五十二美元零几美分。这里天气和新奥尔良差不太多，很暖和，景观则和路易斯安那州相似，胡椒树可以绿一个冬天，这个季节夹竹桃、金合欢和马缨丹正在开花，菜棕顶芽在温和的天气里已经开裂。两个人找到一处地方住下来，那是一幢外观破烂的木屋，他们租下其中的一个房间搬了进去，房间外有一条很长的走廊，房间里只有一个破旧的煤气盘。这之后两个人才开始为要不要打胎争吵。“还不明白吗？”夏洛特说，“我的例假明天就应该来，现在正是时候，多好的时间做这个手术，就像你给她做手术一样——她叫什么名字来着？就那个妓女的名字，比尔还是比莉？你不应该教给我这些医学常识，这样我就不会自己挑做手术的日子，更不会天天来聒噪你。”

“这些知识可不是我告诉你的。”他努力压住火气，心里咒骂着自己：*你还是人吗，现在是她肚子里有了孩子，不是你。*“我已经和你说得很明确了，我说不可以。你是那个——”他尽力克制，不让自己把内心的烦躁冲着她发泄，“听着，有那种打胎的药，到时间你可以吃那个东西，我想办法给你找点。”

① Joan Crawford（1904—1977），20世纪三四十年代美国好莱坞电影明星，私生活备受争议。

“去哪儿找？”

“能去哪儿找？谁会需要那东西？当然是妓院！噢，天哪，夏洛特！夏洛特！”

“我知道，”她说，“可现在的问题是孩子在一天天地长，我们说了不算。这就是我为什么催你，难道你连这个道理都不明白吗？我想简简单单地生活，就我们两个在一起，所以真的要快一点做这件事，要快，剩下的时间不多了，再过二十年我就不能怀孕了，再过五十年我们两个都死了。所以，快点吧，要快。”

他长这么大从来没有去过妓院，甚至从来没有想过去妓院寻欢这种事。现在，他才发现自己碰到的问题是很多人都碰到过的：找到一家妓院其实不容易。你在一家双层公寓住了十年，却不知道隔壁每次都回来得很晚的女士从事的并不是夜间接线员的职业。可是突然他灵光一闪想到一个法子，他找了一个出租车司机，和他说了自己的要求，司机很快把他拉到一间和他们现在租住的屋子没什么两样的屋子前。他按下门铃，里面没有动静，但是靠门那扇小窗的帘子很快被拉开一道小缝，他确定有人正在从里面打量着自己。进门后他被一个女仆模样的黑人领着穿过一道光线昏暗的长廊，进入一个房间里。房间里摆着一张胶合板餐桌，餐桌上放着一个刻花玻璃的潘趣碗，碗的底座有圆形的刻痕。十二把椅子靠四面墙摆着，整齐有序，像是烈士陵园里的墓碑。房间里还有一架塞进硬币便可以奏响的自动钢琴。黑女仆示意他在椅子上坐下，他照做了，对面墙上挂着一幅圣伯纳犬从雪地里救起小孩的平板画和一幅罗斯福总统的画像。就在他打量那两幅画时，一个看上去四十岁左右双下巴明显的女人走了进来，她金黄色的头发明显是染的，身上穿一件看着有些埋汰的丁香花图案的绸子衣服，“晚上好，”女人说，“第一次来我们这儿？”

“是的，”他说，“我问了一个司机，是他——”

“不用解释，”女人说，“这儿的司机都是我的朋友。”

他记起司机离开时给他的忠告：“进去后给你见到的第一个白人买一杯啤酒，你就会讨人喜欢的。”于是他说：“要喝一杯吗？”

“这还用问，当然要喝一杯，”那个女人说，“提提神。”很快，那个黑人女仆走了进来（威尔伯看见那个女人并没有按铃）。“给我们拿两杯啤酒，路易莎。”女仆出去了，女人也坐下来，说：“这么说你第一次来我们圣托恩镇，我见过两个人只过了一个晚上，就好得和什么似的，我甚至见过两个人以前从来没见过面，待了一小会儿就已经黏上了。我这里有美国女孩儿，有西班牙的（新客刚来一般来说都喜欢给自己挑个西班牙女孩儿，我说他们这是受了电影的影响），还有意大利的。”女仆手里端着两杯啤酒走了进来，放好酒杯后又出去了。

女人端起杯子。“我不是来找姑娘的，”威尔伯说，“我不是，我来这儿是我……”他看见女人把刚举起来的杯子重新放在桌子上，看着他，不说话。“我碰到了麻烦，想过来寻求帮助。”

女人握杯子的手缩了回去，两只原本浑浊的双眼突然变得冷冷的，比她胸针上那粒大钻石看着还冷。“你怎么知道我就可以帮你解决麻烦？是司机告诉你的吗？他长什么样？你有他电话吗？”

“没有。”威尔伯说，“我——”

“不管他了，你碰到了什么麻烦？”于是他向对方说出自己来这里的目的，尽可能说得简单。“嗯，”女人看着他，“这么说，你刚来我们这个镇子就找到一个出租车司机，是这个司机把你拉到我这儿来的，你想让我给你找个医生，帮你把这事儿办了，哦，哦。”女人开始按铃，动作虽然不是很夸张，但是能看出她在用力。

“不是这样的，不是，我不是。”这里应该有医生的，威尔伯想着，嘴里为自己辩解，“我不是。”

“这事儿没什么好说的，”那女人说，“你找错地方了，回你的酒店去，从哪儿来回哪儿去，什么你老婆怀孕了，我看你有没有老婆都难说。”

“你能否——”威尔伯说，“但是我——”就在他支支吾吾的时候门突然被打开了，一个人高马大的男人走了进来，他应该很年轻，身上的衣服绷得紧紧的，头发直溜溜地从中间一分两半，是一种年轻人常梳的发型，他用恶狠狠的眼神瞪了威尔伯一眼。他注意到他的眼睛是棕色的，里面布满了红血丝；他的胡子刮过，看上去光溜溜的。

“是他吗？”来人扭头问那穿粉色衣服的女人。他的声音听上去哑得很厉害，是那种从小就开始喝酒而且酗酒多年的人的嗓音，但是语气却是欢快的，非常欢快，没等女人回答，他已经朝他走过来，威尔伯正要说什么对方已经伸出一只肉乎乎的大手揪住了他的衣领。“想干什么？王八蛋！跑到人家屋子里来，像个孙子似的，鬼鬼祟祟地想干什么？啊？”他瞪着威尔伯，但目光里不是生气，而是高兴。“滚不？”他说。

“好了，”穿粉色衣服的女人说，“我想找到那个出租车司机。”威尔伯挣扎着。年轻男人凑近他，眼睛里一闪一闪的，还是高兴的眼神，甚至像恋人之间的那种眼神。“别在这儿打他！”女人的声音严厉起来，“出去！和你说了多少次了，你这头猩猩！”

“我走不行吗！”威尔伯说，“放开我！”

“放开就放开！你个王八蛋！”年轻男人说，“我来帮你出去，从哪儿来从哪儿出去，这边！”威尔伯被那人揪着回到门厅，门厅里站着一个黑黑瘦瘦的男人，黑头发，深色的皮肤，裤子看上去脏兮兮的，上身穿一件蓝色的衬衣，没有打领带，威尔伯猜他是墨西哥人，看样子也是这里的仆人。威尔伯被揪着穿过大门后，那个年轻人松开手。一顿打是少不了，威尔伯想，也许要被打得皮开肉绽，只有出气的分，随便吧，随便吧。

“也许你可以告诉我怎么找到打胎的药，”他嘴里还在央求，“我只是想买一份药。”

“嗯，没问题，”年轻人说，“告诉你之前先揍你一顿，皮特，你觉得这个主意怎么样？”

“揍他。”墨西哥人说。

他还没反应过来就挨了一拳头，只觉得后背遭了重重一击，然后一下子摔倒在还带着露珠的草地上，脸很疼，可是嘴里还在说：“也许你可以告诉我——”

“告诉你？没问题！”年轻男人的嗓音嘶哑轻浮，“你还有几个问题要问！”门砰的一声关上了，过了一会儿，威尔伯站起来。他感觉到眼睛疼得很厉害，连带整个半边脸，头也疼得厉害，血管里的血在怦怦地跳，一下一下很慢，每跳一下他都感到疼痛袭来。后来他进了一家药店，从药店的镜子里他看见自己的脸色还算正常（药店在旁边拐角处，他走进去时想，这样的事情应该在十九岁前就知道怎么处理），但是脸上有一道很明显的伤痕，如果不明显那个店员也不会问他：

“你的脸怎么了，先生？”

“打架打的，”他说，“我女朋友怀孕了，想买点打胎的药。”

店员露出不友好的眼神，盯着他看了一会儿，说：“五美元。”

“能保证药效吗？”

“不能。”

“行，我买点。”

店员递给他一个小小的锡盒，盒子上没有说明，盒子里装了五个类似咖啡豆的东西。“店员告诉我说吃完药后喝点威士忌要快一些，还要走动走动。他说今天晚上吃两颗，然后找一个地方跳舞。”夏洛特吃了五粒，两个人出门买了两瓶威士忌，然后带着它去了一个舞厅，舞厅里挤满了穿卡其布工作服的人，以及一看就是临时凑成的舞伴，舞厅里廉价的彩色灯闪闪发光。

“喝一点就行，”夏洛特说，“你脸现在还疼吗？”

“不疼了，”他说，“喝吧，多喝点。”

“天哪，”她说，“你不会跳舞，是吗？”

“不会，不，我会跳舞。”于是他们开始跳舞，舞池里摩肩接踵，两个人左突右撞，舞曲听上去歇斯底里，人像梦游似的，很难踩上点。到十一点钟的时候，夏洛特已经喝完了半瓶威士忌，她说感到恶心，去了盥洗室，威尔伯等在外面。夏洛特出来了，面容憔悴，但从那双黄眼睛里露出来的神色很坚定。威尔伯问她：“你没有把药片吐出来吧？”

“吐出来两粒。我也害怕自己把药吐出来，所以把呕吐物吐在洗脸池子里，那两粒药片被我捡出来，洗洗重新吃了，酒呢？”

她说要出去喝，于是他们从舞厅里出来，在外面待了一会儿后又重新回到舞厅。到十二点的时候她已经喝完了一瓶威士忌，舞厅里的灯差不多都关了，只留了一盏圆形彩色玻璃聚光灯，发出的光束滚动地照在舞池里跳舞的人的身上脸上，幽暗的感觉像是海底噩梦的场景。一个男人正在对着麦克风说着什么，舞厅里正在举行跳舞比赛，但是已经跳了半天的两个人压根没有意识到这里正在举行比赛。音乐一会儿响起一会儿停止，灯光又亮了起来，舞池里回响着从麦克风里发出的高音，获胜的一对舞伴走上前去。“我又恶心了。”夏洛特说。他再一次等在盥洗室外面——她出来了，还是脸色灰黄，但眼神依旧很坚定。“我又吐出来了，”她说，“不能再喝了。走吧，他们一点就关门了。”

也许那个药本身就是咖啡豆。三天过去了，什么都没有发生，等到第五天，连威尔伯也不得不承认药效再慢这会儿也该发作了。他待在家里，等着眼睛上的乌青散去，以期出去找工作时看着体面些。两个人又开始吵架，吵完后他常常自己一个人跑到公园的长椅上坐下，翻阅从垃圾箱捡来的报纸上的招工启事的同时，也咒骂自己为什么要和她吵，她已经承受了这么长时间的压力，而且还在承受，这样下去他早晚会拖垮她，他心里很明白自己正在这么做，为此他诅咒自己，告诫自己停止这样做。可是当他回到家中（她瘦了好多，眼睛里透露出的神色也变了，仿佛吃进去的药和喝进去的威士忌让她的眼神带上了一些与以前不一样的东西）就又改了主意。夏洛特骂他，用拳头捶他，冷静下来后又蹭上来贴着他，哭着说道："哦，上帝，哈里，我没法不这样！没法不和你吵！求你把它从我身体里拿走吧！"吵完了闹完了两个人抱着躺在一起，也不脱衣服，就那么静静地抱着。

"没事儿的，"他说，"我们可以把孩子送人，很多人都这么做。慈善机构没有像人们说的那么糟糕。我们可以先把孩子放在那儿，然后再找机会，看有没有人家愿意收养我们的孩子，直到我——"

"不，不可以那么做，哈里，我们不可以那么做的。"

"我知道这事儿猛一听让人接受不了，慈善机构也不都是——"

"不是慈善机构的事，我什么时候在乎过你打什么样的工挣钱，在乎过跟你过穷日子，吃不好，睡不好，不是因为这些，是因为生孩子太疼了。"

"我知道，但是女人不都是要生孩子的吗，再说你已经生过两个了。"

"可是你不知道有多疼！我能忍受怀孕，但我忍受不了分娩，该死的分娩，我生过孩子，我也可以再生一个，可是太疼了，会疼死的！"他明白了她的意思，他像往常一样，只在心里思忖，她并不了解自己，他想起那句古老的箴言：我骨中的骨，我血中的血，肉中的肉以及记忆中的记忆。谁都打不破，他这样告诉自己，哪那么容易打破。他想到这句话，这里面的道理，却想说："可是这是我们的孩子。"

然而他仍然不能答应他，不能说出"好吧"那两个字。坐在公园的椅子上时，他看着自己的手，试探似的说出"好吧"这两个字，手并没有颤抖。但是当着她的面时他却无论如何说不出那两个字。他躺在她身边，抱着她睡觉，眼睁睁地看着最后一丝勇气和雄性的果敢从自己身上消失殆尽。"没关系的，"有时候他悄悄对自己说，"再等等，再等几天，那时候就四个月了，那时我可以说，太晚了，不能冒险了，到时候她也没办法了。"然后她醒了，一切又重新开始——两个人又回到丧失理智的状态，争吵，诅咒，直到她坚持不住，缩到他怀里，用绝望的、心急如焚的哭腔说："哈里！哈里！我们在做什么？我是说我们，我们两个，在做什么！你打死我吧，这样我就闭嘴了！"最后一次争吵后他揽过她，抱紧她，她终于安静下来，说："哈里，我们达成一个协议行吗？"

"好的，"他疲惫地说，"怎么都行。"

"我们说好，从今天起不再说怀孕这件事，一直等到那天——"她说了一个日期，是她下一次来月经的时间，离今天还有十三天。"那是最后的时间，过了这个时间就四个月了，就不能手术了，风险也大了，所以，从今天起我们不再谈论怀孕的事。你去找工作，找一份可以养活我们三个人的工作，一直到那个日子之前我不会再和你吵。"

“不行，”他说，“不行，不行。”

“等等，”她说，“你答应过要帮我的。那么，如果到那天你没有找到工作的话，你做这个手术，拿掉这个孩子。”

“不！”他喊道，“我不会做掉这个孩子，不会！”

“但是你答应了，”她用平静甚至是温柔的语气说，语调轻柔，缓慢，好像在对一个刚刚学英语的孩子说话，“难道你看不出来我们没有其他任何选择吗？”

“我是答应了，但是我不是那个意思——”

“我曾经和你说起过爱，我说我相信不是两个人之间的爱情死了，而是那两个人，女人和男人，他们出了问题，他们身上的某种东西死了，不配再拥有爱了。你现在看看我们俩，我们有了孩子，可是我们两个很清楚，我们这个时候不能生孩子，我们养活不了他。而且，生孩子太疼了，哈里，会疼死的，所以你必须守住你给我的承诺，哈里，所以从今天起一直到那天为止，我们不谈手术的事，也不想这件事。现在，吻我。”过了一会儿他凑近她，吻了她，像是哥哥亲吻妹妹那样吻了她，然后就再也没碰她。

现在就像在芝加哥一样，最初的几个星期他奔波在各个医院之间，没有一次面试是成功的，一开始他就不指望，后来自然而然地就谈不下去了。以前参加面试，即便他预感到没戏，也希望自己体体面面地离开，可是现在不是这样。在芝加哥参加面试时，他会这样想，我猜这次通不过，确实他也没通过。现在他知道自己肯定会通不过面试，但是他拒绝相信这一点，抗拒对方对他说不，甚至到了威胁对方的地步，有几次差点和面试他的那几个人发生肢体冲撞。他不再只是应聘医院的职位，而是应聘任何一个职位，和任何一个可能的雇主见面交谈。在面试中他撒谎，什么谎都撒。他带着一种狂躁的孤注一掷的心情去参加面试，本身就注定了不会成功，即便他答应雇主提出来的任何条件，说自己任何工作都可以做也不会有人给他工作。一天下午，他无意中瞥到路边一个诊所的广告牌，于是走了进去，他向里面的人说自己会做流产手术，只收一半的费用，说自己以前给人做过这样的手术（过后他才意识到自己的疯狂），为了说服对方就差没有拿出巴克纳的信来证明自己有这个手艺。他被赶了出来。

然后有一天，他在傍晚时分回到家中，到家后他没有马上进门，而是站在家门口待了很久才打开门，门开后他依旧站在门口，没有马上进屋，他的头上多了顶形状像尖顶鼓风机的大帽子，身上穿了件带黄杠儿的衣服——那是为保护学生过马路而设立的执勤员的打扮——他面色沮丧，声音却很平静。“我一个星期可以挣十美元。”他说。

“你这身打扮就像猴子！”她哭了，那是他最后一次见她哭。“你真是个混蛋！该死的混蛋！你穿成这样是准备星期六下午去公园里强奸女孩儿吗？”她哭着走过来，一把揪下那顶帽子，往壁炉里扔去（壁炉的门很破旧，歪歪扭扭地挂在炉门口，门上挂着已经褪色的红绿两色的褶皱纸），然后倒在他身上，哭得稀里哗啦，一边哭一边嚷："你混蛋！你这个混蛋！混蛋！"

她烧好开水，找出他在芝加哥医院工作时医院里给他配备的那几样少得可怜的医疗器械（他只用它们动过一次手术），然后自己跑到床上躺下，看着他说："没问题的，很简单，你知道怎么做，你以前做过这样的手术。"

"是的，"他说，"简单。你只需让空气进去，你只需让空气进去就行——"可是他的手抖得厉害。"夏洛特，夏洛特。"

"就那样，轻轻碰一下。空气进去，明天这一切就过去了，我就没事儿了，然后我们两个就又可以在一起了，永远永远在一起。"

"永远永远，在一起。等一会儿，等我的手不再——看，它抖个不停，停不下来，不行了，我没法不让它抖。"

"好的，那就等一会儿再做，这很简单，也挺有意思，我是说，这挺新鲜，你以前也会碰那个地方，但是不是用刀子，不是吗？就是那儿，现在你的手好像不抖了。"

"夏洛特，"他说，"夏洛特。"

"就会没事的，我们知道怎么做。你和我说过那个黑人娘儿们怎么说的？想怎么干就怎么干，哈里。"

可是现在，他坐在奥杜邦公园的一条长凳上，虽然还不到六月，路易斯安那州已经是一副夏天的景象，天气明媚，满眼绿色，花朵繁茂。公园里洋溢着孩子们的叫声，儿童手推车的车轮子发出嘎吱嘎吱的声音，像是他们曾经在芝加哥公寓旁边的小道上见到的那样。他强撑着眼皮看着浮现在自己脑海里的一幕：他看见一辆出租车停在一个虽不起眼但是收拾得干净整洁让人挑不出一点毛病的人家门口（出租车拉她过去后会等着她出来），夏洛特一身黑衣从出租车里出来，这身衣服从去年春天起就被她放在包里，一直随身携带，已经跟着她一年多了，也就是说，也和她一样走了三千多英里的路程。他看见她一步步上台阶，然后是按门铃的声音，然后是黑人女仆（也许还是以前那个）打开门，说了一句“哎呀，小姐回来了——”就闭上了嘴，可能是因为她想起自己的工钱是谁支付的——通常来说黑人死了或者不干了，雇主也就不管了。他的眼前浮现出那个房间的模样，和他第一次做客时见到的一样，就是在那个房间里她对自己说：“哈里？——他们是叫你哈里吗？——我们做点什么呢？”（嗯，我是做了什么，他想，她必须承认这一点）他看见了那两个女孩儿，还有里特梅尔，穿着双排扣的西服（也许是法兰绒质地的，颜色很深，虽然裁剪和料子本身很顺滑，但衣服看上去有点撅撅）。房间里有四个人，夏洛特一个人在这边，里特梅尔和孩子离她远远的，那两个孩子看上去和其他孩子一样普通，她们是她的女儿，大一点的孩子除了头发颜色像妈妈，其他地方和妈妈没有一点相像的地方，另外一个哪儿都不像她。最小的孩子坐在里特梅尔的腿上，大一点的孩子则倚着爸爸的腿站着。三张脸看着夏洛特，丈夫的脸看上去清白无辜，两个孩子一直看着她，其中一个眼神冷漠，另一个懵懵懂懂没什么表情。他仿佛听见里特梅尔对孩子们说："去和你妈妈说会儿话，夏洛特，让安和你坐一会儿。"

"我不想去。"

"去吧，去和妈妈坐一会儿，把安也领过去。"然后是如下一幕：里特梅尔把最小的孩子从怀里放在地上，大一点的孩子拉着妹妹的手来到夏洛特跟前。夏洛特把小一点的抱起来放在腿上，孩子用幼儿尚不懂事的眼神看着妈妈，大一点的孩子也凑了过去，顺从但是冷漠地靠在她身上，似乎并不习惯母亲的爱抚，刚一接受完妈妈的亲吻就迫不及待地回到父亲的身边，不一会儿就开始冲坐在妈妈腿上的妹妹悄悄地招手，暗示她过去。夏洛特把小一点的孩子放到地上，看着她回到里特梅尔身边，往他跟前凑的同时努力地抬起一边屁股够他的大腿，像是孩子常做的那样，但是眼睛还是盯着夏洛特，眼神里除了好奇还有隔膜。

"让孩子们出去玩吧。"夏洛特说。

"这么快？"

"是，她们自己说想出去。"孩子们离开了。他仿佛听到夏洛特对里特梅尔说："这就是你教她们的？"不，她不应该这么想里特梅尔，她不会的，因为他们两个都很清楚，里特梅尔不会教孩子恨她们的母亲的。

“我？我教的她们？我什么也没教她们！”里特梅尔喊道，“什么也没教！不是——”

“不用说了，对不起，我不是那个意思。我没有——她们一直还好吧？”

“好，我在信里说过了，如果你记得的话，我已经好几个月没有收到你的音讯了。写给你的信被退了回来。如果你现在还想看那些信，我可以给你。你看上去脸色不太好，这就是你回来的原因吗？还是你早就回来了？”

“我回来看看孩子，顺便给你这个。”夏洛特拿出那张两面都有签名，边缘为了防止篡改已经打孔的支票。支票已经跟了他们一年多，虽然被折过，看着有点旧，但还算完整。

“这么说你回来是他给你出的车票钱，那这张支票就给他吧。”

“这是你的钱。”

“我不收。”

“他也不会收的。”

“那就烧了它，或者撕了它。”

“这又是何必呢？为什么你要伤害自己？折磨自己？我们有那么多事情要做，那么多。就当这是给孩子的钱，我给孩子的，算是遗赠。如果你觉得这是我的钱，不想要，那就把它当成是拉尔夫给的，他是孩子们的舅舅，他没有伤害你。”

“遗赠？”里特梅尔反问道。她要告诉他了，哦，是的，威尔伯心里对自己说，她肯定会告诉他的，即便她不说，他也能感觉到，通过看，通过她说的话感觉到——爱情这东西肯定也在他们之间存在过，或者他们两个人肯定也被彼此的身体吸引过，但是身体上的吸引也有可能是因为爱。哦，她肯定会说的。他仿佛看见她把那张支票放在桌子上的同时嘴里说出这样一番话来："一个月以前，当时没有什么，就是流血，但是越来越糟糕。两天以前，突然不流血了，应该是哪里出了问题，感觉越来越不好。也许我得了人们常说的那种病——叫什么来着？毒血症，败血病？应该没什么大事——我们两个也在留意病情的发展，在等。"

他坐在公园里一张长椅上，一个穿亚麻质地西服的男人从他眼前经过，他注意到公园里的很多人开始往出口走去——黑人保姆做作地摆出一副和她们身上那件浆洗过的硬邦邦的蓝白相间的衣服不相称的别扭姿态；穿着鲜艳衣服的孩子在阳光下叫嚷着跑来跑去，让人想到草地上被风吹散飘浮在空中的花瓣。现在是中午了，夏洛特已经到家差不多半个小时了。见一次面怎么也得要点时间，他仿佛看到和听到了夏洛特和孩子们在一起的场景：里特梅尔在竭力劝说夏洛特马上去医院，马上，而且找最好的医生。里特梅尔承担所有指责，并对医生说谎，他坚持她去看医生，但是他没有很坚持地说个不停，想来他是不愿遭到夏洛特的拒绝。

"不，他——他知道一个地方，在密西西比河沿岸。我们准备去那里住几天，需要的话我们会去看医生。”

“密西西比河沿岸？为什么要去密西西比河沿岸？放着新奥尔良最好的医生不找，到密西西比河沿岸捕虾的小村子里找一个乡下医生？这里有最好的——”

“现在还用不着去看医生，再说在那边生活要便宜一些。”

“可是路上不也得花钱吗？”

“我们有钱。”

中午的空气沉闷无比，空气似乎凝固了似的，他看着大腿上近乎凝固的光影和手里的六张纸币，两张二十的，一张五美元，三张一美元，眼前又开始出现里特梅尔和夏洛特的影子，听到了他们之间的对话：

“拿走那张支票。它不是我的。”

“也不是我的。弗朗西斯，让我走吧。一年以前你让我选择，我选择了，所以我要坚持，我不允许你收回你的决定，破坏你自己的承诺。但是我还想要你帮我做一件事。”

“我，帮忙？”

“如果你愿意的话。我不需要你发誓，也许这只是我的一个心愿，也许它没道理，如果我有什么意外的话。”

“你是说如果你有什么意外的话，我应该做什么？”

“什么都别做。”

“什么都别做？”

“是的，不要起诉他。我这么说不是为他着想，也不是为我自己想，我是为了——为了——我也不知道自己想说什么，也许我想说，我是在给那些失足的善男善女们求个情，或者给那些很可能出轨的善男善女求情，他们这么做并非恶意。也许是为了你也不一定，因为你也是痛苦的一方——也许痛苦是存在的，也许它正是为那些生下来就很坚强的好人准备的。也许，我想说的是公平。”

“公平？”他甚至听到里特梅尔在笑，可是他从来没见他笑过，在所有的情感中笑对里特梅尔这样的人来说就像是昨天刚长出来的胡子和身上穿的睡衣，是用来掩饰的东西。“公平？你在对我说公平？公平？”他仿佛看见夏洛特站起来，里特梅尔也站了起来，两个人看着对方。

“我并不是要你承诺什么，”夏洛特说，“那么做对你来说太过分。”

“只对我吗？”

“对任何人都是过分的，任何男人或者女人，不只是你。”

“我不能承诺。记住，记住，我是说过，如果你想回家，我允许你回来，至少我会让你住进我的屋子。但是你现在觉得我还有这样的想法吗？换了任何一个男人还会这么做吗？告诉我，既然你说到公平，那你告诉我，如果我同意你现在回来，这对我公平吗？”

“我没想要回来。也许我想说的是希望。”她应该转身就走，威尔伯对自己说，两个人在门口站下了，面对面看着对方，就像那天晚上我和迈卡德在芝加哥火车站那样，彼此看着对方，那是去——他的思绪突然停住了。因为他想说的是“去年了”，可是他没有说出那个“年”字，他还是坐在凳子上，一动不动，突然用惊讶的语气说出一声，“那不是五个月以前。”——他们一定是知道这次分别后就不会见面了，可是谁都不会说出来。“再见，拉特。”这是夏洛特。可是他不会回她的，他想，里特梅尔一定不会对她说再见的，这个对夏洛特下了最后通牒的男人，这个后半辈子每年都会提出法律议案（虽然他明明知道自己并不支持这样的法律）的男人，虽然当面没有答应她，但她一定知道，即便没有答应自己他也会做的。她心里非常明白这一点——里特梅尔脸上的表情无可挑剔，似乎谁都说服不了他，就好像屋子里所有的光都集中在这张脸上，让他的脸看上去像是神的恩赐，他代表着正确，代表着一贯的无法辩驳的正确，而不是正义，正因为如此，它也有悲剧的成分，因为他得不到安慰得不到安宁。

她应该到了，他想。他从长椅上站起来，沿着那条镶嵌着白牡蛎壳的弯曲小路朝面对大街的出口走去，路两边的夹竹桃和日本山茶，还有橘树的花朵在正午的太阳下开得正艳。他站在公园门口，看着出租车贴着马路边缓缓驶过来。司机替他打开车门。“去车站。”他对司机说。

“总站？”

“不是，是去莫比尔的车站，在海边。”他坐进车里，门关上了，车向前驶去。路两边，高挺的棕榈树从车窗边依次掠过。“孩子们好吗？”他问她。

“听我说，如果我们要坐牢的话。”

“坐牢？”

“你知道我们会因为这事儿坐牢，不是吗？”

“我们不会坐牢。我会保护你，难道我不是一直在保护你吗？”

“别傻了，没有多少时间了，到那时候你就知道厉害了，赶快走吧，听见了吗？”

“走？”

“答应我。难道到现在你还意识不到那些人会怎么处置你吗？在法庭上你撒不了谎，就是想撒谎也不可能。你帮不了我，到时候你就知道了，你要做的就是给救护中心打电话，或者给警察打电话，要不给拉特打电话，然后丢下我走人，走得越远越好。答应我。”

“我要和你在一起，”他说，“因为我答应过你。两个孩子好吗？”

“嗯。”她说，车窗外，一棵棵树干仿佛鳞片的棕榈树不断向后滑去，“两个孩子过得很好。”

老人河

Ⅳ

他站在那里，身上穿着那件一道道杠的条纹囚服，正是这件衣服让他成为被射击的对象，离开堤坝已经过去了四天，四天内他两次遇到人类，两次遭到射杀，而最后这一次他们竟然动用了机关枪。女人问他有没有刀子，他想起女人在船里也这样问过，当时的感觉和现在一样：好像自己做了坏事被人抓了现行而感到难堪和恼羞成怒。女人躺在地上，站在旁边的他居高临下，舌头像打了结，足足发了一分钟的怔才在女人“罐头，船里有罐头”的喊叫声中回过味儿来，他并不明白女人这样喊的目的，也不想知道，更不想先问明白了再去拿给她。他只是掉头往船上跑去；这一次他又看见了那东西，是鱼蛇，粗大的身体笨拙地缩成一团，可是它并不惊慌（或许它们也很警觉）。他已经顾不上倒换脚步，即便知道自己的脚距离地上那个形状扁平的脑袋可能还没有一码的距离。在浪头的作用下，小船船头底部已经被冲到那道斜坡上，船尾的地方，一条蛇正在往里爬，他弯下腰去取那只女人用来往外舀水的空罐头盒，突然从眼角瞥见一个东西，那东西躲在水里，一下一下地正在朝岸上泅过去，他看不出来那是什么——只看见一个脑袋躲在涌动着的涟漪后面。他舀了一罐头盒水，转身的时候看清那是头鹿，或许是刚才水里的那头也不一定。反正他看见了一头鹿——说是无意中瞥见的也行，那头鹿（轮廓不清晰的鹿影）很快消失在一大片柏树丛里，他顾不上再看得仔细些，而是飞速跑回女人身边，半跪着把罐头盒送到女人嘴边，一直到她喊停才放下盒子。

那个空罐头盒可以盛得下一品脱豆子或者番茄。他用斧子尖儿在盒盖上凿了四个洞，然后一点点地撬开盒盖，盖子向上翻卷着，虽然边缘参差不齐，但锋利程度不亚于剃刀。女人示意他用盖子割断脐带。他照做了，又抽出自己脚上的一根鞋带，用盖子割成两条，重新系好鞋子，取下的那根鞋带给了女人。“要是有点热水就好了。”女人声音虚弱，但很镇定，似乎对自己的要求并没抱多少希望。去哪儿找火柴呢，他的脸上又一次不由自主地露出刚才女人问他有没有刀子时气急败坏的表情，直到女人从上衣（已经缩得皱巴巴，一块较深颜色的V形标志被缝在一个胳膊的袖口处，肩膀上的肩章早就被撕掉，露出下面一块颜色较深的印子，至于她这件衣服是从哪儿来的，他从来都没想过）口袋里摸出一盒由两个弹壳套叠做成的火柴盒才松弛下来。他找了个离水边较远的地儿安顿好女人，随后去拾些柴火，一路上他不停地用“不过是条蛇而已，应该是一万条蛇”这样的话来平息内心的恐惧。他还看到三头鹿，齐刷刷地出现在他眼里，所以肯定不是刚才他看到的水里的那头鹿，至于这三头鹿是公是母他不知道，五月里鹿还没长角，这是他平生第一次看到真鹿，以前只是在圣诞节的贺卡上见过鹿的形象。他还看见一只野兔，不知道是淹死的还是怎么死的，总之看见时它已经死了，肚子被啄开，一只老鹰站在兔子尸首上——翅膀耸起，弯钩似的喙坚硬又狠毒，瞪着一双冷酷杂食动物的黄色眼睛——他一脚踢过去，鹰往边上跳了几下，展开翅膀飞了。

等他拿着柴火和那只死兔子走回来，却发现女人不见了，婴儿被裹在女人的军服里，放在树杈上。他把火生着，就在他跪在泥地里使劲吹着刚刚露头的火苗时，女人拖着虚弱的身子从河那边走回来了。等到水烧热，他看到女人手里突然多了个东西，他不知道她从哪里找到的那东西，也许是因为需要她才记起自己还有这么个东西，也许女人自己都不知道这个东西曾经被用作什么，换了其他女人可能也不会关心这个四四方方介于麻袋布和丝绸之间的东西是干什么用的。他半蹲在火堆边，身上的湿衣服被火烤得冒出了热气，看着女人给那婴儿擦洗身体，他开始感到好奇，兴趣十足地看着，看到最后竟然觉得这一切真是让人难以置信。他站起来，看着那个灰乎乎的四不像的小身体，心想：就是这么个东西让我脱离熟悉的人和环境，落入从小就怕的河水里，然后又落脚到这么一个从来没见过的地方，而且，还不知道自己究竟是在什么地方。

他拿着罐头盒去河边舀水时，面对着徐徐下落的太阳的方向（如果不是厚厚的云层挡着，也许就看到太阳了），却怎么也想不起这一天清晨是怎样的一幅画面。从打水到回到生火的地方这么一会儿工夫天已经完全黑了下来，除了从层层叠叠摞在一起的柏树枝子间蹿出来的那点火苗的微光，周围漆黑一片，就好像夜色也急着把这块只有四分之一英亩大小的干地以及那片散发着阴鸷之色的柏树林（即使里面充满了逃难的生命）当作避难的场所，当成了《创世记》里的挪亚方舟（只不过这方舟不是船而是大地，人困在这个方舟里，被茫茫水域包围，对时间地点方向位置一无所知）。夜色随着夕阳的下落迅速潜行进来，覆盖了整个水面。他把兔子掰扯成小块，放在盒子里一点点地炖着，火苗越燃越旺，黑漆漆的周围开始出现小动物的眼睛，很多，羞怯里带着野性——他甚至看到了一只鹿的眼睛，高高地悬在夜空里，足有盘子那么大，眼神极其温顺——它们一会儿出现，一会儿消失，一会儿又重新出现，一闪一闪地看着你。肉汤热乎乎的，很香，毕竟四天没吃东西了。第一盒熬出来给了女人，女人喝肉汤时，他听到了自己咽唾沫的声音。女人喝完后他喝，两个人又拿来挂在柳树枝上烤得焦黑的兔肉吃了几口。喝完吃完后他对女人说："你今天晚上和孩子睡船里。我们明天一早动身。"为了让船底平稳，他把小船重新推到水里，又找来一根葡萄藤系到小船的缆绳上，等女人进去躺好后他回到岸上，把葡萄藤在手腕上绕了几圈后也躺下了。地面虽然泥泞，但人躺在上面依旧感觉身底下硬邦邦的，似乎在提醒躺在它上面的人他倚靠的是结结实实的大地。如果你摔倒在它上面，如果你想挑战它的迟钝（无可比拟的迟钝），就会落个摔断骨头的下场，但是它绝不会像河流那样，瞬间把你变得轻飘飘的，被裹挟着向下游流去。身子底下的大地让他再一次想起了自己在监狱里劳作时的情景，人艰难地扶着犁铧行进在土地上，犁铧的边缘割裂开坚硬的泥土，一天下来只剩下疲累，傍晚在监狱里的板床躺下后，嘴里总要不自觉地对这种旷日持久耗尽体力的工作骂上几句才行。不过即便耕耘生活是艰苦的，但它不会噌地一下把你从熟悉的环境中卷走，更不会让把你当作奴隶似的绑走多日，也不会对返回的那一天不抱任何希望。我不知道自己现在是在哪里，我也不知道那条想走的路在哪里，他想，但是至少船停的这几天可以给我一个让船掉头的机会。

第二天醒来的时候，天还没有大亮，光线朦朦胧胧，天空呈现出淡黄色，预示着这一天将会是个晴天。火堆已经熄灭，在冰冷的灰烬的一头平行躺着三道线，那是三条蛇。他站起身，脑子里想着该去哪里找食物，如何能再暖和一点的问题，却突然发现随着光线的增强，周围的东西逐渐显露出来：刚才还空荡荡的泥地上，突然出现了很多蛇的身影，它们或蜷缩成一堆线圈似的东西，或者头尾衔接成一个圆环。树枝上也出现了蛇，很多，盘在上面一动不动，像是花哨的装饰物。他没有打那些蛇的主意，因为他不想浪费时间，小船里还有先前那个篷船里的女人扔给他们的食物（虽然硬邦邦的）。他心里想的是，杀死几条蛇很简单，他可以把死蛇作为食物带到船上，但肯定不够支撑他们回到目的地。水边浓雾弥漫，周围像是被裹在一团棉花里，船尾部分被浓雾遮得严严实实，只有紧挨着土堆的船头部分在浓雾里露出头来，他借着手上那根和缆绳系在一起的葡萄藤摸到船舷边上。女人醒了，动了动身体说："现在就走吗？"

"嗯，"高个犯人说，"难道你今天早晨打算再生一个？"他上了船，小船刚离开岸边滑进水里就被大雾裹了个严严实实。他背对着女人坐好，微微扭了下头说："把船桨给我。"

"船桨？"

他转过身看着女人说："给我船桨！在你身子底下压着。"可船桨并不在女人身子底下，就在他们找船桨的工夫，小岛似的土堆正在一点点地消失，像是珠宝或者某件珍贵而易碎的宝贝被裹进了一团暄乎乎的羊毛里。船舱里，高个犯人的表情不是沮丧，而是生气，就好像一个人刚刚避开一个从天而降的保险柜，转眼之间又被柜子上摞的一堆两盎司的纸砸中了脑袋，他又惊又怒：船桨丢了！而他之所以压不住火气完全是因为，长这么大他还从来没有遇到过这样让人措手不及的事情。他把葡萄藤往手腕上一缠，毫不迟疑地跳入水中，向被迷雾吞噬的岸边扑去，他手忙脚乱（他不会游泳，从来没学过），几次三番沉下去，又几次三番浮上来，狼狈之状和昨天那头泅水的鹿差不了多少。终于，他爬到了岸上，嘴里大口地喘着气，但手里依旧抓着那根葡萄藤。

起来后，他做的第一件事就是找树（刚开始他昏了头，甚至捡起地上那个罐头盒盖子去割那棵树）。他在选中的树根处生了一堆火后，便出去寻找食物。接下来的六天里，他一直都在寻找食物。树烧断倒下后，他在长短合适的地方烧下一段树干来，然后用小火小心地沿着那块木头的侧面继续烧，目的是把这小段树干烧成船桨的形状。到了晚上，女人和孩子（孩子现在需要吃奶了，每到女人解开扣子准备喂奶的时候，他就转过身去或者一个人去林子里待会儿）回到小船上睡觉，他则蹲在火堆旁边继续烧那块木头。这期间他通过观察即将降落的老鹰找到好几只死兔子，还有两只负鼠；他还抓过几条淹死的鱼来吃，吃完后两个人身上又是起疹子又是闹肚子。他们还吃了一条蛇（女人一开始以为自己吃的是乌龟肉），它倒是没给两人的肠胃惹麻烦。一天晚上，天下起了雨，他起来，从树林边上拉过来一大丛树枝，一边担心被蛇咬着一边用力摔打树枝以抖落掉盘踞在树枝上的蛇群（现在见到蛇，他已经不是那么害怕了，也不需要不停地用“不过是条蛇”这样的话来宽慰自己。通常他会往旁边紧走两步，等着那蛇自己抓紧时间无奈地蜷缩起身子为他让路)。他用树枝搭了个棚子，雨下了一会儿就停了，看雨没有再下的意思，女人抱着孩子重新回到船上。

然后有一天晚上——那根木头经过他这几天翻来覆去地烘烤，现在看上去像是一个船桨了——他睡着了，梦见自己躺在牢房的板床上，房间里冷得要命，他使劲儿往上揪着被子，想盖得严实点，无奈骡子跑来捣乱，又是挤又是蹭，还一个劲儿地往他被窝里钻。床上冰冷潮湿，他想坐起来，可是骡子不肯，咬着他的腰带，一次次把他推倒在床上，还把脸凑到他跟前，伸出灵活柔软的舌头，一个劲儿地舔他的脸。他醒了，地上的火已经熄灭，原来放船桨的地方看不见一点炭灰，一个长长的身形、柔软灵活的东西正从自己身体上滑过，定睛细看发现自己躺在足足有四英尺深的水里。他在睡着的工夫被船和那根一头系在自己腰上一头系在船鼻上的葡萄藤一点点拖进了水里，他感觉到水里浮着一个东西，在他脚踝的地方一顶一顶的(应该是那段木头，那块木头很快就会烧成船桨了)。被惊醒后，他急忙从水里爬起来摸到停船的地方，女人也醒了，拼命地扑打着什么，嘴里发出尖锐的叫声:“老鼠！怎么这么多的老鼠！”在女人的尖叫声中，他听见从小船里传出窸窸窣窣的爬进爬出的声音。

“安静躺着！”他喊道，“是蛇，别喊了，安静些，让我先找到船！”摸到船后他爬了进去，手里还抓着那根没完成的船桨，刚一上船便感到脚下碰着一团鼓鼓囊囊的东西，那东西没有攻击他，他顾不上管那是什么，只是瞪着眼睛想把周围看得清楚些——开阔的水面上泛着星星点点的微光。他把小船往前推去，小船冲过那些缠着蛇的树枝，从船舱里不断传出东西落在甲板上的扑通扑通的声音，女人一直在叫。终于小船冲过那些树枝，离开土堆，他可以感觉到那些东西缠在自己的脚踝上，听见它们的身体和船舷摩擦发出的声音，借着水面上的微光，他看到船舱里至少躺着三条厚厚的蜷成一团的东西，他摸到一根树枝，把那几条蛇从船舱里一一挑起来扔到水里，嘴里喊着："闭嘴！不要喊了！闭嘴！我恨不得我自己是条蛇，离开这一切。"

又是一个清晨到来，灰蒙蒙的像一小块黄脆薄饼似的太阳躲在棉花般丝丝缕缕的光晕里，冷冷地看着他们的小船（他甚至不确定小船是否在移动），他又一次听到了那个让人难忘的声音——一种从水面跳出来的有目标的来势汹汹的声音，仿佛是怪兽降临——只是这一次他无法辨认出声音是从哪个方向传来的，因为它似乎无处不在，一会儿大一会儿小，像是薄雾后面躲着个幽灵，刚才还远在几英里之外，转眼间便蹿到船头，朝他们的小船压过来；已经被折腾得精疲力竭的他紧张得差点喊起来，在那声音的压迫下，他甚至想到跳船，但最终还是镇定下来，手里挥舞着那根还没有完工、足足有二十五磅重的船桨（颜色纹理和一块被熏得黢黑的砖头差不了多少，形状则像是一根被河狸啃过的旧烟囱）拼命划动，即便是意识到自己的船正在没头没脑地撞向那东西的一瞬间，还疯狂地抱着自己可以让小船掉个头从而让那个声音消失的念头不放。他听到头顶上方传来一阵中间夹杂着人声和刺耳铃声的吼声，很快，声音消失了，连同消失的还有雾，像是有人伸出手在一块挂霜的玻璃窗上抹了一下，雾不见了，周围是闪耀着晨光的波光粼粼的水面，距离自己这条船大约三十码外的水面上，并排行驶着一条蒸汽船[①]，甲板上堆满了杂乱无章的家具，在家具与家具之间的空当处挤满了男人、女人和孩子，他们阴沉着脸，一声不吭地听着高个犯人和船上驾驶舱里那个用扩音器讲话的人的对话。空气中回荡着几乎能把人耳朵震聋的喇叭声和马达空转的声音，在这些声音中高个犯人的喊声微弱得像是一线游丝：

“你他妈的想干什么？找死吗？”

“维克斯堡怎么走？”

“维克斯堡？！维克斯堡？！你先把船靠过来，先上船！”

“你们带上我这条船吗？”

“船？船？”扩音器里的人开始骂人，包含人身攻击的脏话从扩音器里一波波地传出来，回荡在水面上，就好像这些脏话来自弥漫四周的水、空气和雾，它们随着水、空气和雾冲过来又涌回去，不留一丝痕迹，不会给挨骂的人心灵上造成伤害，

---

① 蒸汽船在 19 世纪的密西西比河发展史上扮演了非常重要的角色。一直到 20 世纪早期，蒸汽船一直被用于密西西比河上的商业航运业务。相对高个犯人驾驶的小船来讲，蒸汽船的体积比较庞大。

留下伤痕，甚至都感觉不到那是一种侮辱。“如果我照你这个婊子养的说的那样，把每一个漂过来的人都拉到我船上，那他妈的连给我干活儿的伙计站的地方都没有了。上船！你以为我能一直等下去，等到我这船上的发动机熄火？！”

“不带上我的船我就不上船。”高个犯人回答道。就在这时他听到了一个不同的声音，声音出奇地平静、温和、讲理，和扩音器里的吼叫和破口大骂截然不同，甚至和周围的环境格格不入。

“你打算去哪儿落脚？”

“落脚？”高个犯人说，“我打算回家，回帕齐曼[①]。”那人听了掉过头去，和那个待在驾驶舱的人交谈了几句，然后转过头看着他们。

“卡那封[②]？”

“什么？”高个犯人说，“帕齐曼？”

“怎么都行，我们也从那条路走，可以把你放在顺路的地方，上船吧。”

“带我的船吗？”

“带，你先划过来。和你说话的工夫都不知这船都白白烧了多少煤了。”高个犯人把小船靠近那条船，船上的人帮着女人和孩子上了船，高个犯人自己跨过那条船的船舷，手里一直

---

① 高个犯人所在的密西西比州立监狱就位于帕齐曼。

② 卡那封（Caernarvon），路易斯安那州境内的一个镇，位于密西西比河北岸。

没丢那根和自己小船的缆绳绑在一起的葡萄藤，一直到小船被勾起来吊到蒸汽船上他才松开手里和缆绳拧成一股的葡萄藤。“上帝！”绅士模样的人说，“这就是你用来划船的东西？”

“嗯，”高个犯人说，“以前的板子比这个厚，丢了。”

“板子？”对方（后来高个犯人说到这儿模仿了那人小声说话的样子）说，“好吧，板子。跟我来，我给你找点吃的，放心，没人会动你的船。”

“我还是留在甲板上好了。”高个犯人说。讲到这儿他告诉矮胖犯人和另外那几个也在听他讲故事的犯人说，自己之所以坚持留在甲板上是因为他注意到那些原本挨着甲板站得齐刷刷的人此时已经站成一个圆圈，把他和女人（两个人坐在倒扣过来的船底上）围在中间。他把缠在自己手腕上的那根葡萄藤紧紧地抓在手心里，看着那些人，他们不是白人，对方也在盯着他和女人看着，眼睛里闪出热辣辣的垂涎的神色。

“你是说那些人是黑鬼？”矮胖犯人插了句嘴。

“不是。不像美国人。”

“不像美国人？这么说你出了美国的地界？”

“不知道，”高个犯人说，“那些人说叫什么阿查法拉亚[①]。”——他之所以知道那个地方的名字是因为过了一会儿他问其中一个男人这里是“哪里”，那个男人叽叽咕咕重复了一句：“阿查法拉亚。”

“叽叽咕咕？”矮胖犯人说。

“他们说话叽叽咕咕的，”高个犯人说，“叽叽咕咕、嘟嘟囔囔。”他坐在船里，看着对面几个人叽叽咕咕地说了几句，说完了又看看他，然后便散去了，那个说话和气绅士模样的人（戴了一个红十字会[②]的袖章）这时走了过来，身后跟着一个侍者模样的人，手里端着放食物的托盘。说话和气的男人自己端着两个威士忌酒杯。

“喝吧，”他说，“喝了暖和点。”女人接过她那份，喝了，高个犯人没有接。就像他后来说的，他看着递过来的酒杯，心里想的是：七年没沾过威士忌了。脑海里浮现出他一生中唯一喝过的一次酒，那是在一个叫松谷的地方喝的。那年他十七岁，除他之外还有四个男人，其中两人是成人，一个二十二三岁，另外一个四十岁左右。他还记得起那次喝酒后发生

① 阿查法拉亚河（Atchafalaya），密西西比河下游的一条支流，也是美国红河的支流，1927年，密西西比河洪水过后，人们在这里建了一个人工溢洪系统，这套溢洪系统对密西西比河下游，特别是新奥尔良地区的洪水控制起到关键作用。阿查法拉亚低地既有林地，也有沼泽地，还有倒灌的小湖和河，今天这里仍旧住着卡真人（cajun），他们是18世纪为了逃避英国人的统治从加拿大过来的法国人的后裔。书中船上的这些人应该就是卡真人，他们讲法语。

② 1927年，密西西比河洪水泛滥期间，红十字会是救援力量之一。

了什么，或者说他的脑海里还存留着对那次事件的三分之一的记忆——那是一场带着地狱之火色彩的凶猛斗殴。他仍旧记得拳头和骨头撞击带来的痛感以及头部被狠狠击打的滋味（同样的，也有他的拳头落在别人骨头上的滋味）。醒过来时他发现自己躺在一个十分陌生的地方，太阳照得人睁不开眼睛，那地方是一个牛棚，离他家足足有二十英里远。他告诉矮胖犯人和那几个犯人，正是因为想到那一次喝酒，所以他看着周围那瞪着他看的面孔说：

“我不喝。”

“得了吧，”语气温和的人说，“喝了它。”

“我不想喝。”

“别啰唆！”那人说，“我是医生，听我的，给，喝完了吃点东西。”高个犯人犹豫地接过酒杯。“干了，干了。怎么这点酒还要劝半天？”对方说话的口吻依旧平静理性，但是多了些严厉——似乎他之所以还能做到彬彬有礼和沉稳完全是因为他不习惯于生气——高个犯人一口干了下去，很快便感觉肚子里像是有团小火苗在烧，烧得他心里暖烘烘、甜兮兮的。火苗燃起的一刹那，他心里不停地对自己说：“我告诉你不喝的！告诉你来着！”太晚了，很快，在耀眼的阳光中，在这十天来带给他惊骇、无助、绝望、虚弱、生气、愤怒的情绪中他看见了自己和那匹骡子，那是他的骡子（他们让他给它起个名字，于是他叫它约翰·亨利）。那匹骡子跟着他犁了五年的地，没跟过别人，他对这匹骡子的脾气秉性摸得一清二楚，因为他对它好，所以骡子也知道他的干活方式和习惯，总之他和骡子对彼此的一举一动都摸得门儿清。喝下那杯酒后他的眼里只剩骡子和自己，再加上那几张叽叽咕咕的脸和熟悉的拳头砸在物体上引发的痛感，他开始大喊大叫："走呀，约翰·亨利！犁平它呀！快点干呀！小伙子！"哪怕感觉自己身体里的热浪已经退下也不停止，他只想迎上去，带着快感，兴奋地吆喝，他强撑着不让自己倒下，而是冲上去跳起来，像个胜利者似的大声喊叫。接着，和以前一样，好像被人打了一拳似的，他感觉自己后脑撞击到了什么物体，人立刻仰面朝天躺在甲板上，胳膊和腿都动弹不得，等到他清醒过来，发现从鼻子里正在往外汩汩地冒血，刚才那个说话和气的男人则蹲在他跟前，无框眼镜后面的一双眼睛闪出冷酷的光，那是他这辈子见过的最冷的一双眼睛——那双没有人情味的眼睛并没有和他对视，而是对从他鼻子里冒出来的鲜血有着无上的兴趣。

"好样的，"那男人说，"你这把老骨头倒是很有劲儿。血流得够多的，没有人和你说过你这是血友病？"（"他说什么？"矮胖犯人插嘴道，"雌雄同体[①]？你应该知道那词的意思吧。"高个犯人吐出一口烟，弓起身子往上下铺之间棺材大小的那点空间里面靠了靠，刚刚刮过的瘦黑面孔显得十分整洁，一缕烟

---

① 雌雄同体，原文为"hermaphroditic"，这里矮胖犯人把"hemophilic"（血友病）听成了"hermaphroditic"（雌雄同体）。

飘过他那张长着鹰钩鼻子的消瘦的脸庞，说："意思就是不公不母的牛呗。"

"不对！"第三个犯人说，"是既像牛又像马的东西，四不像。"

"瞎说！"矮胖犯人说，"要不就是马，要不就是牛，哪里有既是马又是牛的东西？"矮胖犯人眼睛一直盯着坐在床铺上的高个犯人，那意思分明是说："你让他那样说你？"）高个犯人没有回答医生（他不再认为面前这个人是个和善的人），也不再说话。他身体动不了，虽然他感觉自己还行，至少比十天前的状态要好。那些人扶他起来，搀着他走到他们的倒扣过来的小船，挨着女人坐下，他在那里坐了一会儿，弓着背，两只胳膊肘放在膝盖上，像一个生活在远古的人那样低头坐着，看着自己的鼻血滴滴答答地流下来，眨眼就弄脏了泥哄哄的甲板，医生走了过来，把一只拿着药瓶仔细修剪过指甲的手放在他鼻子底下。

"闻一下，"医生说，"用鼻子深吸口气。"高个犯人照做了，一股刺鼻的氨水味直冲鼻子，鼻子和喉咙顿时感到火辣辣地疼，"再吸一下。"医生又说。高个犯人又吸了一下，这一次他被呛住了，嘴里吐出一块血疙瘩，鼻子麻麻的，像是脚指甲，不知道痛痒，又像一把十英尺长的铁锨，冰冰凉。

"请原谅，"他说，"我不是故意要——"

"别解释了，"医生说，"你刚才那架势，就像是一个人要打四五十个人似的，我也是第一次见你这样的，足足发了两秒钟的疯。现在你可以吃点东西，吃东西应该不会让你发疯吧。”

他和女人坐在小船上，那些说话叽叽咕咕的人不再盯着他俩看个没完，高个犯人背弯着，脸扭向一边，下巴和地面平行，表情痛苦地啃着手里厚厚的三明治，那副模样让人想到一只正在进食的狗。蒸汽船开得不紧不慢，到了中午，有人给他们端来一碗热汤、面包和咖啡，吃完后两个人肩并肩坐在小船上，高个犯人的手腕上一直缠着那条葡萄藤。孩子醒了，女人给孩子喂了奶，等孩子睡着后两个人小声商量：

“那人是说要带我们去帕齐曼吗？”

“我是这么跟他说的。”

“可我听着那人说得不像帕齐曼，好像是别的什么地方。”其实他和女人心里想的一样。自打上了这条蒸汽船后他就一直在冷静地思考这个问题，或者说是自打他注意到甲板上的那群人的长相时就开始考虑这个问题。他们个头比自己明显要矮很多，肤色虽黑，但和太阳晒出来的皮肤颜色不大一样，他们的眼睛是蓝色或者灰色的。他们说话的口音也是他以前从来没有听到过的，而且，那些人也听不懂他的话。他在帕齐曼附近从来没有见过这样长相的人，其他地方也没见过，他不相信这些人是去帕齐曼或者北边更远的地方。但是作为一个乡下人，他得遵守乡下人的那一套，那就是不打听，因为对他来说，问人家事儿其实就是求人帮忙，一般人不会求陌生人帮自己的忙；

如果是对方先提出帮忙，那你可以接受，然后没完没了地说些表示感谢的话，但是无论如何你不能先问。所以他只是一边观察一边等待，就像他常做的那样，尽可能地利用自己的判断去决定一件事。

他一直没有去问人。一天晌午，他们眼前出现了一段几乎被柳树枝子堵塞了的狭窄河段，蒸汽船加大马力，在“噗噗”声中横穿过那些柳树枝子。直到那时高个犯人才醒悟过来，意识到这条船正是行驶在老人河上，而且，他很肯定（“因为它太大了。”他表情严肃地告诉那两个犯人，“再大的洪水都不能把它往上抬高一点，其实洪水也是找软柿子捏，哪里小往哪里走，所以只有那些小河才被洪水推搡着一会儿往前流，一会儿又倒着流，才会有那么大的力量摧毁鸡窝，冲走骡子。”）——蒸汽船在大河上走着（高个犯人坐在小船上，女人坐在他旁边，准备给孩子喂奶，他看着茫茫的水面，一直看到左右两边一英里远处的堤坝，两道堤坝宛若两条平行着的绵延不断的流动的线条）。天色将近黄昏时，空气中传来医生的声音，他竖起耳朵仔细听着，是医生在和船舱里那个曾经用扩音器向他又喊又骂的人说话，声音从他们头顶上的驾驶舱里传来：

“停下？！你让我停下？你以为我开的是街车吗？”

“就当破个例吧。”医生和气地说，“你在这条水路上来来回回走了不少趟，也搭救过很多‘水耗子’，不过我肯定你是第一次碰到这样的两个人——不，应该是三个人——能说出他们要去的地方，说他们只想回去。”夕阳在一点点地坠落，蒸汽船在逐渐被染成古铜色的水域上慢吞吞地行驶着，像一只爬行在一面对它来说巨大而空旷的盘子上的蚂蚁。高个犯人沉默地等着船上的人的决定，也许那人说的是卡罗尔顿[①]，他想，那个城市的名字也是“卡”打头。他对自己的这个判断将信将疑。他不知道这条蒸汽船此刻到了哪里，他唯一清楚的是他们现在不是在卡罗尔顿附近，至少不是七年前的某天，他被押送时（当时警官用手铐把他和自己铐在一起）坐在火车上看到的那个卡罗尔顿——他记得那天火车出奇地慢，人坐在上面昏昏沉沉，火车换轨时车身发出哐当哐当的声音，当时是夏天，山上呈现出一派郁郁葱葱祥和宁静的景象，山坡上、树底下零零散散地矗立着几所白色的小房子，一座尖塔仿佛上帝的手指直指天空。可是，那地方没有河。如果那周围有河的话人不可能感觉不到，他想，这种本领谁都有，不是只有那些到过大江大河的人才有。蒸汽船转了个弯（这个弯很大，光是把头掉过来蒸汽船就走了一大段路），船身横着水流的方向向一侧覆盖着七歪八倒的柳树枝子，看不到任何生命迹象，向看不到水和陆地的岸边冲去，像是要碾压过这一大片宛如屏障的柳树枝子带着他进入另一个空间，在那个空间里放他和女人下船。就好像不管有没有这些柳树枝子，汽船也要放他下去，好像这就是他

① 卡罗尔顿（Carrollton），密西西比州的一个城市。帕齐曼和卡罗尔顿相距不远。

的目的地，好像这就是他要去的帕齐曼或者卡罗尔顿。哪怕这里既不是帕齐曼也不是卡罗尔顿，只是名字是以“卡”打头的一个地方而已也要把他放下。他转过头，看见医生弯腰站在女人旁边，用指头拨开婴儿的眼皮，好像在给那孩子做检查。

“孩子出生的时候旁边有其他人吗？”医生问。

“没有。”高个犯人回答。

“是你一个人给她接的生？”

“是的，”高个犯人回答医生。医生直起身子看着他：“这里是卡那封。”

“卡那封？”犯人说，“那不是——”他没说完便闭上了嘴，像是明白了什么似的——那双从无框镜架后面盯着他的眼睛里冷冰冰的，不带一丝感情，刮得干干净净的脸庞好像随时会因为来自外人的撒谎或者顶撞而勃然大怒。“就是，”矮胖犯人插嘴道，“我刚才还想问呢，你穿着那身衣服，谁看不出你是犯人？如果那个医生真像你说的那么聪明，他肯定能注意到你身上的一副——”

“那件衣服在我身上已经穿了十天了，白天黑夜一直穿在身上，成天在泥里滚来滚去。”高个犯人说，“我一直在划船，用那根树烧成的桨板，从半夜起就开始划，根本没有时间把身上的烟灰刮掉。身上穿着那件衣服，心里一直害怕担心，一天天挨下来，什么都变样了，不单是衣服，就连脸也不像自己了。不过，那个医生还是看出来我是个犯人。”高个犯人认真地解释。

“说得在理，”矮胖犯人说，“继续。”

“我知道，”医生说，“你躺在甲板上醒过来时我就猜到了。好了，告诉我实话。我不喜欢别人对我撒谎。我们这艘船要去新奥尔良。”

“不。”高个犯人脱口而出，语气斩钉截铁。因为他又听到了那种声音——那是东西（子弹）打在水面上发出的嗖嗖声，就像是刚才发生的事情。但是他脑海里并没有出现“子弹”两个字，他已经忘了它们的威力，或者说原谅了那群向他开枪的人。他脑子里浮现的是自己匍匐在地上，脸上都是泪水，嘴里大口地喘着粗气，以及飞快跑开的画面——大声说，控诉似的说，出自本能地对把他像傻子一样任意戏弄的造物主的谴责，发生在他身上的一切不公平都说出来：我只想投降。他想着这些事情，但只是机械地回忆，没有感情，没有热切的希望，甚至简单到只用一句类似墓志铭的句子就可以形容：*我不去，因为我去过，但是他们向我开枪。*

“这么说你不想去新奥尔良。你也没有说必须要去卡那封。但是如果必须二选一的话你会选择卡那封。”高个犯人没有回答。医生看着他，眼睛睁大了，目光像是两根大桥铁钉，而那两个瞳孔则是钉头，“你是怎么进去的？无意中下手太重，嗯？”

“不是，我是抢劫未遂，打劫火车上的乘客。”

“再说一遍。”于是高个犯人又重复了一遍自己的罪名。“说得详细点，伙计！现在是一九二七年，用不着遮遮掩掩说一半藏一半。”于是高个犯人就说了，语气和医生一样冷静——他说了那些误导他的杂志，那把没用上的手枪，那副面具以及那盏外观被熏得黢黑、空气难以流通刚点上火就熄灭的灯笼（和点着一根火柴的燃烧时间差不了多少）。灯笼虽然刚点着就灭了，但这么一会儿时间提灯笼的金属棒被烧得滚烫，手根本抓不住，这就是他为杂志社干招揽客户的活儿时赢的礼物。这家伙既不看着我的眼睛也不看着我的嘴巴，他想，而是一个劲地盯着我脑袋上的那几根头发。“我明白了，”医生说，“你走了弯路，但是你过后应该认真想想啊，看看自己的人生到底是哪一步走错了，哪一步出了问题。”

“我想过，”高个犯人说，“刚被抓住时我就想过。”

“这么说你下一次不会再犯类似的错误了。”

“不知道，”高个犯人说，“也没有下一次了。”

“怎么没有下一次？如果你知道自己哪儿失手了，下一次就做得好点，不让那帮警察抓住你。”

高个犯人看着医生，医生也一动不动地看着他，两双眼睛里面的含义毫无区别。“我知道你在讽刺我，”过了一会儿，高个犯人说，“我那时候才十八岁，现在已经二十五了。”

“噢，”医生还是一动不动，只是眼睛不再盯着他看，不等他开口说话，医生从大衣口袋里摸出一包香烟来，递到他面前，“抽一根？”

“不抽。”高个犯人说。

“好吧，”医生把烟收起来，语气重新恢复了和蔼可亲的口吻，“做我们这一行的（医疗一行）也有权力绑人或者给人松绑，即便仁慈的耶和华不同意，美国医疗协会也会同意的——也是碰巧，今天是我主之日①。我愿意掏出我口袋里所有的钱帮助你。这么做似乎有点不合常规，我也不知道自己这样做是对还是错，但是我想试一下。”他把手拢在嘴前，对着上面的驾驶舱喊道：“船长，我们在这儿把这三个乘客放下。”然后转过身来，对高个犯人说：“那就这样，你们自己照顾好自己，拿着这个。”他从口袋里掏出一张钱，伸到高个犯人面前。

“不要。”

“拿着，你先拿着，我不喜欢争来争去。”

“不行，”高个犯人说，“我没法还你。”

“我说过要还吗？”

“我不能拿这钱，”高个犯人说，“我从来不拿别人的钱。”

就这样，他又一次站到了洪水退去的大地上。他已经被洪水戏弄了两次，对任何一个男人来说，这场洪水一辈子遇到一次就已经是灾难了，可是却在他身上发生了两次。他的手腕上绕着那条葡萄藤，和女人站在空荡荡的堤坝上，孩子裹在那

---

① 即星期日。

件女人褪色的制服里睡得正香。蒸汽船往后退了一段距离，掉转头，重新开进那片尽头宛如圆弧的巨大水域，水面被夕阳染成了黄铜色，连带蒸汽船身后拖着的那一缕青烟缓慢地飘移在空中，缥缥缈缈，船身喷出难闻的气味。广阔而宁静的水面透着荒凉空旷的意味，船身越来越小，到后来已经看不出它在移动，远远看去好像是悬在夕阳那虚幻的光芒之中，只有身影越变越小，最后成了一个泥点，小小的，直到消失。

高个犯人这才转过身，往四面看去，心里随即条件反射似的哆嗦了一下，但那不是因为害怕，他身子并没有哆嗦，而像脑子里的一个闪念，一个激灵，那是一个时刻保持警惕，遇事从不慌张、不去询问别人意见的机敏的山里人遇到紧急情况时的反应。他在心里静静地对自己说：不，这不是卡罗尔顿。他之所以做出这样的判断是看见了堤坝靠近陆地那一面的景象，除了那处近乎垂直的足足有六十英尺高的堤坝斜坡，还有一大片平地[①]，看上去像是黄色华夫饼的颜色，也可以形容为一匹黄棕马的皮毛在夏天里的颜色，密度和一张地毯或者一张兽皮差不多，坦荡地朝天际延伸过去。这片平地中间偶尔也会鼓出一个个几乎没有什么高度的绿色小包和几条弯弯曲曲的黑色曲线，他猜那黑色的曲线是水道，但是他很快否定了自己的判断。他心里一直纳着闷，甚至走到那黑色的地域跟前，还是不

① 这里指阿查法拉亚河流域的沼泽地。

能判断自己到底来到了一处什么样的地方。这就是他的原话：他们继续走，他没有讲他一个人如何把那条小船拖上堤坝，又如何把它从足有六十英尺[①]高的堤坝另一侧放下去，他只是说他们一直在步行。蚊虫围了上来，凡是被蚊子咬过的地方像是被炉灰烫过似的。后来他们在高过头顶的草丛中穿行，锯齿状的草叶回弹过来，打在两个人的脸上和胳膊上，皮肤像是给小刀子拉过。他让女人坐在船里，自己用绳子（葡萄藤和先前的缆绳接在一起）拽着小船，沿着一条弯弯曲曲、足有膝盖那么深的泥浆路跌跌撞撞地走去。再往后（他也坐进了小船，用那截烧焦的木头划着船。三十分钟以前他一脚踩空，人掉进水里，水一下子没过全身，上衣漂在水上，空气钻进去，像是气球浮在黄色的水面上，还好他挣扎着站了起来，顺利爬进小船）他们眼前出现了一幢房屋，或者说是一间比马车厢大不了多少的木屋。房屋的墙是柏树板子钉成的，屋顶是铁皮做的，房子架在几根像是蜘蛛腿似的细细的有十英尺那么高的桩子上，整个木屋像是一头丑陋的、垂死的（也许是带毒的）动物爬到这片荒野后，再也爬不动了，没有找到一个可以落脚的地方就死了。一架通往房间的梯子脚下拴着一只小小的独木舟，门开后（天已经黑了），一个提着灯笼的男人把灯笼高高提过头顶，站在门口，自上而下地打量着他们，嘴里发出叽叽咕咕

① 约等于 180 米。

的声音。

他讲出这段经历——在以后的几天里，也许八天，也许九天，也许十天，他记不清了，他和女人还有婴儿住在一个只有一间半大小的屋里。一个瘦小结实的男人也住在里面，他一口烂牙，眼睛却出奇地亮，滴溜乱转，但眼神不凶，那模样像一只老鼠或者花栗鼠，他说的话他们听不懂。不过他没有细讲那几天的生活，就像他也没有讲自己是如何一个人把那条重达一百六十磅的小船拖上堤坝，然后又从六十英尺高的堤坝的另一侧拉下。他只是说："没多久我们碰到了一间房子，在那里住了八九天，后来有人要炸那段堤坝，我们就离开了。"这是他的原话。但是他脑子里清楚地记得那几天的生活，他手里稳稳地夹着那根监狱长给他的雪茄（还没有点着），面色平静，回想着自己第一天醒来的情景：他身边躺着那个举着灯笼的男人——这间屋子的主人，两个人挤在一张临时搭好的小铺（女人和孩子睡在另外一张床上）上。强烈的阳光从开裂的木板墙壁的缝隙中透进来，他走到阳台上，阳台已经旧得不成样子，摇摇欲坠，他往四周看去，心里不禁疑惑起来，看着一片既非水面也不是土地的地面，辨不清那是浓重的雾气还是难以触摸到的植物，心里想：这个人能在这里住下来，总得吃饭，总得靠什么东西活下来，不知道那究竟是什么。在离开这里以前，或者搞明白我们的方位以前，在通过那个镇子，那些人看到他们之前，我必须得想办法帮着他做点什么，这样我们才能挣到吃的活下来，只是现在我还不知道那人究竟是靠什么活下来的。在那间小屋生活的那几天里，他换了身衣服，第一天早晨醒来后就换了，他没有讲那件衣服是从那间屋子的主人那里要的还是借的，还是掏钱买的，就像他没有和听他说话的那几个人讲自己是如何把那条船捣鼓到堤坝上一样。如果是十二个小时以前他碰上屋子主人这样的人，他肯定连一眼都不会看对方，从第一天看见这个卡真人一直到最后离开，他们连一句话都没讲过。那条粗蓝布裤子，一看就是卡真人准备扔掉的，脏得很厉害，连扣子都没有了，裤腿被撕成了一条条，裤脚毛毛的，像是一八九〇年生产的帆布吊床的边穗，他赤裸着上身，等着女人醒来，她睡在墙角那张铺了一层干草的木板床上。女人醒来后，他把自己那件满是泥浆和被煤烟熏得黑乎乎的上衣和工装裤递给她，说："帮我洗洗，好好洗洗上面的泥点子，洗干净点儿。"

"上衣洗了你穿什么？"女人说，"那个人连一件穿过的衬衫都拿不出来吗？这里太阳这么毒，蚊子又多——"他没有解释，女人也不再说话。晚上他和卡真人回到屋里，发现衣服已经洗过晾干，上面还隐约能看出一些泥点子的印痕，但整体看上去很干净，至少像那么回事儿了（他的胳膊和后背被太阳烤得红红的，第二天就起了水泡）。他把衣服展开，仔细检查了一遍，然后用一张六个月前的报纸小心地包卷起来塞到一根椽子后面，从此他再也没穿过那件衣服。几天后他后背上的水泡破了，化了脓，卡真人让他坐下，用一块脏兮兮的布从一个脏兮兮的小碟子里蘸着东西涂在他背上。他疼得冒汗，脸上没有一点表情，像是木头人。女人在一旁不说话，她知道他宁可光着膀子也不穿那件衣服的原因，因为两个星期以来，两个人已经有了一种夫妇般的默契——在这两个星期里，他们共同经历了就连那些已经在一起生活五十年的夫妻（类似于那种旧式婚姻里的夫妻，你肯定见过那样的夫妻，他们看上去就像工艺品，拿出一千对都是一个模样，他们像是路易莎·奥尔柯特[①]小说中的夫妻，你只能凭着他们身上的领扣或者三角披肩才能判断出他们的性别。他们出入成双成对，像是一对参加野外追猎比赛的猎狗，即便历经千辛万苦，几度九死一生，一路看不到希望也听不到允诺，直到已经对明天感到麻木，但最终还是赢了比赛。他们每天清晨必喝加了糖的咖啡，一路生活下来，直到一方死去，没了女人的老头成天坐在门廊的摇椅上度日，或者在大太阳底下坐在县法院被烟草熏黑了的门柱下，就好像随着另一半的死去，自己返老还童了，甚至长生不老也不一定。那没了老头的女人终于也可以喘口气了，她变得意气风发，好像老头的葬礼结束后自己便卸掉了道德上的压迫。已经习惯了没滋没味的婚姻生活的男女重新收获了自由，但这种自

① 路易莎·奥尔柯特（Louisa Alcott，1832—1888），美国女作家。在她最著名的小说《小妇人》中，男士一律穿着19世纪时兴的无袖衬衫，女士则戴着三角形的披肩。

由的前提是另一方的入土为安，哪怕除了一副骨头，什么都没给这一方留下）都没有经历过的考验，这些考验既涉及感情，也涉及社会经济及道德——而两个人之所以能有这种默契，其实并不是因为他们经历了考验，而是因为她和他一样骨子里也是个山里的孩子，有着共同的祖先亚伯拉罕。

每天清晨，他和卡真人出发去捕鳄鱼（卖鳄鱼的钱和卡真人一人一半——“一人一半？”矮胖犯人说，“你俩互相不明白对方说些什么，怎么做生意？”“做生意不需要用说话，”高个犯人说，“钱就是语言。”）。刚开始的那几天两个人坐一条独木舟，后来就各坐各的了，卡真人拿着他那杆后坐力惊人、枪柄上到处都是小坑的来福枪坐在他自己的独木舟上，他则坐在自己的小船上，随身只携带一把刀，一根打结的绳子和一根形状、重量、大小和图林根狼牙棒[①]酷似的棍子。他们的船在一条不为人知的幽深的河道上航行，岸上是散发着黄铜色的平坦的陆地，人像是在做噩梦，仿佛回到了远古时代。他至今还记得那样的场景：那是第一天，他站在摇摇欲坠的阳台上看着日出，转过身时看到墙上挂着的一张兽皮，兽皮被钉在墙上，已经风干了，他凝视着那张兽皮，心想：*这就是了，这人是靠着干这个活下来的*。那是一张动物的皮，但是是哪种动物他绞尽脑汁地想，甚至追溯到年轻时期自己是否见过这样的动物，还

① 图林根（Thuringia mace），从前德国中部的一个地区，这里指石器时代图林根人用来狩猎的一种工具。

是一无所获，但是他又像明白了什么，这幢像是被蜘蛛的细腿支撑起来的小屋子（没等房顶盖好，屋子便已经开始了解体的过程，那撑起屋子的桩子已经开始腐烂）躲在这片生机勃勃万物繁衍的密林中。在这里，大地和太阳的关系像是两匹正在呷昵示好的公母马，即使亲密拥抱采取的也是在外人看来暴烈的方式。他和这个卡真人是同样的一类人，就好比深山里的娃子和沼泽地的耗子，二者没什么不同，辛苦度日省吃俭用的同时遭受世人的白眼，即便这样也过不上安稳日子，即便把省下来的钱存到银行或者在饼干罐子里塞满钱币，但还是抗不过命运。哪怕有人告诉他们，空气和阳光都得付钱去买，他们也得忍受。*不管咋样，我就要搞清楚这是怎么回事儿，这比我预想得还快*，他这样想着走进屋里。女人醒了，坐在那张铺着稻草的简陋小床上，卡真人原来睡在上面，现在让给她了。吃完早饭（米饭稀稀糊糊，鱼味儿和胡椒味儿很重，咖啡带着一股浓浓的菊苣[①]味儿）后，他光着膀子跟着那个眼睛贼亮，牙齿发黑的小矮个子从岸边那个胡乱搭建的梯子上下到一条独木舟里。他以前从来没有见过独木舟，他觉得这种小船随时都可能翻个儿——他之所以有这种感觉不是觉得这船重量太轻，一点都不稳当，而是觉得既然这东西是用木头做的，那么它本身就带有一种灵性，特别是这种被掏空的木头，随时会让人防不胜

---

① 菊苣是一种来自欧洲的四季常青植物，在18世纪被带入北美洲，历史上，因为咖啡曾一度难以获得或价格昂贵，人们通常烘烤菊苣替代咖啡。

防——但想归想，他还是坐了进去，这就像他看到那张兽皮，猜测裹在这张兽皮里的动物体格至少相当于一头小牛或者大肥猪的体格，而且这东西的牙齿和爪子也差不到哪儿去，但他还是跟着卡真人去捕猎这种东西。他半蹲在独木舟里，紧紧抓住船舷，紧张得几乎不能呼吸，动作僵硬得就好像他嘴里含着一颗装满了硝酸甘油的鸡蛋，心里不停地想，如果这个卡真人就是靠这个生活，那么我也能干，即使我听不懂他的话，他也没法告诉我怎么做，但是我可以观察他是怎么做的。他确实是这么做的，他至今还记得当时的情景，历历在目，就该那么做，即使现在碰上这种事，我也该那么干——火辣辣的太阳烤着他裸露的后背，航道弯弯曲曲，像一条曲折蜿蜒的黑线，随着他们手里的船桨的起落，小船稳稳地悄无声息地向前行驶着。突然，卡真人在他身后“嘘”了一声，手里的桨板不再拍打水面，他顿时紧张起来，坐在船舱里一动不动，连大气也不敢出，像是一个仔细聆听周围动静的盲人，不甚结实的独木舟贴着水面上漾起的浪尖儿继续往前滑去。后来他才想起他们还带了杆来福枪——那是一支看上去锈迹斑驳的单发武器，枪身上乱七八糟地缠着铁丝，枪口大得可以捅得进一个威士忌酒瓶的软木塞。枪是卡真人带到船上的——可是当时他一点都没想起那杆枪，他俯着身子坐在船舱里，紧张得一动不动，连大气都不敢出，眼睛四处逡巡，心里想：“那会是什么东西？我应该找什么？可是我都不知道往哪边儿看。”卡真人开始划船，嘴里又短促地“嘘”了一声，他甚至感觉得到自己后脖子那里卡真人嘴里吹过来的热气，他低头往斜后方瞟了一眼，看见卡真人手里的刀子就在自己的肋下两侧，刀尖冲前，他收回目光往斜上方看去，一块厚墩墩的、狭长的土皮贴在岸上。正当他要细瞧的时候，那块土皮似乎从周围的泥土中分离出来，他一开始以为那是一段覆盖着泥土的木头，突然“木头”动了一下，这一下让它变得立体起来，在他的眼里成了一个三维——不，应该是四维的东西：体积，硬度，形状，还有一个是什么他记不清了。他看着那个遍身是鳞甲、一动不动的东西，大脑转得飞快，唯独没有害怕，他想的不是它看上去很危险，而是“这是个大家伙”，以及“好了，在一个从未拴过骡子的人的眼里，那骡子不也是个大家伙，现在，只需告诉我怎么做就行，省得啰唆”。独木舟轻巧地向那东西滑过去，水面上连一点涟漪都没有，他们和那东西之间的距离越来越近，卡真人也屏住了呼吸。突然，他从卡真人手里夺过刀子，这一切都发生在一刹那，他没有退缩，而是很稳，这是他从娘奶里吸入的天性，是骨子里的东西，也是伴随他一生的东西。毕竟，一个人不能只做他必须做的事情，他得拿出所有的本事，凭着他学来的东西做出最佳的判断，还有，猪就是猪，不管它看上去像什么，所以该出手时就出手。仅仅一眨眼的工夫，他们的独木舟的船头已经抵到岸上，他从船里跳出来，停了一下，嘴里冒出一句“是个大家伙”，他说得轻描淡写，一秒钟后，他已经扑了过去，一跨腿骑在那东西身上，刚一抓它的一条前腿，刀子就扎了下去，同时他感到后背被什么东西狠狠地抽打了一下——它甩起尾巴给了他一下，他知道自己那一刀子扎得很深。后来他背部着地（地下全是淤泥）跌倒在地上，身上压着那个妄图把他甩下来的东西，他顾不上它脊背正中的突起抵在他的肚子上，只是用一只胳膊死死抱住怪兽的喉咙，怪兽发出嘶嘶的叫声，脑袋和尾巴不停地甩来甩去，他用抓刀的手又给了它一刀，这一刀正捅在那东西的要害处，鲜血喷涌而出。一切结束后，他坐在地上，样子和以前一样，头垂在两个膝盖之间，旁边是那个翻着肚皮的庞然大物，身上血糊糊，里面既有那个庞然大物的，也有他自己的血。这该死的鼻子，他想。

他就那么把头夹在两个膝盖中间坐着，脸上满是鲜血，但脸上的神色不是沮丧，而是像在思考着什么，这时周围传来卡真人的尖叫声，像是从很远的地方传来的。过了一会儿他抬起头，发现卡真人晃着瘦小结实的身体，一边做鬼脸一边围着他又蹦又跳，嘴里发出叽里咕噜的声音。他斜仰起头，止住不停流下的鼻血，眼睛却看着那个卡真人，脸上的神情像是一名博物馆馆长或者管理员驻足在一个玻璃窗前的神情。卡真人举起手里的来福枪，嘴里发出“嘣——嘣——嘣”的声音，然后又把枪扔在地上，像他以前做过的那样演起了哑剧，两手舞着，用法语喊道：“太棒了！太棒了！一百美元！一千美元！天下所有的钱！”高个犯人没有再看他，而是低下头，捧着咖啡色的浑水往脸上淋去，他看着手心里殷红的鲜血，心想，现在告诉我用枪已经晚了点儿，还没来得及想清楚，他已经跟着卡真人重新坐到了独木舟里，他似乎又恢复到来时坐在独木舟里的模样，一声不吭，连喘气都很少，好像这样可以减少他压在船上的重量似的，船头上摊着那张看起来血糊糊的皮子，就在他眼前，他看着它，心想，我怎么连自己分多少钱这样的话都说不出口。

但是这个念头没有盘踞他脑子里多久，正如他后来和矮胖犯人说的那样，钱就是语言。他也记得回到家后的情景（那是在他们回到木屋后，阳台上摊着那张兽皮，卡真人又表演了一遍他的哑剧，这次显然是表演给女人看的——他们没有用枪，是徒手和那个大家伙搏斗。那条看不见的鳄鱼最后在叫喊声中被杀死了，高个犯人站起身，女人不看卡真人，而是用眼睛盯着他肿得不像样子的脸，在她的注视下，他才感觉自己的脸火烧火燎地疼，女人问他："你的脸被那东西打了一下？""没有，"高个犯人满不在乎地说，"不用它打，现在就是小孩子朝我屁股上弹一粒豆子，我的鼻子也会流血。"）——他记得那一幕，但是他没有讲，也许他想讲也讲不明白——两个彼此连对方说的话都不懂的人如何会达成一项协议，不仅对协议的内容心知肚明而且都甘心情愿地维护这份协议，这份协议其实比任何书面的甚至有证人作保的协议还可靠，他讲不清楚这事儿。两个人后来还谈妥各自乘坐各自的船，走不同的路线去猎捕鳄鱼，因为他们觉得这样做会让找到猎物的机会翻一倍。到最后沟通越来越容易，他几乎明白卡真人说的每一句话，“你不需要我，因为你用不着那杆来福枪，我跟着你只会碍事儿。”再后来，两个人甚至商量起再弄一支枪来的事儿。只要有人，不管他是谁——朋友、邻居或者收皮子的生意人——只要有枪，他们就可以从那人手里借，两个人各说各的，一个说蹩脚的英语，一个说蹩脚的法语；一个情绪激动，两只眼睛烁烁闪光滴溜乱转，一说话就露出一口烂牙的嘴一刻不停，叽叽咕咕地说着；另一个沉稳，表情严肃，脸部肿胀，裸露的后背上布满了水泡，结痂的地方像是生牛肉。他们蹲在那张已经被展开的鳄鱼皮两边商量着，样子活像两个面对面分坐于一张巨大红木桌子两旁的大公司董事会的高层，最后高个犯人说：“我觉得还是不要了，要是我一开始等在那里看着你用枪打死它，那我以后也一定用枪捕猎鳄鱼，可是我一开始用的就是刀，所以我就这样吧，也别改用枪了。”我之所以这么说，其实是考虑到时间，没有几天的时间弄不来一杆枪（说起来有点奇怪，有一件事卡真人一直和他说不清楚：他那一半有多少钱。但是高个犯人知道自己未来拿到的肯定是一半）。时间紧迫，他很快就得离开这里，高个犯人心里想着，*这一切蠢事很快就会结束，我得回去*，可是他突然发现自己想的是“我一定要回去”，而且这想法让他心里瞬时安静下来，他看着四周到处是树木却又十分陌生的荒野，内心无比宁静且又充满着希望，他想着自己过去七年的时光，就像那些掉进池塘里的小石子，没有激起一点儿涟漪。他静静地想着，表情像是在沉思，是的，我已经忘了赚钱其实是一件很好的事情，放开手脚去赚钱是一件很好的事情。

就这样他一直没用枪，每天早晨，他带着自己那条打了结的绳子和那根图林根狼牙棒似的棍子和卡真人一起出发去捕猎鳄鱼，他们各自划着自己的小船，兵分两路，逡巡在那片荒烟野蔓的地区，在人迹罕至的河道里寻找着猎物。途中他时不时看见身材瘦小、皮肤黝黑、说话叽叽咕咕的几个人像变魔术似的冒出来，坐在一根中间掏空的原木里，安静地跟在他的小船后面，他们是来观看他和鳄鱼搏斗的——那些男人叫泰因、托托和西奥多，他们的个头比那些落入卡真人陷阱里的麝鼠大不了多少（卡真人也捕麝鼠，供他们自己吃，就像和他说来福枪那件事一样，他用自己的语言告诉高个犯人：别担心没吃的，赫拉克勒斯[①]，你去捕鳄鱼，我来管饭。而高个犯人也像听英语似的听懂了），就连长相看着也像。卡真人常常会带着几只麝鼠回到家中，当作他们的食物来源，这和需要的时候从猪圈里抓头小猪出来很像。其他的食物还有几乎雷打不动天天都有的米饭和鱼（他又说了下面几件事情：那间小屋的门是用木条钉起来的，没安窗框的窗户也是木条钉的，所以到了晚上，屋

---

① 赫拉克勒斯（Hercules），希腊神话中的大力士。

子里蚊虫成群。门和窗户成了形式，就像人们交叉手指祈求好运降临或者用手敲木头，除了让己心安其实没什么用处。他们坐在木桌旁边，油灯周围飞舞着成群的蚊虫，屋子里的温度热得快赶上人的体温，他看着自己盘子里漂浮着的那片肉，心想，这一定是从西奥多那里换来的，那是个胖子）——日子就这样一天天地过去，每天都一样，没有什么特别的地方，每天都和前一天一样，后一天又和这一天一样，每天他都有收获，至于自己赚到的是几美分、几美元还是几十美元，他却并不清楚——每天早晨出发时，他总是能看到那几个长得像麝鼠似的人坐在他们自己的独木舟里围在他们门前的河里，那些人脸上挂着斗牛迷恭候自己崇拜的斗牛士的神情；中午时分，他独自一人和鳄鱼苦斗的时候，那些人还是坐在船里一动不动，围成半圆看着他独自作战；到了傍晚，他开始划船返程，那些小独木舟才一个接一个地消失在某条河道（开头的几天他一直分不清这些河道哪儿是哪儿）或者拐弯的地方。划到最后他的眼前便出现了那个阳台，女人坐在阳台上，安静地奶着孩子，当他把血迹斑斑的一两张鳄鱼皮拿进来的时候，卡真人先用刀子在墙上的一块木板上刻下一道或者两道划痕，然后便开始仪式般地表演一番庆祝胜利的哑剧。天黑后女人和婴儿到那张有木板的床上去睡觉，卡真人躺在草垫上，鼾声阵阵，油灯散发出一股臭味。高个犯人则光脚弓背蹲在地上，脸上汗水涔涔，后背布满了水泡化脓后留下的疤痕和被鳄鱼尾巴抽打过的痕迹，红红的像是生牛肉。他看上去很平静，也很疲乏，一边想着事情一边削着手里那块已经被大致烧成船桨形状的木头，有时候削着削着他不削了，抬起头——成群的状如云团的蚊子在他头顶盘旋，发出嗡嗡的声音——他用茫然的目光呆呆地盯着前方的木板墙，看着看着，那道粗糙的木板墙似乎在他的盯视中消融了。他的思绪似乎跨越了那道木板墙，继而跨越过外面的夜色，直到跨越过那七年的牢狱生活，他那时仿佛才意识到，那七年里他干的是苦役，而不是工作。想够了，他最后看一眼椽子后面的那团衣服，吹灭油灯，在早已经鼾声大作的卡真人旁边躺下来（其实是背朝上趴在那里，因为后背上的水泡让任何碰触都疼得难以忍受），在炙热得像是有火炉在烤的黑夜里，在蚊虫的嗡嗡声和鳄鱼的惨叫声中，他想的不是他们从来没给我时间来学习，而是，我已经忘记了工作是一件多么让人高兴的事情。

第十天的时候，灾难再一次降临，这已经是命运对他的第三次捉弄了。一开始他不相信，不是因为他觉得自己受苦受难的日子已经过去了，他已经吃尽了苦头，足够不幸了，那个婴儿的出生让他觉得自己已经抵达并越过了他一生的各各他[①]峰顶，现在他可以被允许走下另一侧的斜坡，他以为自己已经躲过了那股力量的注意。不，他不是因为这样想才拒绝相信的。

① 各各他（Golgotha），耶稣钉在十字架上的地方，即其殉难处。

而是，他之所以不相信灾难再一次降临是因为这种强加在人身上的力量都能制造出撕裂宇宙般的灾难，却怎么会如此缺乏创造力和想象力，一再故技重施。第一招他接受了，第二招他也原谅了，可第三招他拒绝相信，特别是他最后几乎是被逼着相信这第三次的始作俑者不是洪水自身的信马由缰造成的，而是被人为制定了洪水流淌的方向。这个不可一世的小丑，在他这里遭遇了两次挫败后，第三次居然丧心病狂地动用起炸药来。

他最终没有讲这桩事。毫无疑问，他不清楚当局为什么要这么做，到底是什么原因使他们下定决心要炸掉大坝[①]，但是他一直记得这件事（他依旧很平静，洗得干干净净的手里稳稳地拿着那根深棕色的大雪茄），或者说按照他理解的方式记住了这件事。那是晚上，他们住在那里的第九天的晚上，他和女人一边一个坐在桌子旁边吃着饭，中间的这间屋子的主人的位置空着，他听见外面有人说话，不过他没有理会，继续慢悠悠地吃着，因为他不用出去也知道外面是怎样的一幅场景——昏暗的光线下，在靠近岸边的暗乎乎水面上浮着两三条（或者四条）独木舟，谁也听不懂船里的人叽叽咕咕地说的是什么，说话人的口气不是警告，不是生气，可能也不是惊诧，让人想到一群因为受惊而从沼泽地飞起的禽鸟的叫声。他继续吃着饭，嘴里嚼动着，这时卡真人冲了进来。他抬起头平静地看着

① 1927年大洪水期间，为了不让洪水淹没最下游的新奥尔良市，美国政府做出了人为炸毁几处大坝的决定，卡那封附近的大坝也在其中。

卡真人，脸上既不惊讶也不好奇，卡真人站在他们面前，一副大惊失色的样子，眼睛瞪得老大，嘴巴咧着，露出黑乎乎的牙齿，舞动的胳膊和双手做出一连串手势，好像是在说撤退，什么东西被抛到空中，比画着什么东西被他拢到胳膊里，然后又拿出来扔下。这一系列的哑语动作给人感觉他从一个跑来煽动他们做什么的人变换成一个受害者的角色。最后卡真人抱住自己的脑袋，弯下腰，一动不动的样子好像是给什么东西掀到远处，嘴里发出“轰，轰”的叫声。高个犯人看着卡真人，嘴巴不再翕动，心里想：什么？什么意思？他想告诉我什么？接着又想（只是一闪念的工夫，既然他没法形容卡真人的动作，所以甚至忘了自己当时的念头），既然自己被洪水扔到这个地方，周围是这样一种环境，他不得不逐步接受这样的现实（而且，他在这儿过得很好——这地方与世无争，十分安静，他真希望自己能用言辞表达出来住在这里的好处，总之这地方会让人回忆，而不仅仅是知道有这么个地方，不仅仅是很好，比他任何一个时期的日子都过得好，他以前从不知道工作挣钱是这么好的一件事），可是这不应该是他的生活，像是浮在池塘水面的一只小虫，对水面下到底有多深一无所知，他对这地方的接触只限于在无情的烈日底下，在泥泞里和那东西搏斗，那些卡真人坐在独木舟里围成一圈看着他。虽然这不是他自己做出的选择，但他接受了上天的这个安排，不管是被鳄鱼尾巴抽打，还是扬起那根狼牙棒和嘶嘶吼叫的鳄鱼展开殊死搏斗，他都不在乎，甚至会更冒险，当狼牙棒的击打不能让鳄鱼毙命，他会毫不犹豫地用自己那赖以生存的血肉之躯抱住那具皮糙肉厚盔甲般的身体，用一柄八英寸长的匕首结束那狂暴的生命。

他和女人看着卡真人表演完了全套谜语一样的动作——这个瘦瘦小小的人用手比画着，动作激烈夸张，落在墙上的影子也跟着他跳来跳去，像是一个疯子的影子。做完放弃木屋的哑剧后，他以哑剧动作收拾起他那几件挂在墙上和堆在角落里的财产——一些没人要的东西，这些东西也许只有盲目的洪水、地震或者大火愿意从他这里抢走。女人看着，嘴巴微微张开，嘴里还有咀嚼的东西，脸上露出沉稳的人会露出的惊讶的表情，说："什么？他在说什么？"

"不知道，"高个犯人说，"如果是我们必须知道的事情我们肯定会知道的。"他一点也不惊慌，虽然他现在已经可以从对方的表情上猜测出个八九分。*他是要离开这里*，他想，*他在告诉我我也得离开这里*。他们吃完饭，卡真人去睡觉了，女人也到那张小床上睡觉去了，他看见卡真人从垫子上重新爬起来来到他跟前，又在他面前比画了一通要离开这间小屋的手语，是担心刚才那遍也许遭到了错误理解而重复说一次。在他看来，这一遍好像是在对小孩子说话，不厌其烦，耐心细致的样子像是在对小孩子说。卡真人一只手抓着他，另外一只手一下下地比画着，好像每比画一下，嘴里都要蹦出个音节来。高个犯人（蹲在地上，大腿上放着一把打开的刀子和那支已经快做完的船桨）一边看着卡真人一边点头，嘴里说着英语："明白了，当然，我明白你的意思了。"他手里继续稳稳地削着那块木头，和其他晚上一样，一副不急不忙的样子。他之所以很稳得住是因为他相信当灾难到来时，不管它是什么样的灾难，到时候他自然会对付过去。他不知道这一次等着自己的是什么，但是关于它的可能性或者问题，他现在一律采取充耳不闻的态度，他更不想搬家，他现在关心的只是那几张皮子，心想：他要是能用什么办法告诉我哪里可以把那些皮子卖了就好了。但是这个念头只是在刀子轻轻削两下的瞬间一闪而过，因为他马上想到：只要我可以抓到鳄鱼，找到买皮子的人应该不难。

第二天早晨，他帮着卡真人把不多的几件财产——一杆看上去伤痕累累的来福枪，一小包衣服（虽然两个人还是不能彼此交谈，但还是成功地做了一次交易，他得到的东西有几件锅碗瓢盆、炉子、那张破床，以及这座房子和房子下面的地皮——总之是可以用的一些家当——是他用一张鳄鱼皮换回来的）和几个捕鼠夹子——放进卡真人的独木舟里，然后，两个人蹲在地上，像是小孩子分手里的木棍似的一五一十、你一张我一张，或者你两张我两张地瓜分了他们猎来的所有的皮子，皮子被他们分成两堆。再后来卡真人把他那份装进独木舟里，划着船离开了他们的屋子，没划多远，他停住了，放下手里的船桨，两只手做出捧着什么东西的姿势，然后又使劲儿往空中一扔，嘴里发出"轰，轰"的声音。他的调门儿是往上扬的，同时看着赤裸着上身，露出满身伤痕站在阳台上的他，脑袋不停地点着，高个犯人脸色平静地看着卡真人，嘴里说："轰，轰。"做完这些后卡真人继续划他的船，再也没有回头。两个人看着卡真人越走越远，注意到他越划越快，再后来只有女人在看，高个犯人已经转过身来。

"他多半是在说，我们也得离开这里。"女人说。

"嗯，"高个犯人说，"我昨天晚上想过这事儿，把船桨递给我。"女人找到船桨递给他——那是一小截用树干烧成的船桨，还没有完全做好，这两天晚上他一直在忙这个东西，再给他一个晚上就能完全做好（这些天他一直在用卡真人多出来的一支船桨，卡真人走时要把它和那只炉子、板床、小木屋的使用权一起卖给他，他拒绝了，因为他算了算账，这点东西要拿走他那么多兽皮，而买下这支船桨更没必要，因为再有一个晚上他的那支船桨就做好了，虽然这工作有点乏味，削木头时还得夹着小心）。就这样，他带着那根打结的绳子和那根狼牙棒棍子，一个人划着船离开了那屋子，不是朝出口，而是往更深的地方划去，好像只有这样做才更能证明他拒绝离开这块地方的决心，可是没有任何征兆的，巨大的孤独感袭击了他，让他昏昏欲睡，也打醒了他。

这件事他一直没讲，讲不出来——上午还没过一半，他第一次发现沿途没有一条独木舟出来尾随他——虽然他也不抱这样的期待，因为其他人肯定也离开了。但是不是因为他们的离开才让他下了决心离开的，虽然他一开始选择留在这里，但是孤独和荒凉的感觉又让他动了离开这里的念头，他突然停下划船的动作，独木舟沿着惯性向前冲去，他想，“怎么会这样想？怎么会这样想？”接着是，“不行，不行，不能离开。”可是当那种空虚和孤寂又开始嘲笑他时，他的手里不由自主用上了力，独木舟掉了个头，向相反的方向驶去，向那个城堡似的小屋冲去，那是他的庇护所，是他安身立命的地方，他现在只担心自己回心转意是不是太迟了——他在那里能挣到钱，能为自己赢得权利和尊严，不是靠别人，而是发挥自己的意志和力量跟这片土地上的爬虫之王搏斗来挣钱谋生。而且，他是被扔到这片土地上的——他似乎感到自己受到了威胁似的，面带怒气挥舞着手里的那个自制船桨，一直到眼里出现了那个小屋，一台打着火儿的摩托艇停泊在小屋一侧。当他眼里出现那座小屋时，他并不惊讶反倒是有点高兴，仿佛证明他刚才的愤怒和害怕是有道理的，小屋的出现似乎可以让他在面对来自自己的疑问时理直气壮地说：我告诉过你是这样。他现在划船的样子像是在梦中，船似乎不动了，在做梦的状态下不觉阻碍却感到窒息，船桨在他手里变得轻飘飘的，胳膊上的肌肉似乎也没了力气，小船不受阻碍地悄无声息地向哪个平台滑去。阳光照射在水面上，摩托艇里站着一个男人（总共有五个人），嘴里说的话和他这十天听到的话是一样的，都是叽叽咕咕的他听不明白的语言。女人手里抱着孩子跟在另外一个男人身后，她看起来一副要离开的样子，身上的衣服换成了那件褪色的军服，头上还戴了顶宽檐帽子，他们显然刚从屋子里出来，第二个男人手里拿着自己放在屋椽后面用报纸包着的囚服（那套衣服自打放到那里后就没有人动过，其实这个男人手里还拿了另外几件东西，但是高个犯人已经顾不上注意那些东西）。高个犯人上了平台，一只手里抓着缆绳，一只手里抓着那根棍子一样的船桨，他对女人说话的口气带着一种只有在梦里才有的沉寂和平静："把我的东西从他手里拿回来，放回屋里去。"

"你会说英语？"摩托艇里的男人说，"你干吗不照他们昨晚对你说的那样离开呢？"

"离开？"高个犯人说，他看着摩托艇里的男人，努力控制着自己的语调，"我没时间，我很忙。"话没说完他转过身看着女人，重复了一遍他刚才对女人的话。摩托艇里的男人又说了句什么，他再一次转过身，用忍无可忍的气愤至极的声音喊道："洪水？什么洪水？活见鬼！两个月前洪水就过去了！没了！没有洪水了！什么洪水！"（他对发生的这一切无法用言语表达出来，但他知道）摩托艇里的那个男人说了句"带走！"，另外几个人立刻围了上来，嘴里骂骂咧咧的，他喘着粗气左冲右撞，可是没过几分钟就后背着地摔倒在坚硬结实的甲板上，接着，一副手铐咔嚓一声铐在了他的手腕上。

"该死的疯子！"摩托艇里的男人说，"他们今天中午就要炸大堤了，难道你还不明白！我们得快点！"随后他对旁边那几个人说：“把他撂船上，马上出发。”

“我的皮子和船怎么办？”他说。

“让你的皮子见鬼去吧！”摩托艇里的人说，“要是他们不能趁现在炸开这道堤坝，你就会在巴吞鲁日[①]议会大厦的台阶上捉到很多鳄鱼的！所以现在，上船才是最当紧的事，能坐上我们这条船算你撞了大运！”

高个犯人突然往小船甲板上一躺：“不带上我的小船我不走。”他没有吵，但口吻坚决，他光着的上半身布满了疤痕和水泡，脚上和手上铐着铐子，说话的口吻像在对谁发最后通牒，又像是人在入睡前对自己身旁躺着的人说晚安。也许是他说话的口气太平静太坚决，那几个人反倒不说话了，他们盯着他看着，也不说话，直到摩托艇里的那个男人身子动了一下，朝旁边吐了口唾沫，用和高个犯人一样平静的声音说：“行，给他把船带上！”

那几个人帮着手里抱孩子和包裹（那团用报纸包好的衣服）的女人上了船，再把手腕和脚踝被铐住的他抬到摩托艇里。“如果你不捣乱，我就给你把铐子解开。”在镣铐哗啦啦的响声中那个领头的人说道。高个犯人没有回答，只是说：

“我要抓着那条绳子。”

“绳子？”

---

① 密西西比河在巴吞鲁日城以下进入三角洲地区，三角洲地区地势低平，河堤两岸多沼泽、洼地分布。新奥尔良位于密西西比三角洲上。

“是的，”高个犯人说，“给我绳子。”于是那几个人把他抬到船尾，把那根缆绳从船身系绳索的洞里穿出来然后递给他，然后那几个人各忙各的事情去了。高个犯人没有往后看，也没有直视前方，而是半躺半倚靠在船尾，戴着铐子的腿往前伸着，戴着镣铐的手里抓着绳子。摩托艇中间又停了两次，当太阳带着日晕直直地照在他们头顶上时，摩托艇里已经有了十五个人。高个犯人一直半倚在船尾，身体一动不动地看着四周：褐色的陆地从水里冒出头来，然后又幻化成墨绿色的沼泽地，那里草木茂盛。很快曲折迂回的沼泽地也消失了，出现在眼前的是一大片被蓝色的海岸线勾勒出边缘的水域，水面上波光闪闪，他从来没见过这么大的一片水域。这时候摩托艇的发动机灭了，艇身在刚才泛起的波浪中继续滑行了一段。“你在干什么？”领头的人问舵手。

“到中午了，”舵手说，“看看能不能听见爆炸声。”所有的人都竖起了耳朵，摩托艇彻底熄了火，随着浪头上下颠簸着，轻微的浪头轻轻地拍打着艇身，像是耳语般。他们等着，可是没有任何声音传来，蔚蓝的天空下，空气里没有一丝震颤。紧张的气氛没过一会儿又松弛下来，中午过去了。“好了，”领头的人说，“走吧。”发动机重新启动，摩托艇开始加速。那个领头的人手里拿着把钥匙向船尾走来，来到高个犯人跟前站住。“现在你得听话，不管愿不愿意都得听我们的。”他一边说一边解开高个犯人身上的镣铐，“做得到吗？”

“做得到。”高个犯人说。摩托艇继续向前开，过了一会儿那片蓝色的海岸消失了，取而代之的是一小片海域。虽然可以挪动一下手脚，但他除了把手里那根绳索在手腕上多绕了几圈儿外，身体依旧一动不动地半倚着靠在船尾，偶尔掉过头去看一下挂在摩托艇后面的自己那条在波浪中颠簸前行的小船；除此之外便面无表情地（只有眼珠在动）眺望着那一大片湖面[①]，从来没见过这么大的一片水，这么荒凉。也许他只是在眺望而已，心里什么也没想。三四个小时以后，海岸线再次出现，不过这一次沿着海岸线陆陆续续地停靠着一些帆船和机动船，这些船舶的出现仿佛把整条海岸线切成几段，从来没想过一个地方会停着这么多的船，从来没想过这么多的人靠着这片水生活。也许他根本没去想这些事，只是看着摩托艇贴着供轮船进入的河道前行，前方是城市上方的青烟，然后是码头，摩托艇慢慢进入。码头上站着熙熙攘攘的人群，脸上带着被遗弃的表情，他熟悉那种表情，尽管他在经过维克斯堡时不曾见过这座城市，他还是认出了他们[②]——一群带着印记的被洪水冲毁家园的难民，可是他比他们更惨，因为他连成为他们的资格也没有。

“完事儿了，”那个领头的人说，“我们到了。”

---

① 这里指庞恰特雷恩湖，该湖位于新奥尔良的北面，面积约 1630 平方公里，有溢洪道可助密西西比河的洪水泄入。

② 洪水期间，维克斯堡曾收容 2 万名失去家园的难民。

“给我船。”高个犯人说。

“你不是一直抓着呢吗？你还想让我做什么，给你打张收条？”

“不，”高个犯人说，“我只是要我的船。”

“拿走。不过你得有根捆书的带子什么的，才好把它背走。”（“背走？”矮胖犯人插嘴问道，“背到哪儿去？你能把它背到哪儿？”）

高个犯人继续讲下去：他和那女人从船上下来，他的手上一直没丢开那条缆绳。他们在岸边站下，旁边一个男人不停地催促着下船的人：“好，下一拨！下一拨！”他走过去，告诉那个男人自己还有一条船需要拖上来，男人喊道：“船？船？”然后他和几个人一起把那条船抬到其他船中间支好，为了能在回来时找到自己的船，他又自己一个人把那条船的船头对准一块可口可乐广告牌与一座吊桥之间的位置。然后他（抱着那个用报纸裹着的包裹）和女人还有其他人一起上了一辆卡车，车拉着他们一路向前，中间看到大路两边站着很多挨挨挤挤的房子，最后，卡车在一个像是军械库的大屋子前停了下来。

“军械库？”矮胖犯人说，“应该是监狱吧？”

“不是监狱，像仓库，里面有好多人，都躺在地上。”他想，也许那个卡真人也在这里，他开始找机会，一边往门口的方向蹭一边用眼睛寻找着那个卡真人。女人一直跟在他后面，就在他打量哪里有士兵站岗，揣摩着怎么样磨蹭到门口时，一支枪突然横了过来，顶在他的胸口处。

“回去！回去！”说话的是一个士兵，他嘴里不停地叫着，“回去！一会儿会给你们发衣服。你们不能穿这样一身衣服上街，还会再发些吃的。也许那时候你们的家属会过来接你们走。”说到这儿高个犯人和那几个犯人学说了一遍那女人是怎么说的。

“如果你告诉那个士兵你在这儿有亲戚，也许他会放我们走。”女人提醒他，但是他没有照做，他不会说出那样的谎话来，那不是他，这种本性——这种山里人的不谙世事，尊重事实，对撒谎这种事退避三舍——已经根植在他的骨子里，只不过他从来不表达而已。这并不是因为他不爱撒谎，而是他对撒谎这种事很小心，轻易不用，一旦用，就要用到刀刃上。他接着又讲到那些人怎么给发了一套衣服——一套蓝色的套衫和工装裤，还有吃的。（一个心直口快的女人说：“得给这个婴儿洗个澡，洗得干干净净的，不讲卫生会要了孩子的命的。”女人回了一句：“您说得对，他也许有点爱哭，我也从来没有给他洗过澡，但这孩子很健康。”）夜幕降临，没有装灯罩的电灯十分刺眼，有的人打起了呼噜，他悄悄爬起来，摇醒女人后带着她悄悄向窗根儿摸去。“那屋子有好几个门，可是你不知道每扇门都通到哪儿，费了我好长一段时间才找到一个可以溜走的窗户。”他第一个从窗户下去，手里抱着裹得严严实实的婴儿——“你应该撕开一幅床单，拿它当绳子溜下去”，矮胖犯人插嘴道。他没用床单，而是踩着墙上的石头下去的。夜色黑漆漆的，城市就在眼前，但是看不见，他也无心去看。彼安维尔[①]也曾经在这里驻足，这里还是那个叫拿破仑[②]的人的梦想之邦，虽然最终他的梦想破灭，安德鲁·杰克逊[③]发现这儿离宾夕法尼亚大街只有一步之遥。但是高个犯人发现这里距离他们放下小船的那个码头没有那么近，一直到清晨，他们才走到放小船的地方。可口可乐广告牌在晨光中隐约可见，吊桥在淡黄色的天空下像是一只背部高高拱起的大蜘蛛。就像他对自己是如何把那条船拖下六十英尺的堤坝闭口不谈一样，这一次他也没有讲自己是如何把那只小船放到水里的。大湖就在他身后，他现在只有一个方向可以走，当他再一次见到那条大河时立刻认出了它，这很自然，因为这条河已经成了他生命的一部分，不可去掉的一部分。如果他可以保存下来这些经历的话，那么这些经历甚至可以传给后代。但是四个星期以后，这条河的景象就会和它现在以及过去的样子大不同了：这条大河，在经过随心所欲的一段时间后又恢复到它以前的样子。河水重新被收

---

① 彼安维尔（Bienville，1680—1767），法国探险家，曾在北美建立两座城市——亚拉巴马州的莫比尔和路易斯安那州的新奥尔良。

② 拿破仑·波拿巴（Napoleonic Bonaparte，1769—1821），1799—1814年统治法国，曾梦想在北美建立法兰西帝国，后为战局所迫，于1803年把占据的路易斯安那州的大片领地卖给美国。

③ 安德鲁·杰克逊（Andrew Jackson，1767—1845），初为将军，1815年在新奥尔良战役中率美军战胜英军，后享誉政界。1829年当选为美国总统，进入当时设在宾夕法尼亚大街的总统府白宫。

拢于两岸之间，平缓地向大海流去，曾经被洪水冲刷出条条横道（像是人脸上的皱纹）的大堤内侧仿佛一张人脸，露出惊讶的表情看着这条大河的转变。堤坝上柳树成行，绿意盎然、郁郁葱葱，高达六十英尺的堤坝下面是一望无垠的平原。在这块无须精耕细作、撒下棉籽就能发芽生长的沃土上，不时看见扭着屁股、拖着开沟犁前进的皮毛油光水亮的骡子。到了七月，平原上冒出一行行绵延数十英里的茁壮茎秆，八月里棵棵棉株缀满了紫色的花朵，到了九月，宛如白雪的棉桃密密麻麻地覆盖了这片平原。棉株与棉株之间的空地被拖过来拖过去的麻袋磨得平滑整齐，黑奴们灵活的双手在棉花丛中翻飞，闷热的空气里回响着轧棉机的嗡嗡声。可现在是六月，蝉声鼓噪，城市里处处散发着新涂的油漆的味道以及粘墙纸的胶水味儿。城市、乡村重新恢复了以前的面貌，那些建在河堤内侧用木头搭建的码头和那些低矮的房屋被人们粉刷一新，在太阳下显得明亮扎眼，散发出难闻的油漆味。夏天几场银光闪闪的大雨的冲洗，渐渐淡退了五月里的这场洪水在无数木桩、柱子和树干上留下的痕迹。八月中旬的一个下午，在某处大堤边缘的一个小店门口，几个黑人坐在登着烟草和治疗疟疾的广告牌旁边的台阶上，旁边还站着三个白人男子，其中一个是县里的行政司法副长官，这位一心想着在八月的初选中击败自己上司（上司是曾经给了他现在这个职位的人）的司法长官正在为自己拉选票。小店门口立着几匹已经备好鞍子戴着辔头的骡子，一副迷迷糊糊的样子，几只老狗在附近溜达。这时候，波光闪闪的水面上出现了一条小船，小船越来越近，上岸后一个抱着孩子的女人从船里出来，接着是一个高个男人，他身上穿一件犯人才穿的衣服，那件囚服虽说已经褪色，但是一看就是刚洗过没多少日子，很干净。男人和女人的出现打断了那几只骡子的好梦，它们睁着呆滞的眼睛看着这两个陌生人。那位行政长官把手伸向胳膊以下的衣服，这动作让人想到他是在掏枪，可是一阵忙乎后，他什么也没掏出来。但是对于那个陌生男人来说，这位行政长官的意图再明显不过。

“你是长官吗？”他径直问道。

“是，”副监狱长说，“我可带着枪呢。”

“可以交差了，”犯人说，“那边是你们的船，这是那女人。但是我没找到待在棉花房上的那个王八蛋。”

野棕榈

V

医生和叫哈里的男人一起走出屋门来到阳台上站下，四周漆黑一片，风打在棕榈树叶子上发出唰啦唰啦的声音。医生手里仍旧拎着那瓶威士忌——里面还有半瓶酒，他一边说话一边挥舞着手里的酒瓶，也许他没有意识到自己手里还攥着酒瓶，也许他以为自己只是在朝着隐藏在黑暗里的那张脸挥了挥手。他的言语变得冷酷、一针见血且毋庸置疑——像是一名清教徒，因为深信自己是一名清教徒，所以面对事情时必须拿出清教徒规矩做事的派头，以此维护自己信仰的纯洁性，捍卫它的原则。但实际上他冷酷的口吻纯粹是因为他认为自己已然是个老人（虽然他并不老），却要给人拉来面对这样的事情，而且大半夜被叫醒过来，迷迷糊糊地被连拖带拽地带过来，目睹眼前这一惨象，虽然这种不顾一切的感情他从未经历过，即使他在年轻时也没有遇到过，但是他并不觉得遗憾，相反倒觉得自己很幸运，命运没有选择他去面对这种痛失爱人的处境。

“这是谋杀！你杀了她！”医生说。

“是。”对方说。语气有点焦躁。医生注意到这是对方从开始到现在唯一一次用这种语气和自己说话。“你可以打电话给医院吗？或者——”

“她是被谋杀的！谁干的？！”

“我干的，我们别站在这儿纠缠这件事了，你可不可以打电话给——”

“我是说谁做的？谁给她做的手术？我必须知道这个。”

“我说了，是我做的手术。我给她做的。看在上帝的分上！”医生感到自己的胳膊被对方揪住了，揪得紧紧的，在感觉到那双手传递过来的力量的同时，他听见自己脱口而出：

“什么？”他说，“你？你干的？你自己做的手术？可是我以为你——”他想说：我以为你是她的情人，以为你是她的那个。他心里却想的是，这也太过分了！总得有王法吧！规矩呢？！总得管管这些私通、通奸、堕胎和犯罪吧。可是在这层想法下他又想到一层，人类不是神，总得为这类爱情、激情和由此而生的悲剧受难，至于上帝是不是也在受这样的折磨，那只有魔鬼才知道。他几乎要说出自己心里的念头，同时身子一闪，躲开男人伸过来抓他的手，与其说他把那只手看成了一只蜘蛛、爬虫或者脏东西，倒不如说他仿佛突然发现自己袖子上沾了一张宣传无神论或者某种主义的传单——那是一种被冒犯的感觉，虽然不至于那么强烈，但还是让他那颗信奉灵魂不死和道德至上的心感到不舒服。“太过分了！”他大声喊道，“你待在这儿别动！别想逃跑！跑到找不到你的地方躲起来！”

“逃跑？！”对方说，“逃跑？！赶快打电话叫救护车啊！看在上帝的分上，帮帮我！”

“会打的，不用你操心！”说话间医生已经下了阳台，黑乎乎的风迎面压了过来，他迈开双腿，身形笨拙脚步沉重，一边跑一边冲身后喊着：“你不许逃跑！休想从这里溜掉！”手电筒在他手里闪来闪去，光像一只忽闪的蛾子，在夹杂着风声的夜色中一晃一晃地向那丛夹竹桃树的方向飘过去。他没有忘记拿上他的手电筒，威尔伯看着忽隐忽现的手电筒的光，心想：这样的人也许一辈子都没有忘记过事情，但唯独忘了他自己是否真正地活过，忘记了自己至少是条生命的事实。他突然觉得自己的心脏在哆嗦，就好像它一直没有冒头是因为在等他自己意识过来。手电筒的光消失在那丛篱笆树后面，硬生生黑乎乎的风重新扑了过来，他的眼睛开始眨巴，眼泪随之掉了下来，好像很难控制眼皮的运动。我的泪腺出了问题，他想，心脏也在怦怦地跳动，像是背负着很沉的东西。好像里面流动的不是液体的血，而是沙子。他想，跳得快一点吧，用力一点，我喘不过气来，但不是呼吸出了问题，而是这大风吹得人喘不过气来，我要离开这里，找个地方喘口气，心脏没有那么脆弱，它能扛得住，扛得住任何东西，任何事情。

他转过身穿过阳台向屋子里走去。刚才他出门的时候，风就像是在和他抢着要用同一个出口似的。它并不真的想进到这屋子里，他想，它没必要这样做，不需要这样做，它只是在玩耍，快走开。当他打开门，把手放在门把手上，马上感觉到了它的力量，关门后立刻听到了嘶嘶声，像是有人在喃喃自语，又像是笑声，窃窃的笑声，风把它的重量彻底压在了门板上，所以他开门时几乎没有费劲儿，风像是在暗暗助他把门打开，但关门时，门变得有了重量，一点都不轻松。这一次进门，开门关门容易了许多，可能是因为风不再像刚才那么急，虽然风声还在嘶嘶作响，像是有人在笑，但是它似乎并不想进到这屋子里。他关上门，卧室里的灯光露出来照在门厅里，随着关门声，本就微弱的灯光也跟着摇晃了几下，就好像有一股风一直待在这房子里，又好像这是刚才他进屋时一股风跟在他身后蹿了进来，现在又试探着要从门缝溜走，它也在嘶叫，但声音从容了很多，好像并不着急离开。他朝卧室的门的方向微微偏过脑袋，听了一会儿里面的动静，没有声音传来，门厅里空空荡荡，只有风打在门板上发出人语般的声音。他安静地听着，想着，也许不应该去找他，我猜得对，他是医生没错，但是我没有猜对他会怎么看待这件事情。他脑子里不再出现医生的身影（虽然他没有把心思全都用在猜测医生的举动上，但还是预见到了如下的一幕：一间干净整洁，密封得如榫卯一般严丝合缝的屋子里，一把开着开关的手电筒放在桌子上，手电筒旁边放着医生随身携带的出诊包。两条结实的静脉曲张的小腿，形状和他第一次见到医生时看到的从他睡衣衬衫底下探出的两条腿一样，它们稳稳地立在地上，腿上突起的静脉清晰可见。他甚至听到了声音，情绪激动地对着话筒喊：喂喂，能听到我说话吗？请派一名警员过来！如果可以的话，请派两个过来！他会把他的女人吵醒的，他想，随即眼前出现了另外一幕：楼上房间里，那个蛇发、穿着高领灰色睡衣的女人用胳膊肘撑着身体半倚半靠在床上，头略微偏向一侧，面无表情地看着她的丈夫，似乎这四天来她一直在等这个消息。她会和他一起来的——如果他等不及警察过来，他想，他也许现在手里拎着把手枪等在出口那里，也许那个女人也在，和她的丈夫一起守着出口以防他逃跑）。不过不重要了，这就像寄一封信，选择哪个信箱把信放进去都一样，只是，为什么要让他等这么久才寄出这封信，他的人生结束了，经历过四年的学习和二十个月的实习，还有这两年的漂泊，以这样一种方式结束了。这么快就结束了，他站在风里，一动不动，风慢了下来，不慌不忙，好像在等着什么，他把脑袋微微偏向房间那边听着动静，心里一层层地起着波澜：不仅仅是风使我不能呼吸，再这样下去我会死的。他大口地喘着气，不是快速地吸气吐气，而是深深地吸气呼气，像是身边有什么人逼迫他这样做似的，可是他感觉呼吸越来越浅，越来越艰难，好像每次吸进去的气都只到达了肺的最上部，好像这些气息随时会脱离肺部，让他停止呼吸，心脏跳得愈来愈艰难，每一次收缩膨胀像是随时会从身体的毛孔或者通道里蹦出来。他痛苦地眨着眼睛，眼睛里仿佛塞满了黑色的沙子，吸干了所有的水分，同时身体却在大量出着虚汗。他心里想着：一定要坚持住，要谨慎，这一次她醒过来一定要让她坚持住。

他穿过门廊，来到卧室门口。里面一片死寂，除了风声没有任何声音（卧室的墙上有扇窗户，但是上下两个窗框闭合不好，风在两扇窗户的缝隙中盘旋，像是在对着窗户低语，但是却不进来，好像它也不想进到这个房间里，或者说没必要进来）。夏洛特躺在床上，双眼紧闭，那件衣服在她胳膊下方皱缩成一团（那件睡衣她从来没有穿过，就像她从来没有这样一件衣服似的），她的腿和胳膊伸展着躺在床上，但看上去并不放松，而是给人一种四肢绷得很紧的感觉。卧室里回响着黑乎乎的风声，不知从哪里钻进来的风，也许是从床头那盏放在行李箱上的灯传过来的，和照在夏洛特身上的微光一起在屋子里盘旋互绕。他发现她的腰身比他以为的要窄得多，大腿看上去软塌塌的，阴毛修剪过，肚脐那里有一道褶子，腹部有些红肿，除此之外没有任何异常，腰身没有发黑的迹象，没有死亡的痕迹，什么都没有。他不忍心看下去了，看着她因为自己而怀孕的身体，他再一次感到呼吸困难，他想退回到门口，但是晚了，躺在床上的她睁开了眼睛，看着他。

他拘在那儿，呼吸困难，身体一动不动，一只手撑在门框上，刚才要往后退而抬起的一只脚停在半空。她的眼睛睁开了，但里面是空的，他看见了她眼睛里的那个自己，像是一条鱼浮上水面——一开始是一个小点，渐渐地一条小鱼的身体显了出来，鱼身还在继续增大。又一秒钟的工夫，她眼里的空洞不见了，她苏醒了，意识恢复了。他抬起脚快走了几步来到她床前，把身体凑近她，又把手放在她的胸脯上，轻声呼唤着，他说得很快，但很稳，尽可能让自己的声音听上去不那么激动：“不要，夏洛特，不要，听见我说什么了吗？睡一会儿吧，夏洛特，睡一会儿，没事了，现在没事了。”他的声音平静，语气却很迫切，好像他说这些话只是因为需要他这么说，就好像如果是离别那必须要说一些正式的离别之言，和擦肩而过无须和任何人说再见的情势不同——而且，只要时间允许，他就这样一直说下去。“你不会有事的，”他说，“睡吧，夏洛特，救护车还没来，来了我会告诉你的。”她肯定是听见了，她眼里的鱼很快又小了，最后变成一个小点，再过一秒钟她的眼睛里就成了空白的一片。他紧张地注视着她的眼睛：小点突然大了，这一次大得很迅速，没有变成小鱼，而是恢复到他熟悉的黄色，那是她的瞳仁，只是停留在那黄色瞳仁里的光像是被一团黑色的漩涡裹着，在里面散乱而快速地打着转，仿佛刚才那片停留在她肚皮上的黑色阴影现在跑到了她的眼睛里。她紧紧咬着下嘴唇，头微微动了动，像是要坐起来，像是要摆脱他的平放在她胸脯上的手。

“我疼，医生呢？他去哪儿了？你去告诉他，让他给我那东西，快点啊。”

“不行，”他说，“不能吃那东西，疼是正常的，你要忍住。”她笑了，一定是笑，她的头往后仰去，身子开始扭动，他赶忙把那件睡衣往下揪了揪，盖住她的身体。

“你说过你不让我疼的。”

“我在尽力，但是你自己也要忍一会儿，忍住，再坚持一下，救护车很快就来，但是这一会儿你就在床上躺着，忍着疼。听见我说的吗？不能再睡了。”

“你去拿刀来，把它从我身上割掉。都割掉，别剩下东西，只留个空壳，让冰凉进来，冰凉——”

“你赶快走，你答应我的。”她的牙齿咬着下嘴唇，嘴角有一线血迹，牙齿在灯光里闪着光，他从自己的裤兜里掏出一条脏兮兮的手绢，想给她擦掉血迹，她扭了下头，躲开了。“好的，”她说，“我坚持。你说救护车就要来了？”

“是的，马上就可以听到救护车的声音了，让我给你——”他又一次抬起手，想给她擦掉那道血迹，但她躲开了。

“知道了，你赶快走吧，你答应过我的。”

“我不能走。如果我走了，你就不坚持了。可是你必须坚持住。”

“我在坚持，这样你才能走，在他们来之前你走吧。你答应过我要走的，我想看见你走，我想看着你走。”

“我走，但是你不和我说再见吗？”

“好的，但是看在上帝的分上，别碰我，我在着火，哈里，不是疼，是火，别碰我。”他跪下来，她不再扭头，他把自己的嘴唇放在她的嘴唇上面，亲吻着，她的嘴唇又热又干，带着一股甜丝丝的血腥味。过了一会，她抬起手推开他，她的手干热干热的，他听到了她的心跳，快而强烈。“上帝，我们有过好日子，不是吗？玩儿，做爱。还有在雪里，那么冷。我脑子想着这些，是这些东西让我一直坚持着。雪，寒冷，寒冷。但是我现在不疼，就是热，像着火了似的，像——走吧，快点离开这里。”她扭过头不再看他，他站起身。

“好，我走，但是你必须坚持住。可能需要很长一段时间。你能做到吗？”

“我能，你走吧，快一点，去莫比尔[①]，你身上有钱，在那儿你很快就能找到藏身的地方，他们抓不到你。赶快走，看在上帝的分上，离开这里。”一股鲜血从她的牙缝里溢出来，流到下巴上。他没有动，脑子里出现了一本书，是很多年前他曾读过的一本书，作者是欧文·韦斯特，书里写一个穿着粉色礼服的妓女，喝了鸦片酊后被好几个牛仔轮流拖着在楼梯来回走，尽量让她脚着地，让她活下来。他向门口走去。

“好的，”他说，“我现在就走。但是记住，只剩你自己了，

---

① 莫比尔（Mobile），美国亚拉巴马州的一个城市。

一定要坚持到那些人来。听到了吗，夏洛特？”那双黄色的眼睛怔怔地盯着他，咬紧的嘴唇又一次松开了，他重新回到屋里，扑到她的床前，这时从门口（阳台上）传来两个人说话的声音，夹杂在喃喃的风声（像是有人在咯咯地笑）里——一个是医生的声音，他身材臃肿，但声音却尖厉高亢，刺人耳朵，似乎要撕裂空气，还有就是他那个长得像蛇发妖怪的妻子比男人还要男人的又粗又低的声音。两种声音被风声裹挟住，飘忽不定，没有方向，像是两个无事生非的小鬼在吵架。就在威尔伯扑向床边，盯着那双黄色眼睛的时候，那声音一会儿出现一会儿又消失在空气里，他看到她的眼睛停止了转动，嘴唇无力地耷拉着。“夏洛特！”他大声地喊着她的名字，“你不能睡着。你疼吗？疼吗？疼就不会睡着了，你听我说呀。”他开始拍她的脸，频率很快地拍，“你感到疼吗，夏洛特？”

“疼，”她说话了，“是你吗？你，还有新奥尔良最好的医生。医生什么时候能给我听诊？给我点药吃吧，好了，拉特[①]，孩子们呢？”

“她们马上过来，肯定会疼的，你感觉到疼吗？”

“可以，我可以坚持得住，但是你不能为难他。我只有这个请求，不是他做的手术，听着，弗朗西斯——看，我叫你弗朗西斯。如果我撒谎，我能叫你弗朗西斯而不是拉特吗？我

---

① 夏洛特已经失去清醒的意识，把威尔伯当成了自己的丈夫里特梅尔。

说，是另外一个人给我做的手术，不是威尔伯那个混蛋。你觉得我会让那个稀里糊涂的家伙用刀子在我身体里戳来戳去吗？”声音消失了；女人的眼睛虽然还睁着，但眼睛里的东西没了——小鱼没了，连小点也不见了——没有任何东西。*心脏呢*，他想，*她还有心跳*。他把头贴上去，紧紧地贴在她的胸脯上，然后用手去探夏洛特手腕上的脉搏。她的心跳很慢，也很有力，但是每一次跳动都跟着一个奇诡空洞的声音，好像随着每一个声音的出现，她的心脏正在越变越小。正当他尝试辨别那心跳声时（他的脸正好对着门口），医生走了进来，一只手拿着他那只已经磨得发旧的医药箱，另一只手里提着一把镀镍廉价手枪，那样的手枪在任何一家当东西的旧货铺子里都能见得到，无人问津，只是被当作摆设放在一个铺子里的某个地方。医生的身后跟着他老婆，那个身子裹在披肩里脸色灰暗头发束紧，活像美杜莎[①]一样的女人。他赶忙站起身，向医生冲过去，不等靠近，手已经伸过去去拿医生手里的医药箱。“她醒了。”他说，“她的心脏——给我，给我看看药箱。里面有马钱子碱吗？”可是那只药箱子只是在他眼前一晃，随后消失在医生的两条粗腿后面，他还没有回过神，医生另外一只攥着手枪的手突然出现在眼前，和刚才伸到他眼前的那个酒瓶一样，在他眼前晃着。

① 美杜莎，古希腊神话中的蛇发女妖，传说凡看见她的眼睛的人会变成石头。

“别动！”医生高声喊道。

“放下枪！”是医生妻子的声音，和医生一样威严，像是男人的声音，“我告诉你不要带枪来，给他你的药箱，他想怎样随他！”

“不给！”医生嚷道，“我才是医生，他不是。他连一个称职的罪犯都算不上！”

医生的妻子突然转向威尔伯，她灰白的头发看上去乱糟糟的。“箱子里有可以让她吃的药吗？”她说，因为太突然，威尔伯一时没有意识到她是在和自己说话。

“药？”

“是的，能给她吃的药。吃了可以让她站起来的药，然后你们两个离开这间屋子。”

医生扭过去头，看着他自己的妻子，声嘶力竭地嚷道：“你还看不明白吗？这女人要死了！”

“那就让她死，让他们两个都死，可是就是别死在这间屋子里！别死在这个镇子上！让他们离开！离开后随他们自己怎么砍死对方，想怎么死就怎么死，只要离开我们这里。”威尔伯看见医生开始在他妻子面前挥舞手枪，就像刚才他对自己那样。

“我不会听你的！”医生喊道，“这女人就要死了，这个人必须为此负责。”

“狗屁负责！”医生的妻子说，“你生气是因为他没有一张文凭却敢动刀子！你生气是因为他做了医学会不允许他做的事情！把枪放下！然后给她点药吃，让她吃了能坐起来的药，然后让他们离开这里，你给他们点钱，再叫一辆出租车来，不是救护车。如果你不想出钱的话，我来出！”

“你疯了吗？”医生嚷道，“你这个疯子！”

医生的妻子看着医生，从那张被灰色的螺丝般的头发遮住的灰色脸庞上射出两道冷漠的目光。

“难道你这是在帮他吗？是吗？也不奇怪，男人们做蠢事时都喜欢扎堆。”她猛地转过身，对威尔伯（却不是面对面地）说：“你还没有吃饭吧。我去给你热杯咖啡过来，你最好喝点咖啡，一会儿他和那些人问你话时好头脑清楚些。”语气还是冷冷的，问话方式还是很突兀，威尔伯一瞬间没有回过味儿来。

“谢谢，”威尔伯说，“我不想喝——”但是医生的妻子已经走了。他正要说“等一下，我领你去！”的时候突然意识到对方才是这间屋子的主人，她是房东，当然知道厨房在哪个位置，他不再说话，任由她去。医生向那张床走去，他闪开道，跟在医生后面，医生走到床边，把医药包放在床上，他似乎意识到自己手里还拿着一把枪，抬起来看了一下四周，他在想把枪放哪里，然后又像记起了什么似的，转过身子，那张还没有梳洗的脸对着威尔伯喊道：

“别动！”医生喊道，“你敢动一下我就——”

“拿你的听诊器来，”威尔伯说，“我突然想到一个办法，不过我们先等等，因为她肯定会醒过来的，她会的，不是吗？她一定会醒的，肯定会的，你的听诊器呢？”

“你早就该让我拿听诊器！”医生眼睛紧紧盯着威尔伯，拿着枪的手摸索着打开出诊包，掏出听诊器，把听诊器打开卡在耳朵上，身子略微前倾。他似乎忘了他的手枪，那只枪被他放在了床上，他的手没有离开枪身，但是他的注意力显然没在枪上，他支撑着身体。屋子里安静下来，刚才的怒气消了。威尔伯现在能听见医生妻子在厨房里的动静，他再一次听见了风声，像是在笑话人，带着揶揄的满不在乎的调子，不停地刮过，他似乎还听到了野棕榈叶发出的响声，夹杂在风声里。然后是救护车的声音，离着他们还远，声音一开始很微弱，渐渐地越来越凄厉，这时候医生的妻子手里拿着杯子走了进来。

“喝了这个提提神，”她说，“热了好半天还是不太热，但好歹能喝了。”

“我谢谢您，”威尔伯说，“真的很感谢，可是我喝不下，真的喝不下。”

“别胡说，喝了它。”

“我谢谢您。”救护车的声音越来越大，呼啸着朝着这里开过来，速度很快，越来越近，声音随着车速忽高忽低，慢的时候就成了一种低沉的隆隆声，转眼又上升为凄厉的叫声。高而专横的声音让人感到紧张，好像那车已经到了门外，虽然听上去它可能刚下公路，驶向那条通往自己家这边的野草丛生的坎坷不平的小路；车子到了屋门口，凄厉的声音换成了一种呻吟似的声音，像是一头体形庞大的动物，受了伤，迷迷糊糊地从嘴里发出哼哼唧唧的声音。“我谢谢您，我们走后肯定有一堆垃圾要清理，这么晚了，我就不打扫了，省得给您更添麻烦。”阳台上传来脚步声，心跳声似乎被那脚步声比了下去，他又感到喘不过气来，开始拼命吸气，没等气息完全呼出就已经开始吸气，他不停地吸气，但每一次吸气气息都浅浅地停留在肺部的上端，像是空气被过滤过，变得稀薄，沉不下去。门厅里传来一阵脚步声（来人显然没有敲门），随后进来三个穿便服的男人——其中一个是年轻人，一顶带檐的帽子压住了他的卷发，他上身穿一件马球衬衫，脚上没穿袜子；另一个身材瘦长，看不出年纪，衣服穿得整整齐齐，人看着也很干净，脸上架一副眼镜，在他们的身后站着另外一个人，典型的南方警察的模样，在南方城乡之间的地段常常可以见到这类人的身影——戴一顶宽檐帽子[①]，眼神霸道，身上的大衣被里面的身体撑得鼓鼓的，虽然不会动不动就滔滔不绝地说个没完，但是眉宇间常常流露出一种说一不二的神情。最前面进来的两个男人把手里的担架向床边推过去，动作专业一气呵成。医生朝着那个警官模样的人说着什么，一边说一边用拿着枪的手指着威尔伯，他显然忘了自己的手里还拿着枪。

① 帽檐既可以翻起来也可以折起的。

“这就是凶犯，我认为我们一到城里就可以对他提起起诉，需要的话我可以出庭做证。”威尔伯听见医生说。

“小心，医生——哦，晚上好，玛莎女士，”这是警官的声音，“请先把枪放下，它随时都可能走火，也许你从别人手里接过来时，是扣了扳机的。”医生看了看手里的枪，威尔伯似乎想起了什么，他记得医生刚才放听诊器的时候是把听诊器和手枪一起放进他那个旧兮兮的医药包里的，不过他并不确定，因为他当时只顾着跟在担架后面往夏洛特的床边冲去。

“轻一点儿，”他说，“别弄醒她。她不——”

“这事我来管。”医生说。刚才亢奋的声音现在平和了很多，好像是因为累了，所以要休息一会儿，但很明显，他随时可以恢复到刚才的音量，好像他现在这么说话只是为了缓和一下情绪，随时可以恢复到刚才那种愤懑的状态。“这是我的病人，记好了，是你请我来给她瞧病的。”医生走近床边（这一次手枪似乎被他放进了包里），抬起夏洛特的手腕说，“轻一点抬她，尽可能开得快点，理查森医生已经等在医院里了，我开车跟在你们后面过去。”那两个人把夏洛特抬上担架，担架的轮子是橡胶轮子，担架由那个没戴帽子的人推着，穿过房间，快速地消失在门厅里，给人的感觉不是被推进去的，而是被什么东西吸进去了似的，不是通过人，而是通过时间，像是穿过某个排气管道，一两秒钟的时间，不见了，然后又聚在一起，甚至这个夜晚也给人这样的一种感觉。

“说吧，”警官说，“你叫什么名字？威尔伯？”

“是。”威尔伯说。那个拿手电筒的人也以担架的方式消失在门厅里，同样是被吸进去的。这时候风从外面咯咯地嘲弄似的从开着的屋门冲了进来，夜色里伸出一双黑色的大手，风在用全身的重量阻挡他出去，他俯身冲进风中，冲到阳台上，又冲下阳台的台阶。“她很轻，”单薄的声音里透露出内心的紧张，“最近她瘦了很多。如果你们同意的话，让我来抱她——”

“他们抱得动，”警官说，“拿钱就得干活儿，这个你不用担心。”

“我知道，不过那个小个子好像抱不动她，再说他手里还拿着——”

“他知道怎么用力，他喜欢那种方式安放病人。你不想惹恼他是吧，别操这份心了。”

“为什么？”威尔伯自言自语似的说了一句，“为什么你们不把我铐起来？”

“你难道想被铐起来吗？”警官说。担架此时已经被阳台的黑暗吞噬，在往更深的黑暗走，但是它一直保持着水平的状态，给人的感觉轻飘飘的，没有一点重量，像是在漂移。在手电筒的光下，担架向房屋的拐角处移去，年轻人的白衬衫和裤子仿佛是随着担架的漂移而移动，担架继续向门口通往大路的那条小路移去。他听见躲藏在夜色里的棕榈树的叶子发出的咔啦声，干裂刺耳的声音一直没有间断。

医院是一幢带点西班牙风格的低层楼房，灰泥墙面凹凸不平，院子里种着繁茂的夹竹桃树丛，此外还种着很多并不高大的棕榈树。救护车速度很快地拐进来，声音小了很多，听上去不再那么凄厉，开始哼唧，像是动物的喘息声，车轮碾过路上的牡蛎壳路面时发出干裂的刺啦刺啦的声音。当他从救护车里出来的时候，听见棕榈树的撞击声，咔啦咔啦地像是从一架吹沙子的机器发出的声音，黑乎乎的风里仍是带着一股海的气息，风力比刚才小了很多，可能是因为他们现在离大海有四英里远的原因。担架被那两个人从车里抬出来，像是被什么东西重新吐出来似的，四个人的脚踩在干燥的牡蛎壳铺的路上，刺啦刺啦的声音更响了。刚一进医院的走廊他就开始眨巴眼睛，眼皮里像盛满了沙子，电灯的光刺过来，生疼。灯光照在担架上，轮子在地毯上滑行，一眨眼的工夫，他发现刚才推担架的人换成了两个穿着护士服的护士，一个看上去很强壮，一个略显单薄。他想，一副担架两个人，这两个人不可能体力和身材都很般配，显然世界上的担架不是一定要给两个看上去体力和身材都特别般配的人推着，而是这两个人在推担架时互相配合，互相观察周围的环境，互相协调着推着担架车往前走。很快，前方出现了一扇已经打开了的门，里面的灯光刺人眼睛，一名穿着手术服的外科医生站在里面。担架通过那道门，外科医生看了他一眼，不是好奇的眼神，而是怀疑是不是在哪儿见过他的眼神，然后转过身跟在担架后面向前走去。威尔伯正要同医生说话，两扇门（听上去门底端装了橡胶垫）无声地在他眼前合上了，他的脸差点被门打着，警官在他旁边说："放松。"一个护士出现在他们面前，护士只是对着警官说了一句什么，自始至终没有朝威尔伯这边看，威尔伯很难听清护士说什么。"好的。"警官答应着护士，同时用手肘碰了碰威尔伯的胳膊，说："转过头往前直走，别紧张，放松。"

"但是我想——"

"有什么话一会儿再说，你现在需要的是放松。"他们向另一扇门走去，刚才那个护士侧过身给他们让开路，然后目不斜视地往相反的方向走去，身上的裙子发出像是脚踩在牡蛎壳上的刺啦声。他们走进去，里面出现了一间办公室，一个戴着消过毒的帽子，身穿医生工作服的男人坐在桌子后面，桌子上放着一张空白的表格和一支墨水笔。这个人比刚才那个人显得年轻些，他头也没抬地问：

"姓名？"

"夏洛特·里特梅尔。"

"小姐？"

"夫人。"那个医生坐在桌子后面一边听一边在本子上记录。

"有丈夫吗？"

"有。"

"姓名？"

"弗朗西斯·里特梅尔。"接着，他告诉那人里特梅尔的地址，他看见那人手里的笔在快速而顺畅地移动着，字迹流畅一气呵成。这自来水笔让人看了喘不过气来，威尔伯想。"我能否——"

"我们会通知他的。"直到这时对方才抬起头来，镜片后面的一双眼睛让人感觉不真实，和他说话口吻一样，冷冰冰地不夹杂一点人情味儿，"你怎么解释？医疗器械没有好好消毒？"

"消毒了。"

"那是你自己的认为。"

"我很清楚，我消毒了。"

"那就是你第一次做这种手术？"

"不是，是第二次。"

"第一次没出问题吗？你怎么知道呢？"

"没有，我知道，第一次成功了。"

"那为什么这一次失败了？"他想说因为我爱她。他还想说，一个守财奴也可能搞坏他保险箱的报警器。本来他可以叫一个专业的开锁匠来帮他开保险箱，哪怕请一个精于溜门撬锁的盗贼也比他亲自动手要好，因为他们不在乎他的保险箱，不在乎要不要劈开那些结实的铁板。可是他什么也没说，对方等了他一会儿，看他没说话，重新低下头，写了起来，钢笔在卡片上快速地移动着，他一直低着头，一边写一边嘴里说道："你去外边等一会儿。"

"我现在能带他走吗？"警察问。

"不行。"那人头也不抬地说。

"我可以——"威尔伯说，"你能让我——"那人停下了手里的笔，他看着卡片，好像是在读他刚才写的东西，过了一会儿后他抬起头说：

"你见她干什么？她已经认不出人了。"

"也许她会醒来的。也许我可以唤醒她，我可以，我们可以——"

对方冷冷地看着他，但没有不耐烦，至少没有让人觉出他的不耐烦，只是盯着他，一直等到他说完，然后开口道：

"作为一名医生，你觉得她还能醒过来吗？"威尔伯像被什么东西刺痛了似的，痛苦地眨了下眼睛。台灯发出白昼似的光，灯光底下，干干净净的卡片上面写着龙飞凤舞的几行字，旁边是一只外科医生的手，那只看着干干净净的手里握着一支拧开笔帽的钢笔。

"是的。"威尔伯小声说。那人没有理会，重新低下头去，看了看手里的卡片，抓钢笔的手往卡片前凑了凑，重新写了起来。

"我们会通知你什么时候可以带他走的，"显然，这一次是和警察说的，说这话的时候他仍然没有抬头，只有手里的钢笔还在移动，"就这样吧。"

"最好在那个女人的丈夫拿把枪或什么凶器冲进来之前把

他带走，是不是应该这样做，医生？”警官道。

“我们会告知你应该怎么做。”外科医生还是没有抬头。

“好吧，杰克。”警官说。医院走廊里的凳子硬邦邦的，上面布满了细小的裂缝，破烂得像是旧式电车里供乘客坐的凳子。从他坐的角度刚好看得到那扇封了橡皮条的门，面无表情地立在那儿，像是一扇沉重的大铁门，无情，说一不二坚不可摧，他心里有点诧异，因为那门只有一边连接在门框上，看上去轻飘飘的，门板的四分之三笼罩在弧光灯的强烈光线之下。她也许能活下来，他想，也许能活。“我说，看在上帝的分上，”警官开口了（威尔伯感觉到自己胳膊肘那儿被人捅了捅），威尔伯注意到警官的指缝里多了根香烟，“——你瞧你做的好事儿——你刚才说你叫什么名字？威尔伯斯特？”

“嗯。”威尔伯说。他想，我能逃脱，使个办法晃过他，然后逃走。我知道怎么去莫比尔，我能逃掉，逃到他们抓不到的地方。

“搞砸了，是不是？自己动刀子？我是个老派人，喜欢过去的活法，讨厌这些新花样。”

“嗯。”威尔伯说。虽然风刮不进屋子里，病房里没有风声，但他还是嗅到了那种气息，如果那不是海的气息，就是那躺在门前道路上的牡蛎壳被干爽顽强的海风吹拂后散发出的气息。走廊里突然喧嚣起来，好像很多人在说话，虽然不高，但混杂着一种让人害怕和痛苦的情绪，他记忆里曾经有这种声音——一座子宫般的建筑物，里面铺着地毯，走在地毯上的人穿着橡胶鞋底的鞋子。当人类遇到痛苦和恐惧（更多的时候是恐惧）时便躲进来，一边放弃淫念、欲望和骄傲，像胎儿般躲到这个僧侣寺院般的房子里，一边无可救药地无法完全割舍内心生长的恶俗——这里白昼黑夜都处于半睡状态，黎明总是迟迟不来（也许会发现这里倒是花掉那些搅乱世间的供过于求的金钱的好地方），人待在里面感到无聊，但一到午夜又会响起让人感到烦躁不安的铃声。在这里待一段时间，然后重生一般，焕然一新地重新出现在世间，然后继续带着勇气重新承载世界的压力。他仿佛听见走廊那边有来来回回的声音——铃声，人走路时橡胶鞋踩在地面的声音，浆洗过的护士服的声音，没来由的争吵声，他熟悉这些声音。又有一名护士走过来，眼睛一直看着他，经过他身边时似乎特意放慢脚步，过去后脑袋像猫头鹰似的转动了一下，她的眼睛睁得很大，眼睛里面流露出来的神色远远不是好奇那么简单，她大大方方地从他们眼前走过，毫无躲避或害怕的意思。警官手里捏着那根没点火的香烟，不时伸伸舌头嘬一下牙齿，好像在清理牙缝里的食物残渣，也许医生打电话报警时他刚吃完饭。

“这些医生和护士，”警官说，“我听一个伙计说过医院里的事情，不知道这些人是不是像外面说的那么乱。”

“不是，”威尔伯说，“不是像他们说的那样。”

“但愿如此。像医院这样的地方，转个身面对的都是病床，病人们躺在床上，也不敢怎么样，医生和护士也是人，他们是聪明人，可以照顾自己的聪明人，不然也成不了医生和护士，这些你比我懂，你说呢？”

“嗯，”威尔伯说，“和你说的差不多。”毕竟他们是有身份的人，他想，他们受过教育。他们必须要按规矩来，他们比一般人要强，最重要的，比那些丑闻更重要的是他们不需要更伟大的东西，只需有悲悯之心就够了。这时第二个医生（应该是外科医生）——就是刚才那个写字的医生——从办公室里出来，沿走廊往这边走来，他身上的白大褂的后摆飘动着。威尔伯看见他过来，赶紧站起来，往前迈了两步，张嘴想问，可是医生并没有停下脚步，也没有理他，等到警官也忽地一下站起来，医生才停住了，他回过头看了一眼警官，镜片后面透过来的眼神透出不耐烦和冷漠的神情。

“不是你负责这个人吗？”

“是我负责，医生。”警官说。

“有什么问题吗？”

“哪敢，沃森，”警官说，“我和你说，救人这种事对你来说小事一桩。”医生转过身继续走路，脚下的步子比刚才稍微放缓了些。“抽烟吗，医生？”医生没有回答，继续向前走去，身上的白大褂发出唰唰的响声。“坐过来，”警官对威尔伯说，“先在这里坐一会儿，看起来现在还没什么麻烦找你。”那扇底下铺着橡胶垫的门又一次打开了，打开的时候门朝里，然后毫无动静地快速反弹回来，和刚才它给人的那种防腐大铁门闸坚不可摧、说一不二的印象截然不同。从他站着的地方看过去，也能看见它只是一边连接在门框上，给人的感觉一个孩子都可以轻而易举地推开它，甚至吹一口气都可以让它打开一道缝。“我说，”警官说，“别担心，医生会治好她的。刚才那个就是理查森医生。三五年前一个黑人和人打起来了，对方用一把剃刀把他的肚子给划开了，他们把他送到这里，你说，理查森医生怎么做的，他在他肚子上开了一刀，把受伤的肠子切下来，再把两头好的肠子给接在一起，就像接橡皮管子那样。没多久那黑人就好了，能干活儿了。当然了，他现在的肠子只有两英尺那么长，每次吃饭，这边还吃着呢，那头儿已经要屙了，人赶紧得往厕所跑。难受归难受，他可是活了下来，是医生救了他，虽然这种活法有点难受，但总比死了强不是吗？”

“嗯，”威尔伯说，“可以去外面待一会儿吗？”警官动作敏捷地站起来，手里还捏着那根没有点火的香烟。

“也行，去外面抽会儿烟。”但是警官似乎马上警觉地想到了什么。

“你去抽烟吧。我就待在这儿。我不会离开的，你放心好了。”

“我不放心，我去门口站着，抽会儿烟。”

“没问题，你可以看到我的。”威尔伯抬起头，看着走廊的方向，一直到门口。“我有点恶心，去哪里能吐一下？”

“恶心？”

“我想吐。”

“我叫护士来，你问她怎么办。”

“不用了，不用问，现在好多了，估计也吐不出什么来，还不够麻烦的，我就待在这里等着他们叫我。”警官沿着走廊向他们刚才进来时的那个出口走去，威尔伯看着他经过那扇笼罩在强光里的门，看见他手里的火柴在大拇指的指甲上一划，紧接着火光一闪，警官的脸出现在火柴的光里。他把戴着帽子的脑袋凑近那一小团火焰（那是一张不算难看的脸，一张从十四岁起就开始学着刮胡子，年纪轻轻就当上警察开始带枪的脸）点着了烟。威尔伯想，出口的门应该开着，因为他闻到了烟味，那烟刚从警官嘴里被吐出来，便随着风往走廊这里飘过来，渐渐又消失在走廊里。他发现吹过来的是海风，从开着的大门飘进来，黑色的风里裹挟着同样黑色的断断续续的海浪声。走廊这一头离他不远的地方站着两个人，他从声音里分辨出那两个人是护士而不是病人，而且是两位年轻女士，从同一个方向传来的还有铃声，铃声有点不耐烦，有点迫不及待，两个女护士还在说话，然后是笑声，年轻女孩儿的笑声，铃声还在响，像是生气了似的，笑声还在继续，声音压过了铃声，两个人足足笑了半分钟才打住。接着，从走廊传来橡胶鞋底和地毯摩擦的脚步声，脚步声很快，但步子放得很轻。铃声不响了，这时候他愈发确信自己闻到的是海风的气息，那是黑色的沙滩散发出的味道，它进入自己的肺里，但是很浅，停留在他肺部的顶端便不再下去，他又一次感觉到呼吸困难，呼吸变得越来越浅，他使劲喘气但无济于事。他感觉从自己心脏溢出的好像不是血液，而是黑色的沙子，他下意识地站起身，想走几步但又不知道去哪儿，脑子里空空的，站在门口的警官看见他站起来，立刻转过身来，把手里的香烟往后一扔，朝走廊走过来，没走几步看见威尔伯没有动，就放缓了脚步，停在门口里面。灯光照射在他身上，威尔伯看见他抬手往下拉了拉帽檐，停留了一会儿后朝自己这里走来，威尔伯看着那个身影朝自己这边走来，那身影好像是个灯柱，横亘在他和街道之间，这时那个门口放着橡胶垫的门又被人推开了，这一次是向外打开的（弧光灯灭了，他想，结束了，他们要走了），从里面走出来两名医生模样的人，门在他们身后无声地摇晃了几下，没等彻底关上又被推开，这一次走出来的是两名护士。他看着警官，却用眼角留意从走廊那边走过来的医生，那两个医生脸上还戴着口罩，断断续续的交谈声从口罩底下发出来，身上的工作服像女人的裙摆，随着身体的摆动发出窸窸窣窣的声音。他们经过他身旁时并没有看他，那个警官这时也走了过来，站在他身旁说："没事的，没事的。"他重新下意识地坐下，看着两个医生向前走去，他们身上的衣服腰部是束着的，所以后摆有点撅，像是女人张开的裙摆，很快，跟在医生后面出来的那两个女护士也走了过来，脸上也是戴着口罩，也是不看他，身上浆洗过的裙子发出窸窣的声音。威尔伯坐在凳子上，听着这些声音，有一刻他感觉自己的心脏似乎离开了身体，虽然还在缓慢而强烈地跳动着，但离他很远，这让他感觉自己似乎待在一个圆形容器里，周围只有风声，他听着，直到一个橡胶鞋底和地面发出的摩擦声出来，那是护士，她站在他坐的凳子旁边，他抬起头，恍如隔世。

“你可以进来了。”护士说。

“嗯。”他答应着，但是他没有动。她说话时不看他，他想，这还是刚才那个护士，说话时不看人。他起身，没关系，因为警官也站了起来，护士看着警官。

“我陪你一起进去？”

“好的。”可是当他把手放在门上时却发现身体软绵绵的，像是把全身的重量压上去也打不开那扇原本吹口气就可以打开的门。也许是他自己的原因，他浑身酸软无力，根本没办法用上力气，门仿佛变成了一块固定在墙上的铁板，纹丝不动。突然一辆担架车出现在他面前，紧接着他看见了护士的手、胳膊和整张手术台，手术台的床单下面盖着夏洛特，那身体的形状在担架下面有一种奇怪的平展。弧光灯已经关掉了，放手术器械的小车已经给推到了墙角，房间里只有一盏穹顶灯亮着，还有一名护士——他记得应该是四个——正在洗手池前擦手，擦完手后她把擦手的东西扔进垃圾桶里，然后朝他们走过来，不，应该是经过他们，然后消失了，或者说走开了。从房间的天花板上传来通风机（也许是风扇）的嗡嗡声，人看不见它安在哪儿，但是肯定在，在人看不到的地方。他走到手术台前，护士的手再一次出现在他眼里，那双手撩开床单，往后折了折，他看着床单下面的那具身体，过了一会儿，他扭过头，也不看护士，眼睛痛苦地眨巴着，眼皮却越来越紧，他的目光落在站在门口的警官身上。“我给他根烟抽，行吗？”他听见警官说。

“这里不能抽烟。”是护士的声音。

“那好吧，”警官说，“很快就会过去的，然后你——”

“再看看吧。”护士说，“给你一分钟的时间。”手术室热烘烘的，因为没有外面的风吹进来，而是机器把房间里的热风抽出去，所以房间里没有刚才走廊里那股掺杂着黑沙子的味道，但是房间里还是有一股风，他不仅能感觉到，甚至能看到这股风，徐徐的。他看到夏洛特的一小缕头发被风带起，不是轻飘飘的，而是黏滞的，头发湿湿地耷拉在她的眼睛和面颊上（医生在她的下颌处用纱布打了一个结，用来兜住她下垂的脸颊）。她似乎变了模样，这不仅仅是因为她下垂的下颌和脸部肌肉以及那条贴在下颌处打了个结的纱布，还因为她整个身体似乎都垮塌了，像是决堤的洪水，不等他看清楚已经往更低的地方冲去。这股洪水冲垮了她的躯体，让她再也无法站起来，再也无法走路，就连躺下也控制不住这洪水的倾泻流动，就连脚上的那双薄纸做的鞋都兜不住这股洪水。他看着那股洪水一直流到地面上，仿佛连平平的地面也兜不住这股洪水，起初它的速度很慢，然后越来越快，直至以难以置信的速度消失，完完全全地消失，一点痕迹都不留，被再多也不嫌多的尘土吸收得干干净净。护士碰了一下他的胳膊，说："走吧。"

"等等，"他说，"再等一下。"他想往前走几步，但是却不得不往后退了几步。那辆橡胶轮子担架又冲了过来，推它的还是那个没戴帽子的精瘦结实的担架员——头发还是像是用沾过水的梳子梳过，板板正正，熨熨帖帖，一缕头发很自然地打了个弯儿耷拉在额前，模样像是一个酒吧老板，往上翻卷的大衣后摆露出插在他屁股兜里的手电筒——他三下两下把担架推到病床旁边，护士把刚才盖在夏洛特身上的白布重新拉上去。"需要我把她抱到担架上吗？"威尔伯问，"我可以抱她吗？"

"不需要。"护士回答。白布底下的夏洛特的身体看不出任何形状。担架员把夏洛特的尸体从病床上往担架上抱的时候，整个尸体轻飘飘的，似乎一点重量都没有。担架被推着往门口走去，橡胶轮子重新发出吱吱的声音，警官捏着手里的帽子站在门口。随着担架消失在门口，嘎吱嘎吱的声音也消失了，威尔伯依旧站在房间里。这时候护士抬起胳膊，摁了墙上的一处开关，随着"嗒"的一声响，机器发出的嗡嗡声瞬间停了下来，速度很快，像是刚才还无处不在的嗡嗡声被猛地吸进了一个无声世界里，与此同时威尔伯感觉静寂和沉默劈头盖脸地像浪头一样向他压过来，他孤立无援，没有可以抓住的地方，只得听凭自己被那浪头抛起打转，最后大浪咆哮着离开，剩下他一个人站在那里，痛苦地眨着干得似乎要裂开的眼睛。“走吧，”护士说，“理查森医生让你们先去喝点儿东西。他一会儿才回来。”

“没问题，”警官给自己戴上帽子，说，“走吧，莫里森[1]，放松。”

那座监狱，是一座两层楼的建筑，从外看四四方方，外面除了没有种夹竹桃外，其他地方和医院很像，院子里也种着野棕榈树，关他的房间的窗户外面就有几棵，树干很高，叶子看着芜芜杂杂。去牢房要经过那棵棕榈树，当警察押着他从它底下走过时，他又一次听到了棕榈树叶相互撞击的声音，就好像树被他们的到来惊扰到了似的。到了晚上，他两次听到野棕榈树树叶发出的声音，先是一股疾风掠过，紧接着树叶发出唰啦唰啦的声音，声音里有一种形容不出的让人紧张的东西。他站在牢房里，双手抓紧栅栏，热乎乎的掌心被他攥出了汗水，他听着棕榈树叶的声音，不停地倒换着双手。再后来是退潮的声音，像汩汩流动的河水，他甚至闻到了退潮的气息——咸丝丝的，里面还有被遗留在海滩上的腐烂了的牡蛎和虾头散发出的酸味，还有海滩上那些乱七八糟的叶子散发出来的味道。晨曦到来时（他凝神听了好久捕虾船出发的声音），他突然看见一

① 指警官记不住威尔伯的名字。

座吊桥，横亘在被太阳染成千万道的天空上，他知道那座桥上面铺设的铁路通往新奥尔良，他甚至听见了从新奥尔良的方向传来火车行驶的声音，接着是簇簇白烟，火车在半空中缓缓行驶过那座铁桥，像是一列玩具火车。大火球般的太阳迸发出的霞光给火车镀上了一层粉红色，那种颜色生活中不是很常见，偶尔能在蛋糕上见到，用来做点缀用。再后来火车消失了，连同消失的还有被染成了粉红色的青烟。窗外的棕榈树叶又开始哗啦哗啦地响，像是有人说话，声音干涩，没完没了，他又感觉到了从海面吹来的微风，凉凉的，带着咸味，一直在吹，那是清新的气息，仿佛每个分子里都带着碘离子，冲淡了牢房里原有的混合着杂酚油[①]、被人咀嚼过的烟草和隔夜呕吐物的气味。海滩发出的酸味儿此时也消失了，这让他想起大海，闪耀着银光的海浪一波波地涌过来，鱼儿在海面漂浮的垃圾之间不慌不忙地游着。这时楼梯那里传来了脚步声，看守端着一罐咖啡和几块一看就是工厂制作的咖啡蛋糕走进来。“需要吃点东西吗？”他问威尔伯，“比如肉什么的。”

“谢谢，咖啡就够了。”他说，“能不能给根香烟？从昨天起没抽过烟。”

“给你这个，先搁在你这儿，一会儿我出去时拿走。”看守从身上掏出一个布缝的装烟丝的小袋子和几张纸，递给他，

---

① 刷在木头上用来防止木头腐蚀的一种油。

“会卷吗？”

“试试吧，”威尔伯说，“应该会，谢谢。”他其实不太会。咖啡本身的味道过于淡，糖又放得太多，喝了一口便觉得嘴里甜腻腻的。咖啡不仅过于甜，还烫，烫得人不仅不敢喝，就连抓在手里也觉得烫得慌，像抓着一块恒热的东西，外表不停地冒着热气，而内里也仿佛有源源不断供给它热量的东西似的。他把手里的咖啡放在凳子上，自己挨着床边坐下，驼背弓腰，摆出一副亘古不变的受难者的姿势（像世间所有的避难者似的），虽然可能他自己也没意识到，但是受难者并不是沉浸在悲伤中，而是本能地盯着眼前的这点可以下肚的东西，就像一条狗面对着一根骨头，它要保护它不被抢走。不是害怕被堂而皇之的主人拿走，而是担心自己的东西被那同样有主人和同伴的同类抢走，类似一个出身低贱的人，为了保住这点吃的不惜和强势者撕咬吼叫。他按照自己的想法从那个布口袋里倒出一点烟丝到一张皱皱巴巴的纸上，其实他自己也不知道自己是在什么时候、在哪里看到的有人是这样卷烟的，他只是觉得应该这么做。这时从窗户里吹进来一股小风，一些烟丝被吹落在那张纸的外面，他顿时紧张起来，转了个身，想用身体把风挡住，这时他注意到自己的手在颤抖，但他没有在意。他急急忙忙地把烟丝口袋小心地放在一旁，另外一只手捏紧那张纸，眼神专注地看着那上面麦粒大小的烟丝，同时举起另一只手，用两只还在颤抖的手使劲儿地捏住纸，纸突然从他手里嗞地一下裂开。他的手抖得更厉害了。他又一次尝试，这一次愈发小心，意志坚决，似乎这么做已经不是为了能抽上一口烟而是为了要卷好它。他专心把两只胳膊肘撑在大腿膝盖处让两只手不再颤抖，然后把放着烟丝的纸举到眼前——他的脸好几天没有刮过，平静中带着几分憔悴——但是当他彻底放松，准备卷烟时，那两只手又开始颤抖，但是这一次他没有停下，他把烟丝小心地兜进纸里，虽然这次纸没有倾斜，但烟丝仍旧像下小雨似的从纸端两头往下掉。他用两只手抓紧纸的两端，伸出舌头，当他的舌头一接触到那张纸的时候他感觉自己的脑袋也开始晃动。他顿了一下，看了看手里卷好的烟卷——烟卷里只有一半烟丝，而且看上去湿湿的，似乎很难点着，他用手捧着火点着了烟卷，一股热气马上直冲他的喉咙，但是看不到烟飘出来。尽管双手抖得厉害，他还是用左手稳住拿烟的右手腕，抬高烟卷拿到嘴边吸了两口，烟卷燃烧得很迅速，很快就烧到手边较干燥的部分，他又抓紧吸了一口才扔掉它，旋即做了一个抬脚去踩地上的烟卷的动作，但很快又收回来，因为他意识到自己没有穿鞋。他坐在凳子上，眼睛盯着那个咖啡杯，虽然表情平静，但眼神里却透出股绝望，可能他也不自知，他抓起那个咖啡杯，像刚才拿烟那样，一只手稳住另一只手的手腕，端到嘴巴跟前。他全部的心思似乎都放在了如何喝掉这杯咖啡上，顾不上想咖啡是否还是像刚才那样烫，能不能喝下去。他的手指挨着杯子边，抖个不停，咖啡还是很烫，烫得他抿一口便得眨巴眨巴眼睛，然后再抿一口。有几滴咖啡从杯子里溢了出来，溅到地板上和他的脚上，皮肤立刻像是被针或者冰碴子扎了似的疼，他不停地眨着眼睛，最后只得把手里的咖啡重新放到凳子上——他的两只手碰到了凳子——他佝偻着背坐在凳子上，眼睛眨个不停，好像眼睛里面还有沙子，这时候从楼梯那里传来脚步声，听声音是两个人，一直到房间里响起开门关门的声音，他才抬起头来，首先映入他眼帘的是那件双排扣外套（这次是棕灰色的），然后是那张脸，他看着对方那显然刚刚刮过的脸庞（但从脸色看明显睡眠不足）想，这一摊子事够难为他的。可我只是等在这里，他一接到通知就得离开，还得找人看孩子。里特梅尔手里拎着一个箱子——他认出那是他的，一年以前他拎着这个箱子从位于新奥尔良的实习生宿舍里出来，一路北上去了芝加哥，然后又拎着它去了威斯康星，然后又回到芝加哥，再然后是犹他州、圣安东尼奥，直到重新回到新奥尔良，被关进监狱——里特梅尔把箱子放在凳子上，他看见他的袖口被熨烫得很熨帖，那双露在袖口外的手伸进大衣里。

“这是你的衣服。我替你办了保释，今天上午你就可以出去。”一只手伸到他面前，一卷折得工工整整的钱被那只手扔到他的床铺上。“这是那三百美元，我去银行兑换的，你把这点钱保存得够久的，带上它，够你离开这里，去一个远点的地方，越远越好，去墨西哥也行，路上要小心，到那儿后随便找个地方都能待下来，隐姓埋名，只是不要再做这种事，明白了吗？

“出去？”威尔伯说，“你是说在保释期间逃跑？”

“是的！逃跑！”里特梅尔粗声戾气地说，“逃得越远越好，我出钱给你买张车票，你可以去——”

“不行，我不能那么做。”威尔伯说。

“——去新奥尔良，然后在那里搭船。”

“对不起，我不能那么做。”威尔伯说。里特梅尔不说话了，不看威尔伯，也不看其他地方，过了一会儿，他放缓声调说：“为了她。”

“其实我一直希望能停下来，从这件事出来。我真的希望过！不，我不能离开！也许是为了她，也许她就是我不能离开的原因——”也许他说得对，也许他第一次和人说出了心里的想法。但却不是全部的想法，没关系，有一天他会想明白的，为什么自己和她做这些事情，到那时候他要把这些牢牢记在心里。

“就算是为我想行不行？”里特梅尔说。

“我真的希望过，从这件事里出来。我觉得——”

“为了我都不行吗！”里特梅尔显然发怒了，“你觉得你对得起我？就这几句就行了吗？就这几句吗？”没等说完，他已经开始发抖，裹在深色西装里的身体开始抖个不停，他说不下去了，嘴里不停地发出“上帝！噢，上帝！”的声音。

“我很抱歉，这件事你帮不上什么忙。我知道这一点，其他人也能看出来，作为夏洛特的丈夫你帮不了忙。我可以在庭上为自己开脱，也许他们会减轻我的服刑年限，但是也不会有太大的效果。而且，我也不能那么做，我知道自己为什么不能那么做，我想我知道，除非我——”他打住了话头，平静地说道：“我很抱歉。”里特梅尔身子不再颤抖，镇静下来后对威尔伯说：“这么说你不会逃跑。”

“除非你告诉我原因。”威尔伯说。里特梅尔没有说话，从胸前的口袋里掏出一块干净洁白的手绢擦了擦脸，威尔伯注意到从海上吹来的晨风已经停息，缀满小片云彩的天空和大地浑然一体，仿佛一个空空的半圆的球体、一个容器，风在这个容器里漫无目的地穿梭着，像是一匹在广阔天地里自由驰骋的骏马。里特梅尔向门口走去，走到牢室门口他伸出双手用力摇了摇牢室栏杆，这期间他一直没有回头。看守听到声音跑来为他开了锁，里特梅尔还是没有回头。“你忘了拿上你的钱。”威尔伯说。里特梅尔这才转过身，走过来从床铺抓起自己刚才扔下的那一卷钱，他看着威尔伯说：“这么说你不会照我说的做，你不会，是吗？”

“是的，对不起，我不会那么做的。”这是他的回答。除非他告诉我要我跑的原因，他想，也许我应该一走了之。可是他心里很明白，自己不会逃跑的，他不会那么做。但是这件事情一直在他心头徘徊，他从六月的最后那几天一直想到七月初——每天早晨停泊在河口的捕虾船都要离开河口驶向南边的海湾，船舶发动时会发出突突的声音，此时距离太阳升起还有一小段时间，这段时间里空气异常凉爽，感觉十分舒服。到了下午，夕阳从他的窗户斜着射进来，房间被照亮很长时间，窗户栏杆在他脸上和身上投下一道道的阴影——后来他发现自己能睡觉了，有的时候甚至两只手抓着栏杆就睡着了，醒来发现手心里满是汗水，再后来他发现自己不再想逃走这件事，他不记得是什么时候开始不想这件事的，他甚至不记得里特梅尔曾经来过这里，就这样这件事从他的记忆里被抹得一干二净。

一天——快到太阳落山的时候他看见了那艘船，他以前从来没有注意到河口那里还停了一艘船，虽然那艘船已经停在那里有至少二十年了——那艘船停泊在大河对面靠近大海的河堤处，河堤有一层楼那么高，他知道这艘船建造于一九一八年，船体结实，但是船身没有完工，是一艘已经废弃不用的船。那艘船一直在那儿，从来没有移动过，船的底部多年前已经开始腐烂。它坐落在泥滩上，旁边是波光粼粼的河口，甲板上方悬着一根绳子，绳子上晾晒着衣服。当时因为是下午，太阳从船后面照射过来，所以他看不清楚船上面是否住着人，直到第二天早晨他才看清了甲板上的情况：斜斜探出去的烟囱里飘出几缕青烟，清晨的海风把晒在绳子上的衣服吹得飘飘忽忽，他甚至能看清那些衣服的颜色。后来甲板上出现了一个小小的身影，他认出那是一个正在从晾衣绳上取衣服的女人，他看得见她的每一个动作，看得见她解下衣服后把晾衣服的夹子含在嘴里。他看着，心里想如果我和她早一点知道有这么个地方，我们也可以跑到这条船上来住，省下那十美元。又想，四天，也许不应该是四天，不应该，他一边看一边想。一天傍晚，他看见一条小船划到那条船的旁边，一个肩上搭着一长串渔网的男人踩着梯子攀上那条大船，这一幕看上去是那么缥缈，像是童话。第二天早晨他看见那个男人坐在船尾的地方修补着渔网，他被晨光笼罩，一张渔网搁在他的膝盖上，光线在那张纵横交错的银色的渔网上跳动。他长久地站在窗边，观察月盈月缺，看着它一天比一天圆然后再一天天缩小，直到变成细细的月牙。一天下午，他看见位于河口的那座政府大楼的门口的细长旗杆上升起了好多面旗帜，一面高于一面，铅灰色的天空低垂。那天晚上，从河面上传来浮标发出的低沉声音，窗外的棕榈树叶不停发出撞击后的刺啦声，黎明到来之前，一场飓风捎带扫过这片河面。虽然飓风的中心在墨西哥湾，新奥尔良只是被飓风的尾巴扫了一下，但这轻轻一扫已经给这座城市沿岸掀起了十英尺高的浊浪，暴风雨延续了整整二十个小时，狂风掠过屋顶，吹得外面的棕榈树刺啦直响。到了第二天晚上，从大海那边传来巨浪打在防波堤上发出的轰鸣声，中间夹杂着浮标塔被海水冲击发出的咯吱声，这样的声音整整响了一个晚上。伴随着每一次的轰鸣，涌上防波堤的海浪同样发出咆哮声，狂风带来了雨水，大雨整整下了一夜，一直到第二天黎明才稍稍和缓，随即顺着从东边吹来的风向内地推进。一切安静下来，雨水变成了夏天常见的银丝细雨，落在那些修剪得漂漂亮亮的用来做装饰的树上，也落在修剪得整整齐齐的草坪上。那里[①]的花草树木肯定是修剪过的，他能想象到，就和他那次等她时坐的那个公园一样好看。也许这时候偶尔也会有保姆带着小孩子出现在那里，那地方很好，是最好的一块地，也许埋葬她的地方还会立着一座墓碑，在恰当的时刻，人们用黄土填平墓穴，念念没什么意义的祷文，修剪过的草坪，绿色的树木。她被人抬着过来，上面盖着被单，被单下的身体又平又小，看不出形状也没有重量。最后被压在钢铁般沉重的泥土之下，还没有结束，他想，也不可能结束，看似浪费了生命，浪费生命的事情有的是，保卫家园、捍卫真理等等。人们在二十年前就已经用这样的口号来召唤你——因为被保卫而得以活下来的人和因为保卫而死去的人是等值的。但是记忆，记忆肯定是存在于肉体之外的，但是这样的认识其实是错误的，因为记忆并不知道这是记忆，他想，它不知道自己记忆起来的是什么事情，所以说，唤起记忆的必然是肉体，没有肉体也就没有记忆。

那是第二次他觉得自己似乎要想明白该怎么做了，但他没有抓住。再后来他不再苦思冥想，而是安下心来，认定到了一定时间，自己会想明白的。一天晚上他被告知可以洗个澡，他

① 埋葬夏洛特的地方。

照做了，第二天一大早牢房里来了一个理发师傅，替他理了发，修了面，牢头让他换了件干净衬衫，然后进来一名警官，押着他走出牢房。和他们一起去的还有一名法庭给他指派的律师。大街两边站满了看热闹的人——这些人大多是锯木厂的工人，脸色蜡黄，像是患了疟疾，还有那些在捕虾船上谋生的工人——他被一路押着来到法院，刚到法院阳台上便响起一名法警的传唤声。法庭是一座二层小楼，从外观看和监狱相差无几，不平整的灰泥外墙，楼里散发着一股木焦油的味道，地上处处可见抽烟的人嚼过的烟草，还好看不见呕吐物的痕迹。院子里没有草坪，只有几棵棕榈树和开着粉色、白色花朵的夹竹桃树，树下是一丛丛的马缨丹。他们穿过一段长廊，长廊里站满了人，这些人已经在那里等了一段时间了，长廊里有股地窖般的凉爽气息，但烟草味道也更浓，周围传来人们的说话声，虽然没有人在发表长篇大论，但那说话声带着一股权威性，声音一直持续着，没有间断。他们上了台阶，穿过大门进到屋里，迎面是一条走廊，两边的凳子上已经坐满了人，不时有人掉头往他这边看，外面的阳台上那个法警还在喊着什么，声音传进来，他被押着穿过走廊，来到他的律师和警官之间的那个座位上坐下。法官进来了，法庭上的所有人都站了起来，法官穿了一身亚麻质地的西服，没有穿袍子，脚上穿着一双黑色的高腰皮靴，他走得很快，步伐果断，很快就来到法官席上坐下。接下来的一幕发生得更快，公事公办简明扼要，也就用了二十二分钟陪审团已经组织就绪，给他指定的那名律师（那人年纪不大，一张圆脸看着鼓鼓的，像是满月，脸上戴近视眼镜，身上的西服看着有点褶皱）开始例行公事般地询问起诉方，这个过程只用了二十二分钟。法官一直坐在他的那张纹理和颜色看上去像是红木家具的松木桌子后面听着，那不是一张律师的脸，而是像卫理公会主日学校的主管，到了平常的工作日子则化身为一位银行家（也许是一个有良心的银行家）。人看着很精明，身材瘦削，头发胡子梳得整整齐齐，戴一副老式的金边眼镜。“起诉状是怎么写的？”法官问，马上有一位办公人员开始读起诉状，声音嗡嗡的，听得人只想睡觉。

“——有损密西西比州的和平和尊严——谋杀罪名——”一个男人从桌子那头站了起来，他身上的衣服到处是褶，好像这件衣服是泡泡纱做的，这个人看上去很邋遢。他体态臃肿，只有那张脸长得还像个律师，英俊，带着点儿贵族气，也不缺法律人的机警和敏锐，让人联想到舞台上的演员。这人是本庭的地区检察长。

“我们认为可以定为谋杀罪，法官大人。”检察长说。

“这人罪不至谋杀，高尔先生，你应该知道这一点，现在请被控告人替自己辩护。”一个胖胖的年轻人站起来说道。他既没有老律师的大肚子也没有一张律师脸，一看就是刚入这行的新人。

“我认罪，法官大人。”威尔伯说，说完他听见从自己身后有人长出一口气——声音很长，像是重重地叹了口气。

“被告人是否要求法庭宽大处理[①]？”法官问。

“法官大人，我认罪，不请求宽大处理。”威尔伯说完又听到自己身后传来如释重负的一声叹气，比刚才的声音还大，法官举起他手里那个比玩具大不了多少的小槌，使劲往桌子上敲去。

“那边不要说话！”法官说，“被告是否请求法庭宽大处理？”

“如果可以的话，法官大人。”说话的是那个年轻律师。

“既然被告人认罪，高尔先生，你不必举证了，我会指导陪审团——”这一次没有人发出叹气声，人群似乎停顿了一下，然后喧哗起来，不过声音不算很大。法官重新举起手里的小槌敲在桌子上，法警也在说话，然后是人群走动的声音，脚步声踢踢踏踏。一个声音喊道：“来了，来了！杀这家伙的人来了！”威尔伯扭过头——一个穿着灰色大衣（还是那件大衣），衣服扣子扣得一丝不苟的身影朝法庭前排走来，他认出了那是里特梅尔。他没有错，却得承担由其他人的错误带来的痛苦，承担不应该由他来承担的东西，他一定也在对自己说：“为什么是我？为什么？我做了什么要承担这些？我这辈子造了什么孽要承担这样的痛苦？”他走过来，站下，刚一张口法庭便安

① 威尔伯主动认罪，可以得到要求法庭宽大处理的机会。

静下来。

“法官大人——如果法庭能够——”

“你是哪位？”法官问。

“我叫弗朗西斯·里特梅尔。”里特梅尔说。人群又是一阵骚动，然后是木槌敲桌子的声音，这次轮到法官喊叫了，人群安静下来，不再说话。

“肃静！肃静！若是再像这样乱的话我就下令清理法庭，让你们都出去！搜查这个人，看他有没有带枪！”

“我没带武器，”里特梅尔说，“我就是想——”没等他说完法警和另外两个人已经冲到他跟前开始搜身，他们把他胳膊往后一架，开始摸他的口袋和裤腿两侧。

“他没带武器，法官大人！”检查完后法警说。法官这才把头转向地方检察官，检察官身体在颤抖，这个做事一向井井有条的老法律人显然也没有料到会有这样的事情发生。

“高尔先生，这个人出现在法庭上是什么意思？”

“我也不知道他会来，法官大人，我没有——”

“你传讯他上的庭？”

“没有，我没有传讯他，我认为没必要，考虑到他——”

“如果法庭允许的话，”里特梅尔说，“我想替被告——”法官举起手，示意他安静，里特梅尔不再说话，一动不动地站好，面无表情的脸像是刀刻的雕像，带着哥特教堂里的那些雕像的脸部特征——暗淡无神的眼睛仿佛大理石雕像的眼睛，瞳仁缺失，眼睛里空空如也。法官盯着地区检察官，那是一张典型的律师的脸，带着十二分的警觉和注视，法官清楚，这样的一张脸后面是一个飞快而隐秘地转动的大脑。法官又严厉地看了一眼那个年纪较轻身材略显臃肿的律师，然后才看向里特梅尔。“按程序这个案子已经结了，被告已经承认谋杀了。”法官说，“如果你仍旧要为被告申请宽大处理的话，你可以提出你的理由。”当里特梅尔向证人席走过去时，法庭变得肃静无比，威尔伯的耳朵里只有他自己和站在身旁的那个年轻律师的呼吸声。“但是你需要知道的是，这个案子已经结了。”法官说，“被告人正在等宣判，好了，你可以说了。”里特梅尔停住了，但是视线却没有落在法官身上，他没有在看任何人，脸色冷峻，正气凛然。

“但是我可以替被告人提出申诉，请求法庭宽大处理这个案子[①]。”里特梅尔说。法官呆住了，眼睛盯着里特梅尔，手攥成拳头，用握军刀的姿势紧紧握着那只木槌，片刻后他往前抬了抬身体，眼睛还是看着里特梅尔，开口了，声音里充满了因为长时间没有说话而一直积攒下来的惊讶和怀疑的情绪。

“什么？”法官说，“你要申诉？给这个男人？这个男人在

---

① 原文是“make a plea”，在英美法系中，plea 有三种，此处是指鉴于威尔伯主动承认犯罪，节省司法举证求证过程，所以他有权要求得到宽大处理。刚才在法庭上他自己没有行使这个权利，所以里特梅尔代他提出。请求宽大处理是威尔伯主动认罪后获得的权利，所以法庭必须受理。

明知可能会造成受害人死亡的情况下仍然罔顾后果给受害人，也就是给你妻子做了手术，导致她的死亡，而你现在要替他申诉?！”法庭里重新响起吵闹声，喧哗的声音像是一波又一波的浪头，涌过来落下去。有人在跺脚，有人在尖声喊叫，里面还夹杂着法警维持秩序的声音，像是足球队甫一进场看台上的观众制造出的噪声，群情激愤，愤怒的声音仿佛打着漩涡的洪水，朝着被裹在考究的大衣衣领里的那张无情得让人感到害怕的冷脸冲过去：“吊死他！把这两人一起吊死！”“把这两个人关在一起，让那个王八蛋再动一次刀子，把这家伙的狗命结束了！”跺脚声和咒骂声组成了喧哗声，声音虽然渐渐小了下来，但始终没有停止，有一阵声音似乎被那扇门隔住了，但很快喧哗声又响起来。法官用抓着木槌的手撑着桌子站起身来，他略微往前探着身子，微微颤抖的脑袋往前伸着。这是一张老人的脸，站立一会儿他又重新动作缓慢地坐回到座位上，头随着身体的摆动僵硬地摇晃了一下，就像一个耄耋老人常做的那样。只有他的声音听上去没有一点儿变化，很平静，也很冷酷：“这个人出镇子时必须给予保护，现在让他离开法庭。”

“法官大人，现在他不敢离开法庭，”法警说道，“您听外面这些人的喊声。”其实每个人都听到了，外面人声鼎沸，除了愤怒就是愤怒，人群似乎控制不住了。“可不是一般的愤怒，听起来很要命，如果——”

“我知道了，”法官说，“把他带到我的议事室去，在那里待到天黑，然后再带他出城——现在，陪审团各位先生们，犯人认罪，所以请提出你们的裁决[①]，你们可以建议判决犯人在帕齐曼州监狱服役至少五十年。我宣布休庭！”

“法官大人，我认为没必要受理这个人替被告提出的申诉，”陪审团团长说，“我们都——”不等他说完，法官转过身看着他，那张上了年纪的脸上明显带上了愤怒，声音也有点颤抖：“我说了，休庭！你们想藐视法庭吗？！”

陪审团离开了，庭警替他们打开大门又关上，不到两分钟，门外的喧嚣声又响了起来，声音时高时低。

那天下午又下了场雨，太阳高高悬在空中，闪烁着银光的雨幕劈头盖脸地砸下来，很快又停了，像是无拘无束的小马驹一阵风似的跑过，不知跑去了哪里。三十分钟后，小马驹又返了回来，仍旧像刚才那样，无拘无束地甩着雨点。天将擦黑时，威尔伯被押回牢房，雨停了，一抹黄昏褪去后被搁浅在天空的绿色存留在天边。在那绿色之上，圆弧形的天空有一种难以言述的沉静，星星出现了，挂在夜幕上。从牢房窗户的铁栅栏处传来棕榈树叶子撞击的声音，声音像是有人在低语，虽然大雨已经停了，但握着栏杆的手还是能感到传导过来的凉意。

---

① 在英美法系中，陪审团所认定的结果仅具事实认定之效果而非正式判决，法官会据以参酌法律做出判决。如果陪审团认定事实不合乎常理，或者有违背法官所给的法律指示，法官得一一找之申请排除陪审团的结论而径为判决。这里指陪审团想判被告威尔伯死刑，而法官的意见是判威尔伯在帕齐曼监狱服役 50 年。

他开始明白里特梅尔为什么要劝他逃跑以及他那样做的用意。这时从牢房外传来一阵脚步声，是两个人的，他没有回头，直到房间大门被哗哗地打开才掉转身，来人是里特梅尔，他站在关他的小铁笼子外面，一声不吭地盯着他看着，沉默半晌后从口袋里掏出来个东西，从栅栏外面递给他。“给你这个。”他说，那是一个小药盒，上面没有标签。打开后里面只有一个药片，威尔伯呆呆地看着那个东西，有点反应不过来，不过没过多久他便反应过来，语气平静地说：

“氰化物。”

“是。”里特梅尔说完便转身走了，那张脸还是那么冷峻，里面夹杂着愤怒，从始至终，一直都是这样一副神色，那是一个一贯正确的男人脸上的神色，但很明显，他并没有因此而找到宁静。

“可是，我不能——”威尔伯说，“难道我死了就公平了？”不过他马上明白过来他的用意。他说：“等一下。”里特梅尔已经走到牢房门口，正要开门，听见他说，停住了脚步，回过头。威尔伯说：“我不能这么做是因为我已经看透了，我不认为我死了就可以一了百了。”里特梅尔看着他，等着他再说点什么。“谢谢你，真的，我希望有朝一日能还回你的好意。”里特梅尔把门一甩，看着威尔伯——那张脸还是充斥着一贯的正义感，这时看守出现在门口，他打开门。

“我这么做不是因为你。”里特梅尔说，“把这样的想法从你该受诅咒的脑子里去掉！”他走了，门板发出撞击的声音。威尔伯呆呆地站着，他不明白他话里的意思，这仅有的几句话让他心里依然混沌一片。是的，他想，在新奥尔良的最后那几天，里特梅尔答应过夏洛特，当时夏洛特说，不是那个稀里糊涂的威尔伯做的手术，她让他答应她不为难他，他答应了。这就是了，这就是全部原因。一切都结束了，平静了，停留在他记忆里，让他看清楚，然后，流走，消失，最后只剩下回忆，永远的回忆，无法抹掉的回忆，只要你活着便能想起的回忆。他似乎想起了什么，他和他之间的恩仇似乎了了，他拿起那药盒走到铁窗前，盒子已经打开。他把刚才用来卷烟的小纸片对折后用大拇指和食指捏起盒子里的药片，把药片对着一根窗户的铁杆用力捻得粉碎，然后再把粉末捋进药盒里，用刚才那片卷烟纸擦干净铁栏杆后把小盒子里的粉末倒在地上，用脚把它们踩了又踩，直到那点粉末彻底融进肮脏的到处是痰和木焦油的牢房的地上，做完这些后他烧掉那张卷烟纸，站在窗户旁边。就这样了，只剩下宣判了，没关系的，他可以接受宣判那一刻的到来。远处出现了一艘船的轮廓，船尾处有灯光流泻出来，那应该是厨房，几个星期下来，他已经对那条船熟悉得像是自己住在上面似的。这时一阵清风从海那边吹过来，棕榈树叶又传来轻轻的撞击声，风里混杂着沼泽的味道和野茉莉花的香味，一直向西面吹去。天幕上还有星星出没，明亮的，一闪一闪的星星。应该还是深夜，天还没有亮。这段爱情带给他的不应该只有记忆，记忆只是其中的百分之五十，光有记忆是不够的。但是一定有一个保留这些记忆的地方，他想，我确实浪费了人生，不光是我，至少我认为不光是我一个人浪费了人生，我希望自己这么想，任何人都可以浪费人生。他想起那具身体，想起她结实的大腿和做爱时善于挑逗的双手，那双手也善于创造，她要的那么少，很少索取。自古至今人生不过是往坟墓爬行的旅程，衰老、凋谢、满脸皱纹、麻木不仁地接受生活的安排——一咳就喘的肺，常常闹毛病的肠胃。但是即便如此，这副老朽的身体还是可以留存住记忆，现在，他终于想明白了，毫无争议地想明白了，他的心变得宁静，夜晚的空气里传来棕榈树叶干裂的撞击声，时有时无。他现在可以面对了，不去想能不能活下来的问题，而是怎么也要活下去，活下去。虽然这副身体会变老，可是不管再老，它还能留住记忆，记忆不能存活于肉体之外。夏洛特走了，带走了她那一半的记忆，如果我走了，另外一半的记忆也就没了——是的，他想，在悲痛的存在和不存在之间，我选择悲痛的存在。

老人河

V

第二天早晨，监狱里来了一个为政府工作的人，来人年纪不大，至少看着很年轻（也许还不到三十岁，但显然这个年轻人并不想自己在别人眼里显得那么年轻，因为他表现出来的是一种两袖清风、公事公办的气质），此人一看就是东部大学的优等生，后来到政府里做官（肯定不是买来的官），身上穿着一件东部人常穿的便装，鼻子有点鹰钩，眼神里流露出大人物常有的漫不经心。那是他站在位于偏远的小店的台阶上，面对那些穿着工装裤，随地吐痰，一边听他讲故事一边哈哈大笑的听众时带着的表情；当他逗弄那些被父母抱在怀里的婴儿（这些孩子的父母往往给自己的孩子起了一个和上一届某位政要相同的名字，既表示他们对那位人士的纪念，同时也传递出对自己孩子的某种期望），顺便照顾一下站在父母身后稍微大一点的孩子时也是这样一副表情。此时，这位政要手里拎着一个公文包，站在监狱长的办公室里，负责堤坝的副监狱长也在，本来他应该是一会儿来的，但他先跑来了，进来的时没有敲门，也没有摘掉帽子，一进来就大声喊着那个年轻人的小名，手拍打着对方的后背。刚在监狱长和那个年轻人之间坐下，他便抬起一条腿架在监狱长的桌子上，似乎一点也没有意识到面前这位年轻人是一位身上暗藏着密诏和铁链且随时可以在两个人面前亮出来的人物。

“说吧，”州长派来的年轻使者说，“你们是不是在这事上动了手脚？”监狱长抽着烟（他刚才给那个年轻人递过烟，但被对方拒绝了），从背后表情严肃甚至有点吓人地看着副监狱长的脖颈。副监狱长把身体往后靠了靠，胳膊往后打开桌子抽屉，从里面拿出一颗香烟来。

“事情很简单，”监狱长说，“他是被大水冲走的，而不是想逃跑，因为他想尽办法又跑回来了。”

“还有船。”副监狱长说，“如果他扔了船自己回来，三天就能到监狱。可是他没有，愣是把它划了回来。‘喏，这是你们的船，这是那女人，但是没找到棉花房上的那个王八蛋。’”副监狱长学着高个犯人说话的语气，手一拍大腿，粗声粗气地笑了，“他妈的这些犯人！连骡子都比他们聪明！”

“骡子是聪明，不过干不过老鼠。”从州里来的人用他特有的客套口吻说，“麻烦的倒不是谁比谁聪明！”

“还有什么麻烦？”监狱长问。

“犯人死了。”

“他没死！这会儿正在工棚里睡觉呢！我这就领你去工棚，你见见他！”副监狱长说。

监狱长看了副监狱长一眼，说：“布莱德索刚才过来，说有头母骡子的腿出了点问题，要不你现在去牲口棚看看？”

“已经看过了，”副监狱长不看监狱长，而是看着客人说，“先生，那人没死——”

“可是官方的死亡通知书已经下达了。不是假释也不是保释，就是明明白白的死亡通知书。也就是说他要么死了要么成了自由人，反正不再是这个监狱里的人。”年轻人说。监狱长和副监狱长瞪眼看着面前这位政府派来的大员，副监狱长手里还攥着那根刚被咬掉一头的香烟，嘴巴微微张开。年轻人继续用确定无疑的客气口吻说：“那人的名字出现在那份监狱打给州长的死亡人数报告书上。”副监狱长的嘴巴合上了。“报告书上有当时奉命处理的官员的证词，证词上说犯人的尸体已经被运回监狱。”副监狱长把香烟放进嘴里，那根烟在他嘴角上来回转着圈，他缓缓地从桌旁站起身，说：“这么说，我得为这个事负责，是吗？”从副监狱长嘴里发出一声短促的舞台表演似的干笑，声音简短到只有两个音符的长度。“我在这座监狱干的时间长了，已经在管理层连续干了三届了，而且我是被选上的，这也是有案可查的。杰克逊城[①]里的那些人可以找到，要

① 密西西比州的首府。

是他们找不出来，我可以证明给——”

“干了三届了？”来人说，“不错，一定干得不错。”

“当然不错，”副监狱长说，“我们这儿有的是不干活的人。”

监狱长的目光又一次落到副手的后脖颈上，说：“嗨，你现在去趟我家，从我家的五斗橱里拿瓶威士忌来。”

“没问题，”副监狱长说，“说完这事儿我就去拿酒，我们要不这样——”

“我们一边喝一边看该怎么解决这事儿，”监狱长说，“你先回家，穿件大衣，把酒拿来——”

“那得什么时候，”副监狱长说，“再说我用不着大衣，”他走到门口又转过身来，“要不这样，我们先找十二个人，然后告诉那个犯人说这就是陪审团——他以前只见过一次陪审团，根本不清楚陪审团是怎么回事，然后我们以在火车上抢劫的罪名审理他，哈普可以当法官。”

“你不能为一个罪名审判两次，”政府来人说，“虽然他不知道陪审团的意思，但是你要是在他面前放一排陪审团，他马上就知道是什么意思了。”

“听我说，”副监狱长说，“那，那就告诉他这是一个新案子，就和他说这是昨天发生的案子，是他没回来时又抢劫了一列火车，不过他自己倒忘记了。这么说他也没办法。再说，他也不在乎多审一次，待在这里和出去对他来说无所谓，反正出去他也没地方可去。所有犯人都是这样。你放出去一个犯人，如果他不在圣诞节之前再回来这里才怪呢！就像要回来这里团聚似的，而且再犯下的事情和前次被抓的原因一样。”说到这里他又大笑了两声，“犯人们都这德性！”

“听我说，”监狱长终于逮到空子，“你现在去我家，打开瓶酒，先尝一下，要好酒，找几瓶带过来，好好品品，别把不好的酒带来。”

“知道了。”副监狱长说。这次他终于走了。

“你不锁上门说话吗？”听到那个从政府来的人这样说，监狱长在椅子上蠕动了一下身体。

“他说得也对。到现在为止他已经猜对了三次。他和皮特曼县里的那些人是亲戚，黑人不算。”

“那我直说好了。”来人打开公文包，从里面拿出一张纸来，“我们可以这么做。”

“怎么做？”

“就说他逃跑。”

“可是他是自愿回来的，性质应该是自首。”

“他一开始逃跑了。”

“好吧，”监狱长说，“就算他逃跑，然后呢？”政府来人停顿片刻说：“我是拿津贴的。当然了，拿的是纳税人的钱，选举人的钱。如果这事儿一旦传出去，有人要调查的话，那动静就大了，至少得来十位参议员和二十五位众议员调查这件事，包一辆专车来也不一定。这些人都拿津贴，也许他们中间有些人回杰克逊前还要去新奥尔良或者孟菲斯转一圈，拿着津贴转一圈。”

“好吧，”监狱长说，“上面怎么说。”

“这样说，那个犯人离开监狱时是由一名负责此事的官员管，但是押送他回来的是另外一个负责人。”

“但是他是自己跑——”这一次监狱长话没说完主动闭上了嘴巴，瞪眼瞅着那个政府来人说，“好吧，继续。”

“就说这个犯人本来由报告上那个当初专门负责的官员管理，结果官员返回监狱时说犯人不见了；也就是说，他也不知道犯人去了哪儿，这是事实，对吗？”监狱长没有回答。“对吗？”政府来的人继续追问，口吻里带着点自鸣得意的坚持。

“我说，你不能那样对他，我们这里半个县城的人都是他亲戚。”

“这个问题上面已经考虑到了，我们会给他在公路巡逻队安排个位置。”

“哈，”监狱长说，“他连摩托都不会骑，我从来不让他开监狱里的车。”

“他不用会骑摩托车。对一个连续三次猜对州政府大选选举的人，州政府惊讶之余还会感激涕零，怎么可能连一辆汽车都不舍得给他配呢？不单配汽车，还会给他派一名专车司机。上班时他都不用整天待在车里，愿意的话完全可以找个离车不远的地方待着，只要巡视官看见他的车停在路边，按喇叭叫他时他能听见，出来和人家照个面就行。”

“我觉得这么做不太好吧。”监狱长说。

“是不太好。可是谁让他当初没被淹死呢，如果淹死了也就没这些麻烦事儿了，人都以为他死了，可是没承想他又回来了。现在上面指示我们就这么做，你能怎么办？”

监狱长叹了口气，说：“也是。”

“那不得了！”政府来人打开手里的文件夹，拧开笔帽，一边念一边写道：“越狱未遂，加判十年徒刑。”写完后他说：“副监狱长马克沃斯调到公路巡逻队工作。你也可以说他是因为工作突出调到那里去的。怎么说都没关系，就这么定了，嗯？你把文件递给他。这事儿就算结了。”

于是监狱长派人去叫高个犯人过来，不一会儿，犯人来了，身上的号服一看就是新的，脸刮得干干净净，头发也刚理过，干干净净地梳向两边，散发出一股淡淡的头油味（那是监狱里的理发师给他抹上去的，那人原来也是理发师，因为杀妻被判了终身监禁，在监狱里还做他的老本行）。犯人一言不发地站着，脸上的神色很严肃。监狱长很正式地叫出他的名字。

“你挺倒霉。”

犯人没有说话。“他们要给你多加十年刑期。”监狱长又说。

“嗯。”

“确实碰上了坏运气，我很抱歉。”

"嗯，"犯人回答，"按规矩来。"十年期徒刑就这样定了。监狱长给了犯人一根雪茄。

现在，高个犯人坐在下铺，由于上方板床的隔板不得不弯腰坐着，姿势让人想到一把没有完全打开的小刀，他手里握着那根尚未点着的雪茄。周围是那个矮胖犯人和其他四个犯人，他们一边听一边盘问。对于高个犯人来说，那件事已经过去了，现在的他重新安安全全地待在监狱里，他并不想提起这件事情。

"那么，"矮胖犯人问，"你又回到了河里，然后呢？"

"然后什么？划船呗！"

"那不是很困难？往回划。"

"一开始水流很大，也很冲，前两个星期船根本没划多远，因为划不动，速度太慢。过了那两个星期才好点。"高个犯人突然发现自己的嘴巴变利索了，从上一辈继承下来的天生不爱说话的毛病消失了，只要他张嘴，那些词啊字啊的就有序地自动蹦到嘴边：他一直划到天黑（他摸索出一套能把船划得相对来说较快的动作，他们看到了河岸，可是很快又措手不及地被一股浪冲到河水中间，他随即发现他们的船朝已经离开的那片水域冲去，这让他费了几乎一个早晨的时间重新划回到沿岸的航道上，一直划到拂晓时回到的那条运河河面上），天黑后他把船靠了岸，吃了一些东西，他们离开新奥尔良那座军械库时他偷偷塞了一些吃的到衣服底下。和以前一样，女人和孩子睡在船里，天亮后他们继续上路，到了晚上重新上岸休息。第二天，他们的食物吃完了，这一次他把船停到一个镇子的码头上，他没有记住那个镇子的名字，但是在那里他得到了一份在甘蔗农场干活的工作。

“甘蔗？”一个犯人问道，“种那玩意儿干什么用？都是人砍甘蔗。我们那里不要甘蔗，全部烧掉，根本不会种那玩意儿。”

“也许是高粱。”高个犯人说。

“高粱？”另外一个人犯人说，“一间农场全都种着高粱？要那么多高粱干什么用？”高个犯人也不知道那农场种高粱干什么，他没问，他刚爬上岸堤就看见一辆卡车停在那里，车上全是黑人，一个白人走过来问他：“你，会开三角铲的犁铧吗？”他说会，那人说：“那就上车。”“可是我带着——”

“是啊，”矮胖犯人插嘴道，“我正想问你呢，你跟他们走了，剩下那女人怎么办——”高个犯人绷着脸，声音依旧很平静，但是话明显少了。

“他们应该有帐篷，给工人住的，一般放在车后面。”矮胖犯人眨眨眼睛。

“他们肯定以为那娘们儿是你女人。”

“谁知道，也许吧。”高个犯人回答，他似乎不想多说。

矮胖犯人又冲他眨眨眼：“难道不是吗？你可以和他们说，是那种搭伙儿过日子的伴儿。”

高个犯人没有回答，举起手里的雪茄，好像在检查那根烟哪里没裹紧实，他用舌尖轻轻舔了舔雪茄的一端。“别看了，”矮胖犯人说，“然后呢？”高个犯人继续说下去：他在那个农场干了四天，不过他不喜欢，也许他也不相信那东西是高粱什么的。所以第四天早上，当那些黑人告诉他今天是星期六，是发工钱的日子以及听到有人说第二天有人会开摩托艇去巴吞鲁日，他就要了自己该得的六美元工钱买了些吃的，然后把自己的小船系在摩托艇后面离开了农场。他们很快就到了巴吞鲁日，下了摩托艇后，他继续带着女人向下游划去，水位明显低了很多，水流也不那么湍急了，船速快了很多，到了夜晚他们便把船拴在岸边的柳树林里，女人和婴儿还和以前一样在船里睡觉。食物吃光了，他们的船也停在了一个木材码头，一大堆的木头堆在那里，一辆马车和装卸队伍正在卸货，于是他从那几个人嘴里得知这附近有个锯木厂，他们帮着他把小船拖上岸。本来照他们的意思把小船留在那儿就行了，但是他不同意，他们只好把小船也拖上马车，女人抱着孩子和他一起上了车去了锯木厂。那些人给他们找了间房子住下来，干一天活付两美元工钱，另外提供用的东西。活儿是累点，不过他干得舒心，他在那里整整待了八天才离开。

“你既然喜欢在那儿干活儿，干吗要离开呢？”矮胖犯人问。高个犯人把雪茄举到眼前，让光照着雪茄那深巧克力色的杆，仔细地检查着。

“遇上麻烦了呗！”他说。

“啥麻烦？”

“女人，一个工友的婆娘。”

“你是说你这一个月拖着个女人和孩子没日没夜地在野地里跑来跑去，好不容易找到个落脚的地方喘口气，又差点和另外一个女人搞上？”高个犯人不是没想过那种事，他也记得：有那么几次，他很想和那个女人试试，要不是有个婴儿横在中间也许他就那么干了，不过这个念头只在脑子里停了几秒钟。因为紧跟着他就开始排斥自己的这个想法，觉得自己这个想法很野蛮也很可怕。他发现他心里和那对母子早就拉开了距离，她们是这场肆虐的洪水用蛮力强加给他的，他心里愈想这些愈不痛快，嘴上便不由自主恨恨地骂上几句。他已经两年没有睡过女人了，上一次是和一个来探监的女人，对方是黑人，年纪也不小了，一个浪荡女，也是机缘巧合，两个人碰上了。那天是星期日，监狱里允许五个星期探一次监，那个女人来探视她的丈夫（也许不是丈夫，只是她的相好），她男人一个星期前刚刚被监狱里的一个大佬杀了，当时她还不知道这件事。“那种事有什么意思！”

“可你不照样睡了和你一起干活的人的婆娘？”

“嗯。”高个犯人说。矮胖犯人又冲他眨眨眼。

“滋味好吗？”

“睡了还有不好的。”另外一个人说，“继续说呀！回来的路上睡了几个女人？男人一旦尝到了那件事的甜头那就放不下了，连——”高个犯人说自己这一路只和那一个女人睡过。离开锯木厂后他们一直在赶路，出发时因为着急，没有买吃的，后来他们又靠了一次岸，他把自己挣到的十六美元都用来买了食物，然后继续赶路。水位明显落了很多，花十六美元买来的食物看上去应该够他们吃的，不过他还是害怕，觉得光看河水表面是看不出是不是还有许多激流的。这一次他们到了密西西比州的地界，他找到了活儿干，是棉花地里的活儿，一天下来只能赚一美元，但是他不在意。能够手握犁铧把儿，看着撅着屁股一扭一扭地走在播种机前面的骡子那光滑水溜的皮毛让他心里感到踏实。虽然工钱低，但是他赚到了钱。接着，他照实说了后面发生的事情：一天，别人告诉他是星期六，他们付了他工钱，然后他说——到了晚上，那些工人找了一处没有杂草碎石的地面围拢成一圈，所有的人都蹲着，中间放了盏灯笼，灯笼里冒着油烟，地面光滑得像是银子，他也夹在人群里，他们不停地说着，人群间或发出欢呼声，每个人的膝盖下面都夹着几张可怜巴巴的钞票，刻着点数的骰子在泥地上滚来滚去，他赢了钱。“赢了多少？”一个犯人问。

“挺多的。”高个犯人说。

“到底多少？”

“挺多的。”高个犯人说。他赢的钱刚刚够回来，他把赢的钱交给另外一个有摩托艇的男人（这次他们不需要买食物），他和女人一起待在摩托艇里，小船拴在摩托艇后面。女人抱着孩子，那个用报纸裹好的包裹被他紧紧抓在手里放在大腿上。路上他突然看见了那座高架桥，一个月零三个星期之前，他和那些被冲垮的树、房子以及淹死的动物随着浪头一起从这座桥的底下一晃而过，当时电闪雷鸣，但那不是维克斯堡，因为他从来没见过维克斯堡。他看着那桥，心中并没有涌起一股热流，摩托艇驶过那座桥时他没有任何表示，而是专心地看着两岸的堤坝，虽然心里没底但是他还是觉得自己一定能认出目的地来。果然，中午没过多久，他语气肯定地对开摩托艇的人说："就是这里。"

"是这儿吗？"开摩托艇的人说，"看着不像啊。"

"就是这儿。"高个犯人对他说。于是他把摩托艇向岸边开去，熄火后摩托艇挨着堤坝漂浮在水中，开摩托艇的人帮他解开小船。

"其实把你放在一个有人的地方才好，"他说，"我答应你带你到目的地放你下来。"

"放在这儿就行。"高个犯人说。他们从摩托艇上下来，他站在岸边，手里抓着那条葡萄藤，摩托艇划着斜线突突突地开走了。不待摩托艇走远，他放下手里的包裹，把小船系在一棵柳树上，然后捡起包裹，没有和女人打招呼便爬上堤坝。堤坝上还有过去水位上涨的痕迹，发大水时画水位线的地方现在已经干了，那道线还在，附近有很多裂口，不深，里面空空的，像是上了年纪的面色痴呆的老人的笑脸。他经过水位警戒线，走到一棵柳树后面，脱下那身在新奥尔良农场干活时他们发给他的工作服和里面的衬衫，随便一丢，然后打开手里的包裹，找出自己原先那身衣服，那是他一直想重新穿上的东西。他对它很熟悉，虽然有些褪色，也有些脏，一看就是旧衣服，但是它很干净，还能看出是某所监狱的号服，他穿上这身衣服后回到小船，女人已经坐在船里等着他。他拿起桨板。

矮胖犯人站在那里，朝他眨了眨眼："这一路你——"没等说完又打住了，"不说了，不说了。"所有的人都看着高个犯人，高个犯人利索地咬掉雪茄头，吐出烟丝，又伸出舌头在咬掉的地方舔了舔，然后从口袋里摸出一根火柴，拿到眼前看了看，似乎在检查这火柴好不好用。矮胖犯人和其他几个犯人都不说话，盯着看他的举动，高个犯人拿火柴慢悠悠地朝腿上划了一下——这套动作似乎很刻意，慢到让人怀疑他是否能把火划着——他小心地举着火柴，直到火焰变大，硫黄味散尽才凑到雪茄前点燃了烟。矮胖犯人的眼睛还在眨个不停，"他们又给你加了十年刑，这事不好，如果一开始就判了这么多年也没事，如果是我的话，我不在乎他们一开始给我判多少年，哪怕判我一百九十九年我也不在乎，但是如果在原来的刑期上另外加了十年，而且是意料之外的十年，又得过十年没有女人，和社会隔绝的生活——"他的眼睛依旧眨巴着，看着高个犯人。他（高个犯人）也想到过这十年的生活将会是什么样的，他有过心上人。两个人一起去教堂，一起去户外野餐——那姑娘比他小一岁左右，是个胸大腿短的姑娘，嘴唇厚嘟嘟的，两只水汪汪的大眼睛像是两颗熟透的紫葡萄。那姑娘有一个盒子，以前是用来盛发酵粉的，后来姑娘拿它当了首饰盒，盒里塞满了耳环、胸针和戒指等玩意儿。不过一看就是从小店里买的不值钱的东西（也可能是别人听了她的暗示后送她的礼物）。两个人好了没多久，他就向她透露了自己的计划，后来他想起自己犯下的这桩事情，觉得如果当时不是因为她，自己有可能不会做出那桩抢劫的事儿——这只是他心里的感觉，他跟谁都没说，也没法说。再说兴许她也做过成为卡朋[1]的没有举行过烛光仪式的新娘的梦吧，坐在一辆跑得飞快装着机枪车窗是有色玻璃的汽车里，管它什么红绿灯呢。但是当他回顾这些时事情都已经发生了。在他被关起来后的第三个月，那女孩过来探监，身上戴的耳环和手镯都是他以前没有见过的，他一直没问清楚从家到监狱那么远的路她是怎么来的，她见到他的头三分钟哭得稀里哗啦的（其实他一直都没明白他们之间是怎么一回事儿，分手和相识他好像都没什么印象）。可没过一会儿他看见她和一个卫兵聊得火热。不过她那天晚上离开之前亲了他，还对他说她一有机会就会来看他，她贴在他身上，微微出汗的身体散发着温润的年轻女孩儿身上的味道，他感觉有点气短。

---

① 卡朋（Alphonse Capone，1899—1947），美国历史上臭名昭著的抢劫犯。

后来他一直坚持给她写信，但是她却再也没来看过他，又过了七个月，他终于收到了她的信，那是一张明信片，上面是一家伯明翰旅馆的照片，在旅馆其中的一个窗户上，她孩子气地用墨水画了一个“×”，以此标明那是她住的房间。明信片上斜着写了一行字，字迹十分孩子气，像是小学生写的：这是我们度蜜月的地方。你的朋友弗农·沃尔德里普（太太）。

矮胖犯人站起身来，眨着眼睛对高个犯人说：“这下好了，这多出来的十年刑够你受的，这一来十年甭想碰女人了——”他的眼睛一直在眨动。高个犯人没有起身，身体依旧蜷缩在上下床铺的隔板之间，脸上的神色除了严肃几乎没有其他表情，香烟在他那双干净的手指指缝里一截一截地平稳地燃烧着，散发着浓浓的烟味，那张一向沉默寡言的脸庞在缭绕的青烟中显得十分平静，看不出任何玩世不恭的意思。在矮胖犯人“又是十年——”的感叹中，高个犯人吐出一句：

“女人？呸！”